Oetinger

Scorpio. Die Hüter der Zukunft
ist der dritte Band der spannenden Sternen-Saga

Bisher erschienen:

Taurus. Die Erben der Macht

Orion. Die Jäger des Schicksals

Scorpio. Die Hüter der Zukunft

Michael Templar lebt mit seiner Familie in Nordengland. Er hat klassische Altertumswissenschaften studiert und ist ein begeisterter Hobby-Astronom und -Historiker – beste Voraussetzungen, um die Sternen-Saga zu schreiben. Nur wie man in die Zukunft schaut, hat er noch nicht herausgefunden.

Michael Templar

SCORPIO

DIE HÜTER DER ZUKUNFT

Aus dem Englischen von
Nadine Mannchen

Verlag Friedrich Oetinger · Hamburg

Aus dem Englischen von Nadine Mannchen
Umschlaggestaltung von Alexander Kopainski unter
Verwendung eines Bildes von Shutterstock Standard
Druck und Bindung: GGP Media GmbH,
Karl-Marx-Straße 24, 07381 Pößneck, Deutschland
Printed 2020
ISBN 978-3-7891-0988-1

www.oetinger.de

DIE LETZTE PROPHEZEIUNG

VON IDRIS KHALIL

»Fünfhundert Jahre später wird Eris erneut zuschlagen, mächtiger und zorniger. Und sie wird das Leben von der Erde löschen, ohne Mitleid oder Gnade. Ihr Chaos wird alles vernichten. Erscheinen wird sie als Kind von Bastet, der Todesbotin, der Ausgeburt von Krieg und Streit. Kein Mensch wird ihrer Herrschaft von Zwietracht und Tod entkommen – es sei denn, du, meine Nachfahrin, hast Erfolg.«

PROLOG

ORION

Der Jäger.
Der, der dich sucht, kommt näher.

Kreischende Bremsen unten in der Straße, dann ein Krachen. Panische Schreie. Nut trottete leichtfüßig über den blanken Holzboden der Dachwohnung und zog die Vorhänge zurück. Neun Stockwerke tiefer flohen zwei Männer aus einem Auto, das auf den Gehsteig gerast war und nun mit der Front in einem kleinen Lebensmittelladen feststeckte. Kurz darauf hörte sie Sirenen, als ein Streifenwagen um die Ecke schoss. Er kam zu spät. Die Männer waren bereits in einer Gasse verschwunden. Der Streifenwagen wurde langsamer und fuhr im Schritttempo an dem Unfallort vorbei, aus einem der Fenster leuchtete eine Taschenlampe. Dann jagte es wieder davon, auf zum nächsten Einsatz. Nut seufzte. Über den Dächern der Stadt stieg von entfernten Brandherden Rauch auf.

So viel zum Thema Ausgangssperre.

Noch hatten die Gesetzeshüter nicht ganz aufgegeben, doch die Nachrichten sämtlicher Fernsehsender sangen alle das gleiche Lied. Die Polizei kam bei den zunehmenden Plünderungen und Gewaltausbrüchen einfach nicht hinterher – Menschen und Besitz zu verteidigen, war wie der Versuch, einen tosenden Fluss einzudämmen. Langsam, aber sicher knickte New York ein.

In den Medien schien niemand zu verstehen, wie es dazu kommen konnte, noch dazu passierte es *überall*. Auf der ganzen Welt die gleichen Bilder: Naturkatastrophen, politischer Aufstand, Wirtschaftskrisen, Krieg. Ein gewaltiger Ausbruch von … Chaos.

»Nur warum?«, murmelte Nut zu sich.

So sollte es nicht sein. Sie – das Orphische Mysterium – hatten gewonnen. Die junge Kassandre, das sogenannte »Orakulum« Natalie Hardaker, war den Klauen von Johann Schar und dem Kult von Eris entkommen. Angeblich hatte sie das Zeitalter der Zwietracht, das ihr Vorfahr Idris Khalil vorhergesehen hatte, abgewendet. Trotzdem herrschte nun überall Chaos. Irgendwie hatten die Mystai von Eris die Technologie-Milliardärin Ninia Kane unter ihre Kontrolle gebracht – sie befolgte deren Anweisungen, und während die meisten globalen Wirtschaftsunternehmen mitsamt den Wirtschaftssystemen der verschiedenen Länder zusammengebrochen waren, war NiniaCorp gewachsen und expandierte, indem es sich scheiternde Firmen einverleibte wie ein riesiges Tentakelmonster, das alles verschlang, was in seine Reichweite kam.

Und es hatte den Anschein, als könnten sie nichts dagegen unternehmen.

Nut wandte sich vom Fenster ab und konzentrierte sich auf das Zimmer. Die Stromzufuhr für das Gebäude war seit Tagen unterbrochen, doch das spielte für sie keine Rolle. Die Wohnung war auch so hell genug. Auf dem Boden und auf den Regalen brannten Hunderte von Kerzen. Die Flammen waren gleichmäßig, flackerten nicht. Es war an der Zeit, in ihnen zu lesen.

Nut setzte sich die Maske auf. Wie alle Kassandren des Orphischen Rats folgte sie den Empfehlungen und Unterweisungen der Gesichtslosen – sie wusste, wie wichtig es war, sich im Aither verborgen zu halten. Nicht dass es den anderen geholfen hätte. So viele Vorsichtsmaßnahmen sie auch getroffen hatten, die Anhänger von Eris hatten sie aufgespürt. Von allen zwölf Mitgliedern, aus denen der Rat noch vor Monaten bestanden hatte, waren nur Nut und sechs andere übrig. Auf einem schlichten Tisch auf der anderen Seite des Zimmers stapelten sich die Zeitungen, mit deren Hilfe die Orphischen Mystai miteinander kommunizierten. Telefone waren zu gefährlich, das Mysterium von Eris verfügte über NiniaCorps Technologien zur Kommunikationsüberwachung. Ihr Verbündeter Lionel Thwaites war auf die Idee gekommen, sich über Kleinanzeigen verschlüsselte Botschaften zu schicken. Auf diesem Weg hatte sie vom Tod der anderen erfahren. Es hatte jedes Mal nach einem Unfall ausgesehen, doch die Turbulenzen im Aither verrieten Nut, dass es alles andere als das gewesen war. Die Mystai von Eris machten Jagd auf die Ratsmitglieder und schnappten sie sich, einen nach dem anderen. Irgendwie kontrollierten sie den Lauf des Schicksals. Obwohl es unmöglich erschien, leiteten sie es in bestimmte Bahnen.

Und auch mich werden sie holen.

Erst gestern war ihre Freundin Cassandra, die Wolkendeuterin, in Delhi bei einem unerwarteten Monsun ums Leben gekommen. Auf den ersten Blick war sie einfach zur falschen Zeit am falschen Ort gewesen – ein tragischer Zufall. So funktionierte das Schicksal nun einmal.

Nut hoffte, sich mithilfe des Aithers vorbereiten zu können. Ihre prophetische Gabe war das Schattenlesen:

im Spiel von Licht und Schatten zu erkennen, was die Zukunft bereithielt; wohin der Fluss der Vorsehung sie bringen würde. Sie war sich bewusst, dass es ein Risiko war, in den Aither einzudringen, doch sie hatte keine andere Wahl. Nut musste darauf vertrauen, dass ihre Maske sie verborgen halten würde, und murmelte die verhüllenden Worte sorgsamer als je zuvor.

»Ich bin Nut, Göttin von Nacht und Schatten, die die Sonne verschluckt. Ich bin nichts außer Schemen und Staub im Wind der Ewigkeit.«

Beim Gedanken an ihre verstorbenen Freunde traten Nut Tränen in die Augen. *Fast die Hälfte von uns ist bereits tot.* Sie konnte sich nicht konzentrieren und verhaspelte sich während ihrer Beschwörung. *Was haben wir falsch gemacht? Ist das das Ende von allem, wofür wir gekämpft haben? Wird nun für immer Chaos regieren?*

Die Schatten an den Wänden flackerten. Zuerst hielt Nut es für einen Luftzug. Doch dann stellten sich die Härchen in ihrem Nacken auf, weil sie begriff, dass die Bewegungen der dunklen Schemen nichts Natürliches an sich hatten. Wie Insekten krochen sie aufeinander zu, verdichteten sich an der Wand. Nut riss sich die Maske vom Gesicht, als die Flammen der Kerzen aufzulodern, heller zu brennen schienen. Trotzdem war es im Zimmer auf einmal so kalt, dass Nut ihren eigenen Atem sehen konnte.

»W... was passiert hier?«, hauchte sie.

Die Schatten sammelten sich zur Gestalt eines menschlichen Körpers, lebensgroß. Als der Schemen einen Arm hob, erkannte Nut, dass er etwas in der Hand hielt, eine Art Stab. Mit dem anderen Arm holte der Umriss nach hinten aus, als würde er etwas dehnen – ein Bogen, auf dessen Sehne ein Pfeil lag.

Orion!

Die Spitze des Pfeils wand sich, und eine gespaltene Zunge züngelte hervor.

Augenblicklich wusste Nut, was dieser Schatten zu bedeuten hatte. Der Jäger kam. Sie musste fort.

Langsam schälte sich der Schemen von der Wand und wurde zu einer festen Masse aus wabernder Schwärze. Es war unmöglich! Nut erstarrte vor Angst, als er dreidimensional wurde, ihr Zimmer *betrat* und den Schlangenkopfpfeil auf sie richtete.

»Nein!«, rief sie. »Bitte …«

Sie sprang auf, warf in ihrer Hast Kerzen um, als sie zur Tür hechtete. Sie wagte nicht, sich noch einmal umzudrehen, während sie in blinder Panik durch das demolierte besprühte Treppenhaus nach unten polterte. Sobald sie an der Haustür war, stürmte sie auf die Straße hinaus. Schwacher Rauchgeruch lag in der Luft, sie hörte hastige Schritte in der Nähe. Das Echo zahlloser Sirenen erfüllte die umliegenden Straßen. Selbst wenn Nut die Polizei verständigen könnte, bezweifelte sie, dass die ihr würde helfen können. Der Jäger von Eris hatte sie gefunden. Sie brauchte ein neues Versteck. Vielleicht könnte sie Thwaites und den anderen Anhängern von Orpheus in der Zeitung von morgen eine Nachricht zukommen lassen …

Auf der anderen Straßenseite trat eine Gestalt aus einem Eingang. Zuerst hielt Nut sie lediglich für eine Büroarbeiterin im Anzug, die vor dem Chaos floh, doch dann fiel ihr auf, wie zielstrebig die Frau auf sie zulief – es war kein Zufall. Der Anzug war teuer, maßgeschneidert. Das feine weibliche Gesicht mit dem blonden Haar hatte erst vor einem Jahr das Titelblatt des *TIME*-Magazins geschmückt. So unwahrscheinlich es auch sein mochte, diese Frau war Ninia Kane.

Nut wollte wegrennen, doch ihre Füße rührten sich keinen Millimeter. Über ihr leckten Flammen durch die Fenster des Zimmers, das sie eben verlassen hatte. Das Feuer der Kerzen breitete sich aus. Egal.

Während Ninia näher kam, tanzten Schatten auf ihrem Gesicht, die ihr Antlitz einen kurzen Moment lang in ein völlig anderes verwandelten – in das einer vertrauten Feindin mit ausgeprägteren Konturen. Nut blickte in die Augen von Anath: treue Untergebene von Johann Schar und eine der mächtigsten Mystai von Eris. Seit der Leichenhalle in Paris, wo seine Augen im Tod fest verschlossen waren, hatte Nut dieses Gesicht nicht mehr gesehen. Bisher hatte sie Natalie Hardakers Behauptungen angezweifelt – dass Anath angeblich auf irgendeinem Weg zurückgekehrt war.

»Sie waren tot«, hauchte Nut.

Erneut zuckten die Schatten, und Ninia Kanes Gesicht nahm wieder zierlichere, geschmeidige Züge an. Nut erhaschte einen Blick auf einen silbernen MindTouch-

Knopf auf Kanes Schläfe, unter dem Haar. Die kleinen Scheiben, die eigenständig auf dem Kopf des Trägers klebten, waren die neueste Innovation aus dem Hause Ninia-Corp – im Wesentlichen Verstärker für Hirnwellen, die Telepathie ermöglichten. Es ging das Gerücht um, dass der Kult von Eris mithilfe dieser Technologie seine seherischen Kräfte bündelte.

»Der Tod hat viele Formen«, sagte Kane mit Anaths Sprachmelodie. »Einige sind beständiger als andere. Sag, Schattenleserin, wo ist das Hardaker-Kind?«

Nut zitterte, schaffte es aber dennoch, trotzig das Kinn vorzurecken. »Selbst wenn ich es wüsste, würde ich es Ihnen nicht verraten. Natalie wird einen Weg finden, um Sie und Ihren ganzen bösen Kult aufzuhalten.«

»Du setzt viel Vertrauen in jemanden, der so jung ist«, höhnte Kane.

»Sie ist das *Orakulum*, Khalils Erbin«, entgegnete Nut. »Er hat darauf vertraut, dass sie einen Weg finden wird.«

Kane schüttelte den Kopf. »Prophezeiungen haben keine Bedeutung mehr. Wir leben im Zeitalter von Scorpio, und das Schicksal beugt sich dem Willen von Eris.«

Nut hatte keine Zeit zu überlegen, was Kane damit sagen wollte. Auf der Kreuzung hinter Kane entdeckte sie einen Streifenwagen, der langsam vorwärtsrollte. Auch Kane sah ihn.

»An deiner Stelle würde ich das bleiben lassen. Dort drüben ist es gefährlich.«

Doch der Anblick des Blaulichts gab Nut den Mut, sich

zu bewegen. Mit wedelnden Armen eilte sie an der anderen Frau vorbei. »He! Hilfe! Bitte helfen Sie mir!«

Der Streifenwagen hielt an, und Nut rannte auf die Polizisten zu, die ausstiegen. Auf der anderen Seite der Kreuzung war ein Lieferwagen mit einer Ampel kollidiert und hatte sie umgebogen, sodass sie schief in die Straße hing. Die Lichter blinkten, und auf den feuchten Gehweg darunter sprühten Funken.

»Sie dürfen nicht auf der Straße sein, Madam«, sagte der Beamte. »Es herrscht Ausgangssperre.«

»Ich bin in Gefahr«, sagte Nut. »Diese Frau dort will mich umbringen!«

Der Polizist runzelte die Stirn. »Welche Frau?«

Als Nut sich umdrehte, war die Straße verlassen. Kane hatte sich in Luft aufgelöst. Vielleicht hatte sie am Ende doch Angst vor der Polizei gehabt und war geflohen. Wahrscheinlicher war, dass sie sich versteckte, bis die Männer weiterfuhren.

»Haben Sie einen Platz, wo Sie in Sicherheit sind, Madam?«, fragte der Beamte.

Nut schaute zu den Fenstern ihrer Wohnung, aus denen Rauch quoll. »Nein«, antwortete sie. Bei den Polizisten wäre sie sicherer als allein. »Könnte ich die Nacht vielleicht auf der Wache verbringen?«

»Äh … natürlich«, sagte der Polizist. »Steigen Sie ein.«

Während er auf dem Fahrersitz Platz nahm, lief Nut um das Auto herum. Als sie die hintere Tür öffnete, fühlte sie durch die Schuhsohlen ein Grollen wie von einem

Erdbeben. Dann erkannte sie den Grund. Die gesamte Vorderseite des ausgebrannten Mietshauses über ihnen schwankte auf seinen Grundmauern. Abgeplatztes Mauerwerk rutschte vom Dach und prasselte auf den Asphalt. Fensterscheiben barsten unter dem hohen Druck, Glas regnete auf die Straße.

»Vorsicht!«, rief der Polizist.

Doch Nut hatte weder Zeit zum Weglaufen, noch gab es einen Ausweg. Die massive Wand aus Schotter und Ziegeln kippte auf sie zu und hüllte sie in Schatten. Nut kauerte sich dicht an den Wagen und warf instinktiv die Hände in die Höhe, wusste aber genau, dass es sie nicht davor schützen würde, zerquetscht zu werden.

Falscher Ort zur falschen Zeit …

KAPITEL I

AFFENKOPFNEBEL

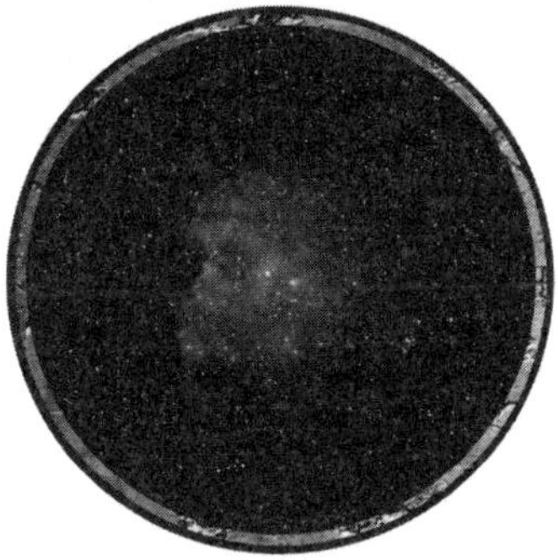

Ein Nebel aus heißen Gasen,
der in der Nachbarschaft von Orions
Kopf neue Sterne hervorbringt.
Eine neue Ordnung entsteht.

An der Oberfläche sah *Le Conseil européen pour la recherche nucléaire* – oder CERN, wie man es kurz nannte – nicht sehr beeindruckend aus. Es hätte ein x-beliebiges modernes Industriegebiet sein können, voller nichtssagender Bürogebäude und Lagerhallen. Oder ein weitläufiger Universitätscampus für Naturwissenschaften an der Grenze zwischen Schweiz und Frankreich. Doch das lag nur daran, dass der eigentlich beeindruckende Teil der Anlage hundert Meter tief unter der Erde lag. Der Große Hadronen-Speicherring war der größte Teilchenbeschleuniger der Welt, ein Apparat in einem knapp siebenundzwanzig Kilometer langen Ringtunnel, in dem Teilchen möglichst nah an Lichtgeschwindigkeit gebracht und anschließend aufeinandergeschleudert wurden. Durch eine Untersuchung der Aufprallergebnisse und der dabei entstehenden subatomaren Partikel wollten Wissenschaftler das Geheimnis des Universums und des Urknalls entschlüsseln.

Natalie Hardaker hatte für Quantenphysik nie besonders viel übriggehabt – oder sie verstanden –, aber das war auch nicht der Grund, weshalb sie durch die Gänge des Hauptlabors schlich. CERNs erklärtes Ziel war es, die Welt zum Wohl der Menschheit besser zu verstehen. Doch der Leiter, Johann Schar, war rein zufällig der Anführer des Mysteriums von Eris, und seine Absichten waren weit weniger menschenfreundlich. Natalie und ihre Freunde hatten den dringenden Verdacht, dass er die Forschung von CERN für seine eigenen Zwecke nutzte, um Chaos und Zerstörung zu verbreiten. Und Natalie wollte im Namen des Orphischen Mysteriums nun herausfinden, wie er das anstellte.

Zum Glück war ihre Mutter Elodie an ihrer Seite. Obwohl die vergangenen Monate – in denen der Kult von Eris zahlreiche Mitglieder des Orphischen Rats ermordet hatte – schrecklich gewesen waren, war Natalie klar, dass es noch viel schlimmer gewesen wäre, hätten sie und ihre Mutter nicht wieder zusammengefunden. Jahrelang hatte Natalie geglaubt, dass ihre Mutter ihre Familie im Stich gelassen hatte – endlich kannte sie die Wahrheit. Ihre Mutter war gegangen, um Natalie zu schützen und um ihren Platz in der Anhängerschaft von Orpheus einzunehmen, wo man sie als *Die Gesichtslose* kannte, eine Expertin dafür, sich im Aither verborgen zu halten.

»Ein Sicherheitsmann kommt in eure Richtung«, ertönte Romains Stimme in ihrem In-Ear-Kopfhörer. *»Nehmt die nächste Tür links.«*

Natalie und Elodie folgten der Anweisung. In einem dunklen Konferenzraum gingen sie in Deckung. An der Tür glitt ein Schatten vorüber.

»Die Luft ist wieder rein«, sagte Romain. *»Drei Türen weiter liegt ein Treppenhaus, das euch zu Schars Labor bringen sollte.«*

Sich in das Sicherheitssystem von CERN einzuhacken war nicht leicht gewesen, doch zum Glück hatten sie Belinda Estevez, eine gute Freundin von Natalies Großvater Avery und eine der führenden Computerwissenschaftlerinnen der Welt, auf ihrer Seite. Und Romain, Giles' wortkarger französischer Bodyguard mit der zweifelhaften Militärvergangenheit, war Profi darin, Einrichtungen wie diese zu infiltrieren. Belinda und Romain waren quasi Natalies Augen und Ohren, die sie durch das Labyrinth der Gänge im CERN führten. Ihr Ziel: Johann Schars gespeicherte Daten. Irgendwie mussten sie die Oberhand gewinnen und dem Aufstieg von Eris Einhalt gebieten.

Vor einem Jahr, als Natalie von den sich bekriegenden Mysterien von Eris und Orpheus – Chaos und Frieden – noch nicht einmal wusste, hätte sie das alles nie für möglich gehalten. Doch nun hatten Schar und sein Kult die Kontrolle über NiniaCorp an sich gerissen und verfügten somit über deren komplette, riesige Algorithmen stemmende Rechnerleistung und Zugang zum Aither. Das Mysterium von Eris schien tatsächlich einen nie da gewesenen Einfluss auf das Schicksal zu haben, machte mit beinahe militärischer Präzision die Orphischen Ratsmitglieder ausfindig und schaltete sie aus.

Nur uns werden sie nicht so leicht finden …

Sie und Elodie trugen ihre Aither-Alter-Ego-Masken – rituelle Verkleidungen, durch die sie im Aither praktisch unsichtbar waren. Natalie trug eine Janus-Maske – der römische Gott der Türen und Tore mit den zwei Gesichtern. Elodies Maske war das Katzengesicht von Bastet, der ägyptischen Gottheit, die beschützt, aber auch als *Die Verschlingende* bekannt war. Solange sie sich konzentrierten, würde kein Kassandre von Eris sie mithilfe des Aithers aufspüren können. Dank Romains Anweisungen und der Masken würden sie bei dieser Mission vielleicht mit dem Leben davonkommen. Das Problem war, dass Johann Schar bestimmt mit ihnen rechnete und auf alles vorbereitet war. Noch dazu konnte man unmöglich wissen, wie weit sein Einfluss reichte oder wie viele Helfer und Seher das Mysterium von Eris befehligte.

Sie kamen an eine Tür, die von einem Handabdruckscanner geöffnet wurde. Die Abteilung von Johann Schar.

»Wie kommen wir rein?«, fragte Natalies Mutter.

»Wir arbeiten daran«, antwortete Romain. *»Okay – versucht es jetzt.«*

Elodie legte die Hand auf den Scanner. Das Display blinkte rot, und eine computergenerierte Stimme sagte: »ZUGANG VERWEIGERT. SIE HABEN NOCH ZWEI VERSUCHE, BEVOR SIE AUTOMATISCH AUSGESPERRT WERDEN.«

»Hat nicht geklappt«, teilte sie den anderen mit.

Im Hintergrund hörte Natalie Belinda: *»Oh-oh. Sie haben das Loch im Zaun entdeckt.«*

Romain und Belinda befanden sich im Laderaum eines Kleintransporters, nur wenige Hundert Meter vom Rand der CERN-Anlage entfernt. Solange sie sich in den Großteil der Sicherheitssysteme eingehackt hatten, waren Natalie und Elodie mit einem Bolzenschneider auf die altmodische Art durch den Zaun gelangt, der das Gelände abschottete.

»Sicher wird bald Alarm ausgelöst«, meinte Elodie.

»Probiert es noch mal«, sagte Romain. *»Ich glaube, jetzt habe ich's.«*

Elodie drückte die Hand auf den Scanner, allerdings mit demselben Ergebnis.

»EIN VERBLEIBENDER VERSUCH, BEVOR SIE AUTOMATISCH AUSGESPERRT WERDEN.«

Romain fluchte auf Französisch, während gleichzeitig ein Alarm losheulte.

»Sie haben uns bemerkt«, sagte Natalie.

»Wir müssen uns zurückziehen«, sagte Belinda.

»Nein!«, widersprach Natalie. »Wir sind nicht so weit gekommen, um jetzt zu kneifen. Romain?«

»Probiert es ein letztes Mal mit dem Scanner.«

Elodie zögerte mit der Hand über der Fläche.

»Tu's, Mom«, sagte Natalie. Sie hatten nichts zu verlieren.

Elodie senkte die Hand. Den Bruchteil einer Sekunde später leuchtete das Bedienfeld grün, und die Tür glitt beiseite.

»Schätze, ihr habt höchstens zwei Minuten«, sagte Romain. *»Findet Schars Computer und schließt das Exfiltrationsgerät an. Belinda und ich arbeiten so lange an einem Fluchtweg.«*

Das Büro war wie jedes andere: Bücherregale, Papierstapel, ein Schreibtisch, eine ganze Ansammlung Monitore. Natalie verließ der Mut.

»Ich glaube nicht, dass wir hier richtig sind«, sagte ihre Mutter.

Natalie nickte vage, doch *etwas* gab es hier – sie spürte

es am Rand ihres Bewusstseins. Es war wie ein Sog, als gäbe es in der Nähe etwas, das auf ihr Gehirn eine geistige Anziehungskraft ausübte.

»Schnappt euch alle Daten, die ihr kriegen könnt«, sagte Belinda. *»Wer weiß, was sich später als nützlich erweist.«*

Natalie versuchte, das seltsame Gewicht in ihrem Kopf abzuschütteln, und trat auf die andere Seite des Schreibtischs. Sie ging in die Hocke und schob das USB-Gerät in die Vorderseite von Schars Computer. In die externe CERN-Firewall hatte Romain sich bereits eingehackt. Das winzige Gerät war mit einer sogenannten Data-Mining-Software ausgestattet, die mit extrem hoher Geschwindigkeit sämtliche Daten von einer Festplatte kopieren konnte. Dazu musste man den Computer noch nicht einmal einschalten. Während die Sekunden verstrichen, beobachtete Natalie die Tür. *Wie lange noch, bis uns die Wachen finden?*

»Ich wusste gar nicht, dass Schar raucht«, sagte ihre Mutter und zeigte auf einen Aschenbecher auf dem Tisch – er sah unbenutzt aus, nichts weiter als ein Steinquader mit einer glatt polierten Mulde darin.

»Die Security kommt auf euer Gebäude zu«, informierte Romain sie.

»Wir haben noch nicht alle Dateien«, sagte Elodie.

»Ihr müsst da ganz schnell raus!«, drängte Belinda. *»Vergesst die Dateien.«*

»Gleich«, murmelte Natalie. Sie schloss die Augen und beschwor ihren *Nous* – ihre Fähigkeit, sich direkt mit dem Aither zu verbinden. Sie ließ sich davon einhüllen und leiten.

»Natalie, vielleicht haben sie recht«, sagte Elodie nervös. »Wenn sie uns erwischen …«

Natalies Füße stießen gegen etwas, und sie öffnete die Augen wieder. Sie stand neben einem Regal. Darin befanden sich eine Reihe von Topfpflanzen, ein Foto von Schar, der eine Auszeichnung erhielt, und eine Art Briefbeschwerer aus Glas.

Natalie stockte der Atem. In dem Glas war ein Skorpion eingehüllt, etwa sieben Zentimeter lang, den Schwanz mit dem Stachel über dem Rücken erhoben. *Komisch …* Das Schmuckstück wirkte fehl am Platz, doch etwas daran brachte den Nous in ihrem Kopf zum Pulsieren.

»Mom, schau dir das an«, sagte sie. Natalie hob den Beschwerer hoch und drehte ihn in der Hand. »Sagt dir das irgendwas?«

Ihre Mutter schüttelte den Kopf.

Doch Natalies Nous pochte noch immer. »Vielleicht …« Sie trat auf den Schreibtisch zu, unsicher, ob sie dem Aither oder einfach ihrem Instinkt folgte, allerdings hatte dieser Briefbeschwerer genau die Form von …

Vorsichtig legte sie ihn in den Aschenbecher.

Augenblicklich schimmerte das Glas bläulich, und das Regal auf der linken Seite des Büros teilte sich lautlos in zwei Hälften. Dahinter sah Natalie einen gigantischen Raum, in dem jede Menge Server im selben bläulichen Zwielicht blinkten. In konzentrischen Kreisen waren sie um einen Hub genau im Zentrum angeordnet, einen Knotenpunkt, sozusagen das Herz des Netzwerks, das in gewisser Weise dem Briefbeschwerer ähnelte: eine durchsichtige Kugel wie ein Riesenkieselstein. In seinem Innern pulsierten Lichter, als wäre darin eine Art flüssiger Wackelpudding. Zwischen den einzelnen Punkten flossen Ströme elektrischer Energie, die an Miniaturblitze erinnerten.

»Was im Namen aller Götter ist das?«, sagte Elodie. »Ein Computer?« Die Katzenmaske noch immer auf dem Gesicht, trat sie neben Natalie.

Langsam ging Natalie in den Raum und näherte sich dem Mittelpunkt. Wie ein Computer sah das nicht aus. Es war zu … *organisch* – es erinnerte Natalie an ein Gehirn voller arbeitender Neuronen. Doch so, wie diese Lichter tanzten und sich wanden, wusste Natalie genau, was sie vor sich hatte. Sie hatte es schon einmal gesehen, im Labor von Ninia Kane. »Das ist der Aither«, flüsterte sie.

»Wachen im Aufzug zu eurem Stockwerk«, sagte Romain. *»Verschwindet!«*

Elodie packte ihre Tochter am Arm und zog sie aus dem großen Raum. Als sie über die Schwelle gingen, schnappte sich Natalie den Briefbeschwerer aus der Ablage, und schon im nächsten Moment war das geheime Zimmer wieder versteckt. Sie lösten das USB-Gerät vom Computer und rannten aus Schars Büro ins Treppenhaus.

»Im Erdgeschoss wimmelt es von Security«, sagte Romain. *»Da kommt ihr nicht raus. Lauft zum Dach!«*

Natalie sprintete die Stufen hoch, insgesamt sechs Treppenabsätze. Oben angekommen, warf sie sich schwer atmend gegen die Tür des Notausgangs. Sie rührte sich keinen Millimeter.

»Zu!«, keuchte sie.

»Man hat uns aus sämtlichen Systemen geschmissen«, informierte Romain sie nüchtern. *»Ihr müsst einen anderen Weg finden.«*

Natalie und ihre Mutter wechselten einen Blick, als unten bereits Schritte über die Treppe polterten und das Licht von Taschenlampen über die Wände zuckte. »Im Stock unter uns muss es Fenster geben«, meinte Elodie.

Sie liefen einen Treppenabsatz zurück und fanden eine Tür ins sechste Stockwerk, hinter der sich ein Gang mit Büros erstreckte. Sie hatten kaum drei Schritte gemacht, als aus dem Aufzug am anderen Ende zwei Sicherheitsmänner preschten.

»Arrêtez!«, rief einer, leuchtete mit seiner Taschenlampe auf sie und hielt etwas hoch, das aussah wie ein Elektroschocker. Natalie und ihre Mutter hatten keine Wahl. Sie hoben die Hände.

Mit gezückten Waffen kamen die beiden Wachmänner auf sie zu.

Wenigstens haben sie uns nicht gleich umgebracht, dachte Natalie. *Vielleicht können wir uns rausreden. Möglich, dass sie von Eris gar nichts wissen.*

»Was tun Sie hier?«, fragte einer der Männer auf Französisch.

Obwohl Natalie die Sprache fließend beherrschte, antwortete sie auf Englisch. »Es tut uns leid. Wir haben eine Führung mitgemacht, aber dann haben wir uns irgendwie verlaufen.«

Die Männer sahen sich wenig überzeugt an. »Die letzte Führung war vor drei Stunden beendet«, sagte der eine. »Und warum tragen Sie Masken?«

Darauf fiel Natalie nichts ein, aber sie nahm ihre Maske ab. »Könnten Sie uns vielleicht einfach zeigen, wie wir zum Ausgang kommen?«, bat sie unschuldig.

»Wir übernehmen das«, ertönte hinter ihnen eine Stimme.

Natalie und ihre Mutter wirbelten herum. Der Mann in ihrem Rücken war gut zwei Meter groß und hatte sich in einen Anzug gezwängt, der entweder beim Waschen eingegangen war oder ihm noch nie gepasst hatte. Gesicht und Glatze glänzten vor Schweiß. Neben ihm war eine Frau mit dünner, gräulicher Haut, tiefschwarzem Haar und hervortretenden Wangenknochen.

Diomedes und Hekuba, Anhänger von Eris.

Zuletzt hatte Natalie die beiden bei ihrem Kampf im Firmensitz von NiniaCorp, außerhalb von Boston, gesehen – an dem Tag, als Anath aus dem Aither zurückkehrte und Natalie um ein Haar für immer darin eingesperrt hätte. Instinktiv wich sie zurück. Schars Schläger waren sowohl erfahrene Kämpfer als auch mächtige Kassandren. Sie wollte es lieber nicht darauf ankommen lassen.

»Wir gehen lieber mit den beiden hier mit, wenn das okay ist«, sagte sie und zeigte auf die Sicherheitsmänner.

»Die können euch leider nicht mehr helfen«, meinte Hekuba und trat näher.

»Wir könnten hier etwas Hilfe gebrauchen …«, sagte Elodie, was natürlich Romain und Belinda galt.

Natalie schaute zu den Überwachungskameras im Gang. Sahen sie überhaupt noch zu?

»Sie können gehen«, sagte Diomedes zu den Wachmännern. »Und sperren Sie hinter sich ab.«

Mit einem besorgten Blick gehorchten die Männer und überließen Natalie und ihre Mom den Mystai von Eris.

»Wir haben euch erwartet«, sagte Hekuba lächelnd.

Diomedes hob einen milchig weißen Tierschädel in die Höhe – möglicherweise der eines Affen. Nachdem er die Augen geschlossen hatte, zerquetschte er ihn mit einer Hand, es regnete Knochensplitter auf den polierten Boden. Einige mussten scharfe Kanten gehabt haben, denn aus seiner geschlossenen Hand tropfte Blut. Als er die Augen öffnete, lag ein wahnsinniger, starrer Blick darin. »Euer Tod ist beschlossen«, knurrte er. Und griff an. Tatsächlich zitterte sogar der Boden, als Diomedes durch den Gang auf sie zuwalzte, ein mörderisches Grinsen auf den Lippen.

KAPITEL 2

SCORPIO

Der Skorpion.
Hüte dich vor dem Stachel des Schicksals.

Natalie bemühte sich, ihr Training nicht zu vergessen und Ruhe zu bewahren, sich vom Aither durchdringen zu lassen. Sofort schien alles langsamer zu werden: Mit weiten, federnden Schritten, als würde er auf dem Mond laufen, kam Diomedes auf sie zu. Als er nach ihr griff, trat sie zur Seite, streckte den Fuß aus und ließ ihn stolpern. Sein Gewicht und sein Schwung rissen sie fast mit um, doch dann lag der Hüne der Länge nach auf dem Boden und krachte gegen einen Wasserspender. Das Gerät wackelte und ergoss sich kurz darauf über seinen Kopf.

Natalie drehte sich um und sah, dass ihre Mutter mit Hekuba kämpfte. In rasender Geschwindigkeit wechselten sich Faustschläge, Tritte, Blockaden und Attacken ab. Die Anhängerin von Eris gewann die Oberhand, packte Elodie am Arm und schleuderte sie mit einer Drehung über die Hüfte von sich.

»Mom!«, rief Natalie.

Ihre Mum federte hoch und fegte Hekuba mit einem Tritt von den Füßen. »Pass auf!«, brüllte Elodie.

Natalie duckte sich, als Diomedes mit einem Elektroschocker nach ihrem Hals schlug. Dicht an ihrem Ohr knisterte es. Er versuchte es noch einmal, doch sie zog den Kopf ein, packte sein Handgelenk und riss es herum. Mit aller Kraft, die sie aufbringen konnte, rammte sie ihm die Schulter gegen den ausgestreckten Ellbogen. Das Gelenk brach nicht, doch Diomedes heulte auf vor Schmerz und ließ seine Waffe fallen. Um auf Nummer sicher zu gehen, trat Natalie ihm in die Leistengegend. Mit einem hohen Wimmern fiel ihr Gegner vornüber.

Schnell hob Natalie den Elektroschocker auf, bevor Elodie nach ihrem Arm griff und sie zum Lift zog, wo sie hektisch auf die Knöpfe drückte. Hekuba war wieder auf den Beinen und kam mit einem Blick purer Bosheit auf sie zu. Elodie schnappte sich eine herumstehende Topfpflanze und warf sie nach ihr. Die Myste wich ihr mühelos aus. Dafür krachte der Topf gegen den Kopf von Diomedes und zerschmetterte beim Aufprall.

»Was *soll* das?!«, brüllte er.

»Beweg dich, du Elefant«, keifte Hekuba und zog ihren eigenen Elektroschocker. »Sie hauen ab!«

Die Aufzugtüren öffneten sich – und Natalie machte einen Satz rückwärts. In der Kabine stand Ladon, ein weiterer von Schars Schlägern, völlig kahl, abgesehen von einer einsamen Insel Haar auf dem Hinterkopf, von der aus ein langer Zopf auf seinen Rücken fiel. Er hielt eine Pistole in der Hand.

Wir sitzen in der Falle!

»Auf die Knie!«, befahl Ladon und winkte mit der Kanone und trat aus dem Aufzug. In der anderen Hand hielt er einen Schalldämpfer, den er nun aufschraubte.

Seine Füße standen in der Lache, die sich vom Wasserspender ausbreitete. Natalie fiel auf ein Knie und rammte den Elektroschocker ins Wasser. Elektrizität knisterte. Ladon wurde stocksteif, das Gesicht verzerrt, die Zähne aufeinandergebissen, bevor er rückwärts in den Aufzug kippte. Natalie wollte aufstehen, doch da legte sich eine von Diomedes' schaufelartigen Händen um ihr Genick. Hilflos musste sie sich von ihm in die Luft heben lassen. Elodie wollte auf ihn einschlagen, aber er packte sie mit der freien Hand und warf sie wie eine Puppe zur Seite. Sie knallte durch eine Tür in einen Sitzungsraum, Diomedes folgte ihr. Er warf Natalie rücklings so kräftig auf einen Tisch, dass ihr die Luft wegblieb, und hielt sie fest.

Hekuba versetzte Elodie, die am Boden lag, einen gemeinen Tritt. Natalie wollte etwas rufen, doch Diomedes' Finger gruben sich so tief in ihren Hals, dass sie keinen Ton herausbrachte. Er beugte sich dicht über sie. Ein Schweißtropfen rann von seinem glatten Kopf und fiel auf ihr Gesicht.

»Du hättest im Aither bleiben sollen, Mädchen«, raunte er. »Hätte weit weniger wehgetan.«

An den Rändern von Natalies Blickfeld bildeten sich immer mehr schwarze Punkte, während ihrer Lunge der Sauerstoff ausging. Sie versuchte, mit dem Knie nach ihrem Angreifer zu treten, doch sein Körper war wie aus Stahl.

Er bringt mich um!

Plötzlich gingen die Lichter aus, und alles wurde dunkel. Natalie konnte nur noch das Glänzen von Diomedes' wild blickenden Augen sehen. Mit einem entsetzlichen Knall implodierte neben ihr ein Fenster, und eine schwarz gekleidete Gestalt schwang sich aus dem Nachthimmel ins Zimmer. Erst nach einem Moment begriff sie, dass es Romain war, der ein Nachtsichtgerät trug. Er hielt etwas Rauchendes in der Hand, das er auf den Boden warf. Weißer Nebel breitete sich aus. Aus der Wolke griffen zwei Hände nach den Ohren an Diomedes' Bowlingkugel-artigem Kopf, woraufhin der Hüne mit einem Schmerzensschrei davontaumelte. Als Nächstes flog Hekuba über den Tisch und blieb reglos liegen.

Neben Natalie erschien Romain. Als sie sich langsam aufgesetzt hatte, stülpte er ihr etwas über den Kopf. »Festhalten«, sagte er ruhig, bevor er ihr ein Seil in die Hände drückte und sich dann um Elodie kümmerte. Diomedes war auf den Knien und schüttelte den Kopf, während der Rauch sich allmählich auflöste.

»Zum Fenster!«, ordnete Romain an.

»Und dann?«, fragte Natalie. Sie rang noch immer nach Luft, und ihre Augen brannten von dem Gas, das der Bodyguard freigesetzt hatte. Er schob sie aufs geborstene Fenster zu.

»Springen«, antwortete er nüchtern. Eine weitere Gestalt kam in den Raum getorkelt. Sie hatte eine Pistole in der Hand. Offensichtlich erholte Ladon sich bereits von seinem elektrischen Schlag.

Natalie schaute nach draußen. Sie befanden sich im sechsten Stock.

Doch bevor sie protestieren konnte, passierten zwei Dinge: Schüsse dröhnten in ihren Ohren, und eine Hand legte sich um ihre Taille. Es war ihre Mutter, die Natalie aus dem Fenster stieß.

Gemeinsam fielen sie einige Meter in die Tiefe, bevor das Geschirr um Natalies Brust sich straffte. Neben Elodie drehte sie sich unkontrolliert in der Luft und schrammte gegen das Gebäude. Über ihnen stemmte Romain sich gegen die Außenwand. Er warf etwas durchs kaputte Fenster nach innen und hopste dann an seinem Seil abwärts. Unter ihnen parkte der Kleintransporter, dessen Vorderseite ziemlich eingedellt war. Natalie rechnete damit, dass jeden Moment Ladon mit seiner Pistole über ihnen auftauchen würde. Stattdessen gab es eine weitere Explosion, gefolgt von einer Feuerwolke, die das restliche Glas aus dem Rahmen fegte. Natalie wandte das Gesicht von der gewaltigen Hitze ab, die ihre Augen zum Tränen brachte. Elodie starrte nach oben, den Mund vor Entsetzen aufgerissen.

»Nicht bummeln!«, sagte Romain. »Die werden nicht lange auf sich warten lassen.«

Natalie kam zu sich und seilte sich neben Romain bis zum Boden ab. Jeder, der noch im Zimmer geblieben war, musste tot oder zumindest schwer verwundet sein. Andererseits hatten die Mystai von Eris schon oft überlebt, wenn Natalie von ihrem Tod ausgegangen war, daher wollte sie nicht warten, um es herauszufinden. Sie öffnete die Schnallen ihres Geschirrs und stieg dann in den Transporter. Belinda saß hinter dem Steuer und gab Gas, noch bevor Romain die Tür ganz geschlossen hatte. Sie rasten durch die Anlage und wurden bei jeder Kurve ordentlich durchgeschüttelt, bis sie endlich das Haupttor erreichten, das verbogen neben der Durchfahrt lag. Offenbar hatte Belinda es zuvor mit Vollgas gerammt und aus den Verankerungen gerissen. Dann waren sie auf der offenen Straße und düsten davon.

Der sichere Unterschlupf, den Natalies Großvater ausgesucht hatte, war ein Wanderheim knapp fünfzig Kilometer außerhalb der Schweizer Hauptstadt Genf, in den Ausläufern der Alpen. Auf Umwegen fuhren sie dorthin zurück, mieden sämtliche Städte und Dörfer, in denen es Sicherheitskameras geben könnte. Da Schar Zugriff auf das enorme Überwachungsnetz von NiniaCorp hatte, konnten sie nicht vorsichtig genug sein. Sollte irgendeins der verknüpften Systeme ein Bild von ihnen erfassen, könnte der Kult von Eris sie mithilfe von Gesichtserkennungssoftware identifizieren. Aus demselben Grund war es für sie ausgeschlossen, mit Kreditkarte zu zahlen oder auf ein Bankkonto zuzugreifen, mit ihren eigenen Pässen zu reisen oder ein Handy zu benutzen. NiniaCorp konnte sich weltweit jede Form von Satellitenkommunikation zunutze machen, die Unmengen an Daten nach Schlüsselbegriffen oder Stimmbildern durchforstete. Seit Wochen schon waren Natalie und die übrigen Anhänger von Orpheus gezwungen, vollständig unter dem Radar zu leben.

Doch selbst diese Vorsichtsmaßnahmen waren für manche nicht genug gewesen. Soweit sie wussten, waren Eris bereits fünf Ratsmitglieder zum Opfer gefallen.

Umgeben von Wiesen und kilometerweit vom nächsten Gebäude entfernt, war die Herberge eine schlichte Holzhütte mit einem Gasherd und drei Zimmern voller Etagenbetten. Es gab weder Internet noch Fernsehen, nicht einmal Strom. *Nicht mal eine Bügelpresse*, wie Lionel Thwaites verstimmt bemerkt hatte. Als sie davor anhielten, eilte Natalies Großvater die Treppe herunter, um sie zu begrüßen. Fest drückte er sie an sich.

»Dem Himmel sei Dank, dass ihr zurück seid«, sagte er.

»Wir sind dem Mysterium von Eris über den Weg gelaufen«, sagte Elodie. »Aber es geht uns gut. Zum Glück hatten wir Romain.«

»Kommt rein«, sagte Avery Hardaker. »Ich mache uns etwas Warmes zu trinken.«

In der von Laternen beleuchteten Hütte kam Giles aus einem der Schlafräume, komplett angezogen, aber mit dunklen Ringen unter den Augen. »Warum hat das so lange gedauert?«, knurrte er.

»Beachtet ihn nicht«, sagte Lionel Thwaites, der ebenfalls erschien – in einem Seidenschlafanzug. »Das ist nur seine Art, zu sagen, dass er sich Sorgen gemacht hat.«

Natalies Großvater machte sich daran, auf dem Herd Milch für Kakao aufzukochen, während Natalie und Elodie erklärten, was geschehen war und was sie in dem geheimen Raum entdeckt hatten. Es war schwer zu beschreiben, obwohl sie es vor lediglich einer Stunde mit eigenen Augen gesehen hatten. Belinda öffnete mehrere Laptops am Ende des Holztischs und fing an, die Daten, die sie von Schars Computer gestohlen hatten, hochzuladen.

»Es ist alles verschlüsselt«, sagte sie, nachdem sie einige Minuten herumgeklickt hatte.

»Kommen Sie an irgendetwas heran?«, fragte Thwaites.

Belinda nickte entschlossen, das Gesicht im Schein der Displays. »Glaube schon, aber es wird seine Zeit dauern.«

Avery Hardakers Miene war grimmig. »Zeit ist das eine, was wir nicht haben. Ich schätze, wir müssen bei Tagesanbruch weiterziehen.«

»Schon wieder?« Giles machte ein langes Gesicht. »Wir sind doch gerade erst angekommen!«

»Ein bewegliches Ziel ist schwer zu treffen«, erklärte Thwaites. »Es klingt, als hätten Schars Schergen Natalie und ihre Mutter erwartet.«

»Darüber habe ich bereits nachgedacht«, sagte Avery. »Wäre es möglich, dass sie eure Gegenwart im Aither gespürt haben?«

Elodie schüttelte den Kopf. »Wir haben unsere Masken getragen. Wahrscheinlicher ist, dass sie schlicht vermutet haben, dass wir CERN einen Besuch abstatten würden.«

Natalie war nicht sicher, ob sie das genauso sah. Es wäre ein ganz schön großer Glückstreffer gewesen, zu erraten, dass sie CERN ausgerechnet an diesem Abend aufsuchen würden. Vielmehr kam es ihr vor, als hätten sie es *gewusst*. Und etwas sagte ihr, dass der komische pulsierende Waberklumpen in Schars Labor etwas damit zu tun hatte. Sie schlürfte ihre heiße Schokolade. Sollte es sich dabei tatsächlich um so eine Art Supercomputer handeln, der die Zukunft weit deutlicher lesen konnte, als es bisher möglich gewesen war, hatte er vielleicht vorhergesagt, dass Natalie und ihre Mutter kommen würden. Bei diesem Gedanken wurde ihr übel. Sie stand auf.

»Alles in Ordnung?«, fragte ihre Mutter.

»Ich will nur ein bisschen frische Luft schnappen«, antwortete Natalie.

Draußen, auf der Terrasse der Hütte, blickte Natalie zu den Sternen, die vor dem tiefschwarzen Himmel hell leuchtenden. Wie immer fiel Natalies Blick auf den dreifach gespickten Gürtel des Orion, des Jägers.

Nur …

Für gewöhnlich bewegten sich Sterne nicht.

»Eine Vision«, flüsterte sie.

Die nahe Konstellation Draco, der Drache, brach auseinander, und der hellste Stern darin, Thuban, schwebte über den Himmel, um sich genau auf die Spitze des Pfeils des Jägers zu setzen. Der Pfeil verließ den Bogen wie ein Komet, flog über den Himmel und direkt ins Herz von Scorpio. Kurz war der Lichtblitz gleißend hell. Während Natalie blinzelte, geriet der ganze Nachthimmel in Aufruhr. Wie in einem stellaren Strudel wirbelten sämtliche Sterne um einen einzigen Punkt: den schwach rot leuchtenden Zwergplaneten Eris. Immer schneller wurden die Sterne, bis sie wie ein chaotisches, undeutliches Nebelfeld aussahen, in dem das einzig Feste Eris selbst war, der wie ein blutunterlaufenes Auge brannte.

Natalie blinzelte erneut. Doch auch als ihre Sicht klarer wurde, blieb der Himmel derselbe. Der Teppich aus Planeten und Sternen drehte sich allein um Eris. Das Omen des Chaos. Es schien, als wäre ihm das gesamte Universum hörig.

»Natalie?«

Es war die Stimme ihres Großvaters. Neugierig drehte sie sich zu ihm um. Ob auch er es sah? Seine unbeschwerte Miene verriet das Gegenteil. Und als Natalie den Kopf zurückwandte, war der Himmel tatsächlich wieder normal.

»Ich habe etwas gesehen …«, murmelte sie.

»Erzähl mir davon.« Mit vor Sorge gerunzelter Stirn trat er neben sie.

Also berichtete sie, so gut sie konnte. Die Sterne waren schon immer Natalies Leidenschaft gewesen. Schon mit drei Jahren war sie von ihnen begeistert, und mit fünf hatte sie ihr erstes Teleskop bekommen. Mit acht hatte sie sämtliche großen und kleinen Sternbilder auswendig gekannt und angefangen, sich für Astrophysik zu interessieren. Natürlich hatte sie damals noch nie etwas vom Aither gehört oder darüber, wie die Kassandren von Eris und Orpheus darin die Zukunft lesen konnten. Sie hatte sich die seltsamen Kopfschmerzen nie erklären können, die sich einstellten, wenn sie in den Himmel blickte. Nur mithilfe ihres Großvaters hatte sie nach und nach gelernt, ihre Visionen zu entziffern, und begriffen, wie die Sterne mit den Menschen und Dingen in der realen Welt in Verbindung standen.

Orion, wie sie inzwischen wusste, war Anath, die Erzfeindin, deren Geist von den Toten zurückgekehrt war.

Thuban war die Waffe, die Anath zur Verfügung stand: die gewaltigen Ressourcen von NiniaCorp. Und alles würde sich auf Eris konzentrieren und damit die Welt in pures, endloses Chaos stürzen.

»Der Skorpion in Schars Büro hat etwas zu bedeuten, da bin ich ganz sicher«, sagte sie. »Er spielt irgendeine Rolle.«

Ihr Großvater runzelte die Stirn. Im Zwielicht wirkte sein Gesicht von tiefen Falten durchzogen. Natalie musste sich eingestehen, dass das vergangene Jahr für ihn sehr hart gewesen war. Er war über siebzig und fit, trotzdem hatte es seinen Preis gehabt, durch die ganze Welt zu hetzen und mehr als einmal auf Leben und Tod zu kämpfen. Als Kind hatte sie in ihm immer den Archäologen und Historiker gesehen, ein bekanntes Gesicht im Fernsehen. Erst seit Kurzem wusste sie von der schweren Bürde, die auf ihm lastete. Seine Forschung und die Ausgrabungen, die er unternommen hatte, unterlagen nicht nur akademischem Interesse – das Schicksal der ganzen Welt hing davon ab.

»In der griechischen Mythologie gibt es verschiedene Variationen von Scorpio«, sagte er. »Die gängigste Geschichte ist, dass ein Skorpion den Jäger Orion getötet hat.«

Das verwirrte Natalie umso mehr. In ihrer Vision war es ihr genau umgekehrt vorgekommen.

»Ich weiß nicht, was wir noch tun können«, sagte sie. »Wenn das Mysterium von Eris die Zukunft so genau kennt, werden sie uns immer einen Schritt voraus sein.«

Ihr Großvater legte den Arm um sie und schaute den Hang hinab auf einen großen See. Als die Sonne am Horizont erschien, funkelte er wie ein polierter Opal. »Fürs Erste passen wir einfach aufeinander auf«, sagte er. »Und jetzt versuch, dich etwas auszuruhen, solange Belinda sich die Dateien vornimmt. In ein paar Stunden brechen wir auf.«

Natalie hatte ernste Zweifel, dass sie schlafen könnte.

»Und denk daran«, fuhr ihr Großvater fort, »du bist für all das nicht verantwortlich.«

Sie machte ein nachdenkliches Gesicht, bevor sie sich umdrehte und in das Zimmer in der Skiherberge tappte, das neben dem von Giles lag. Ihr war klar, dass Avery es nur gut mit ihr meinte, trotzdem machten seine Worte ihr ein *noch* schlechteres Gewissen. Als wäre sie wieder ein kleines Kind und er würde ihr etwas vorschwindeln, nur damit es ihr besser ging. Hinter sich schloss sie die Tür und griff nach ihrem Sternentagebuch, während sie sich auf die gestärkten Bettlaken legte. Sie notierte, was sie in ihrer Vision gesehen hatte. Ihre Sinne fühlten sich schärfer an. Deutlich hörte sie das Kratzen ihres Füllers auf dem Papier. Als sie noch klein war, hatte es sie immer beruhigt, die Positionen der Sterne aufzumalen, wenn sie aus einem Albtraum erwacht war. Die Weite des Universums war irgendwie tröstlich. Nur fühlte es sich jetzt an, als würde dieses ganze weite Universum von ihr abhängen, und aus diesem Albtraum gab es kein Erwachen.

KAPITEL 3

LYRA

Die Leier des Orpheus.
Eine Reise zu den Toten.

Stunden später war Natalie völlig erschöpft. Sie lag da und starrte an die Decke, trotzdem konnte sie keinen Schlaf finden. Ihre Mutter hatte etwas zu essen gekauft, und sie hatte ein paar Bissen zu sich genommen. Den Rest hatte sie auf dem Fensterbrett liegen lassen. Sie hörte, wie Giles nebenan leise schnarchte. Es rührte sie, dass er die ganze Nacht wach geblieben war, um auf ihre Rückkehr zu warten.

Nach dem Kampf gegen Diomedes und Hekuba hatte Natalie noch immer Schmerzen, aber fast wünschte sie sich, es würde *mehr* wehtun. Immer wieder musste sie daran denken, dass sechs Mitglieder des Orphischen Rats bereits tot waren – ihretwegen. Zur Strecke gebracht vom Mysterium von Eris. Je mehr sich Elodie und Thwaites darauf konzentrierten, *sie* zu beschützen, desto verletzlicher war der übrige Rat. Erbarmungslos nagten die Schuldgefühle an ihr. Sie hatte nicht um ihren Schutz gebeten, und verdient hatte sie ihn schon gar nicht. Nur war sie eben diejenige, die der nubische Seher Idris Khalil das »Orakulum« genannt hatte, diejenige mit der Aufgabe, das Zeitalter des Chaos abzuwenden. Der Wortlaut seiner letzten Botschaft hatte sich in ihr Gedächtnis gebrannt.

»Fünfhundert Jahre später wird Eris erneut zuschlagen, mächtiger und zorniger. Und sie wird das Leben von der Erde löschen, ohne Mitleid oder Gnade. Ihr Chaos wird alles vernichten. Erscheinen wird sie als Kind von Bastet, der Todesbotin, der Ausgeburt von Krieg und Streit.«

Eine Weile hatte sie befürchtet, sie selbst könnte damit gemeint sein. Sie hatte geglaubt, *sie* würde das Chaos bringen. Doch wie es Prophezeiungen so an sich hatten, hatten die Worte viele verschiedene Bedeutungen. Inzwischen stand für Natalie zumindest fest, dass sie nicht die Botin von Krieg und Streit war. Jedenfalls nicht direkt. Trotzdem waren es ihre Taten gewesen, die Anath ermöglicht hatten zurückzukehren.

Khalils Vorhersage hatte mit Worten voller Hoffnung geendet – die sich direkt an Natalie wandten:

»Kein Mensch wird ihrer Herrschaft von Zwietracht und Tod entkommen – es sei denn, du, meine Nachfahrin, hast Erfolg.«

Alles schön und gut, nur *wie*? Johann Schar und seine Verbündeten, die Eris dienten, schienen sämtliche Trümpfe in der Hand zu halten. Betrachtete man all die Katastrophen auf der ganzen Welt, war die Erde schon halb zum Teufel gegangen. Nach dem Zusammenbruch von Politik und Wirtschaft würde es nicht mehr lange dauern, bis die Lage kippte. Wie sollte sie – ein Teenager – das Ruder herumreißen?

Giles' Schnarchen wurde lauter und röchelnder. Natalie rollte mit den Augen und schlich sich auf Zehenspitzen zur Tür, um den Riegel vorzuschieben. Dann trat sie an die Kommode und holte ihre Janusmaske. Seitdem sie im Hauptquartier von NiniaCorp in den Aither eingetaucht – und fast darin ertrunken – war, waren ihre Kräfte als Kassandre enorm gewachsen. Trotzdem erschreckte sie das ungeheure Potenzial des Aithers nach wie vor. Es war kein Spiel. So, wie ihre Mutter es beschrieb, beinhaltete der Aither sämtliche Informationen über die Vergangenheit, Gegenwart und Zukunft, jeden Geist und jede Erinnerung – wie ein Befehlscode für alles, was existierte. Kassandren nutzten alle möglichen Medien, um die Muster des Aithers zu deuten, die Omen zu lesen, die wie ein Spiegel in der physischen Welt waren – den Flug der Vögel, Schatten, Tarotkarten und Spiegelungen im Wasser. Waren sie mächtig genug – was auf die wenigsten zutraf –, konnten sie direkte Tore zum Aither öffnen, doch allein diejenigen mit dem Nous konnten lange hindurchschauen. Nur die mächtigsten Seher wagten es, den Aither zu bereisen, und ihn zu verstehen war noch schwieriger. Natalie war sich wohl bewusst, dass sie sich leicht darin verlieren und niemals in die Realität zurückfinden könnte, sollte sie zu tief eintauchen.

Doch wenn es überhaupt Antworten darauf gab, wie man den Kult um Eris besiegen konnte, dann im Aither. »Tut mir leid, Mom, tut mir leid, Granddad«, murmelte sie.

Seit dem grauenhaften Erlebnis bei NiniaCorp hatte Natalie es vermieden, allzu tief in den Aither vorzudringen, doch nun fühlte sie, wie er sie anzog. Sie musste etwas unternehmen. Sie konnte nicht tatenlos zusehen, wie die Welt unterging. Natalie schaute auf das offene Tagebuch neben ihrem Bett. »Was hat es zu bedeuten?«, flüsterte sie.

Sie hockte sich auf die Decke und setzte ihre Maske auf.

Obwohl ihr Großvater Bedenken hatte, vertraute sie auf das Training ihrer Mutter – es würde sie vor allen Mystai von Eris verbergen. Leise sagte sie die Tarnformel auf.

»Ich bin Janus. Ich öffne Tore. Ich trage diese Maske, um in den Aither zu blicken, ohne dass andere mich sehen.«

Vor ihr öffnete sich der Aither, ein Riss aus gleißendem Licht in der Struktur der Realität, gleich neben dem Bett. Solange Giles nebenan schlief, würde er davon nichts merken.

Natalie atmete tief durch und betrat den Spalt.

Sie fand sich in einer trostlosen Felsenlandschaft wieder. Scharfe und unfreundliche Gipfel ragten in einen staubigen Himmel. Der Horizont verlor sich in pudrigem Schleier. Eiskalt rann es ihr den Nacken hinab. Vor der weiten Landschaft kam sie sich winzig vor, als würde der ausladende Raum sie zerquetschen. Sie wünschte, Giles wäre bei ihr, schüttelte dann aber den Kopf. *Es geht nicht anders*, dachte Natalie. *Ich bin auf mich allein gestellt.* »Bring mich dorthin, wo ich sein muss.« Ihre Worte schienen ihr wie ein Echo entgegenzuhallen. Nachdem ihr nichts anderes übrig blieb, lief sie einfach los und setzte sich den höchsten Gipfel in der Ferne zum Ziel, der wie eine Nadel in den grauen Himmel zeigte. Ein Schritt. Ein zweiter. Sie schloss die Augen und lauschte ins Nichts. Wie lange sie schon gelaufen war, wusste sie nicht. Ihre Füße trugen sie zum Ufer eines Flusses, dessen Wasser trübe und schlammig war, sodass man darin nichts erkennen konnte. Mit sicherem Schritt folgte sie dem Strom aufwärts, und schon bald wurde der Fluss breiter. Gleichzeitig floss das Wasser klarer und kräftiger, ergoss sich in Stromschnellen und Strudel, hin und wieder zweigten völlig neue Nebenströme ab. Mit tiefer, unerschütterlicher Gewissheit wusste Natalie, dass sie nicht weniger als den Strom des Schicksals vor sich hatte, die Myriaden an Möglichkeiten der Zukunft. Es war das Wasser, in dem sie einmal fast ertrunken war, das ihren Geist beinahe überwältigt hatte. Doch hier, am Rand des reißenden Flusses, fühlte sie sich wesentlich sicherer. Es war an der Zeit, ihre Fähigkeiten auf die Probe zu stellen.

Natalie ging am Ufer in die Hocke, streckte den Arm aus und tauchte die Hand ins Wasser. Bilder und Geräusche fluteten ihren Geist, zu viele, um sie zu verarbeiten oder damit umzugehen – ein beißender Schmerz schnitt in ihre Schläfen. Hastig zog sie die Hand zurück und wäre um ein Haar nach vorn gefallen, fing sich aber rechtzeitig. Es dauerte einen Moment, bis die Benommenheit nachließ. Natalie atmete tief ein.

Konzentriere dich. Der Aither ist dein Werkzeug. Nutze es.

Wieder berührte sie das Wasser, diesmal nur mit einer Fingerspitze, und obwohl die Flut an Eindrücken sie zu überwältigen drohte, hielt sie stand. Allmählich wurden die Bildfetzen deutlicher, zeigten einstürzende Gebäude, Feuer, einen Mob entsetzter Menschen. Plötzlich war der Fluss verschwunden, und Natalie stand auf einer Felskuppe. Vor ihr, direkt am Rand des Abhangs, stand eine

Reihe Menschen in Roben mit Kapuzen. Ein Schritt in die falsche Richtung, und sie würden in die Tiefe stürzen. Sie wandten Natalie den Rücken zu, trotzdem wusste sie instinktiv, dass es ihre Freunde waren. Ebenso instinktiv wusste sie, was sie nun zu tun hatte. Sie musste entscheiden, wen sie hinabstoßen sollte.

Jemand, der mir nahesteht, muss sterben.

»Nein …«, murmelte sie. »Ich will nicht.«

Doch in der Vision hatte sie keinerlei Kontrolle. Während ihre Füße sie vorwärtstrugen, wurde das Geräusch von fließendem Wasser immer lauter, bis es zu einem mächtigen Tosen angestiegen war. Natalie legte die Hände auf den Rücken einer der Gestalten und versetzte ihr einen festen Stoß. Sah zu, wie sie in den Abgrund trudelte.

Im nächsten Moment stand Natalie wieder am Flussufer. Doch diesmal schwieg das Wasser. Genau genommen war der Strom verschwunden, ausgetrocknet. In ihren Händen hielt sie Sand, der durch ihre Finger rieselte.

Sie überlegte noch, was das zu bedeuten hatte, als hinter ihr eine Stimme ertönte.

»Sei gegrüßt, Natalie Hardaker.«

KAPITEL 4

SADALBARI

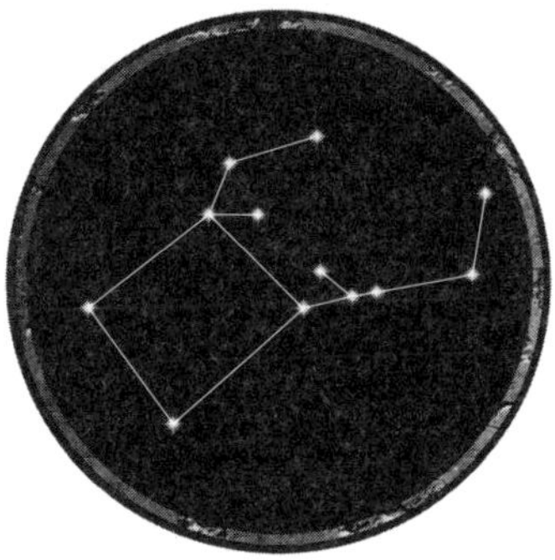

Arabisch für »Glücksstern des Vortrefflichen«.
Ein großer Lehrmeister bringt Segen.

Erschrocken fuhr Natalie herum. Ringsum war nichts als öde Wüste, die unter einem Hitzeschleier waberte: Dünen wie die flatternden Segel eines Schiffs, so weit das Auge reichte. Trotzdem war Natalie nicht allein. Wenige Schritte neben ihr stand ein kahlköpfiger Mann mit dunkler Haut, dessen Kieferpartie von alten Pockennarben überzogen war. Er schien Mitte vierzig zu sein und hatte weit stehende Augen. Er trug einen Kaftan, der bis an seine Knöchel reichte, die Robe mit Goldfäden verziert, die ein Muster aus ineinander verschlungenen Schlangen ergaben.

Der Mann trat auf sie zu, doch Natalie hatte keine Angst. Etwas an seinem gutmütigen Gesicht kam ihr vertraut vor.

»Kenne ich Sie?«, fragte Natalie.

»Wir kennen uns«, antwortete er. Seine volle Stimme schien ihr buchstäblich durch Mark und Bein zu gehen. »Mein Blut fließt in deinen Adern.«

Da begriff sie. »Sie sind Idris Khalil.«

Der Mann lächelte und verneigte sich leicht.

»Aber Sie sind tot … ich meine, Sie haben vor über fünfhundert Jahren gelebt.«

»Nur ein Tropfen im Fluss der Zeit«, sagte Khalil. »Und im Aither: nichts.«

»Sind Sie ein Geist?«, fragte Natalie. *Oder ein Produkt meiner Fantasie?*

»Der Aither existiert jenseits der Zeit«, sagte Khalil. »Hier bin ich so real wie du.«

Wie Anath, dachte Natalie. Auch sie war tot gewesen.

»Genau«, sagte Khalil, als hätte er ihre Gedanken gelesen. »All jene, die im weltlichen Reich sterben, kommen schließlich hier an. Die meisten treiben in den Strömen des Aithers, ihr Bewusstsein in so vielen Teilen verstreut, wie es Sandkörner gibt. Doch diejenigen von uns, die über die Macht des *Nous* verfügen, sind weiterhin Herr ihrer selbst. Wir können uns an diesem Ort frei bewegen.«

»Wie haben Sie mich gefunden?«, fragte Natalie und berührte ihre Maske. »Die hier sollte mich eigentlich verstecken.«

»Ich habe dich nicht gefunden«, antwortete Idris. »*Du* hast *mich* gefunden.«

Natalie schüttelte den Kopf. »Das verstehe ich nicht.«

»Du kamst her, weil du auf der Suche nach Antworten bist«, erklärte Khalil. »Ich habe diese Antworten. Zumindest einen Teil davon. Der Aither hat dich zu mir geführt.«

»Wie besiegen wir Eris?«, murmelte Natalie.

Khalils geheimnisvolles Lächeln verschwand. »Begleite mich ein Stück, Kind.«

Er drehte sich um und lief über den Sand. Nach kurzer Überlegung folgte Natalie, bis sie im Gleichschritt neben ihm ging.

»Die Anhänger von Eris haben die Kontrolle über das Schicksal übernommen«, sagte Khalil. »Durch ihre Taten können sie den Lauf des Stroms ändern, sodass er nach ihrem Willen die Landschaft durchspült. Menschen werden von neuen Strömungen erfasst, und selbst die Mächtigsten können sich dem nicht entziehen.«

»Dann können wir gar nichts tun?«, fragte Natalie.

»Vielleicht nicht«, sagte Khalil. »Aber wir müssen es zumindest versuchen. Es wird außergewöhnlichen Mut und Entschlossenheit verlangen, um dem Fluss des Schicksals einen neuen Lauf zu geben. Ich habe einen neuen Weg erspürt, doch ihn zu gehen, liegt an dir.«

»Sie sprechen in Rätseln«, sagte Natalie.

»Du bist nicht die erste Kassandre, die sich vor Eris fürchtet.« Plötzlich klang er drängender. »Vier Seher kamen vor dir, und jeder wusste, dass dieser Tag kommen würde. Sie schufen vier Waffen, jede von Hand gefertigt und gut verborgen, bis zu dem Moment, da man sie braucht. Dieser Moment ist nun da.«

»Mit Waffen meinen Sie … Pistolen?«, sagte Natalie. *Giles fände das gut!*

Khalil schüttelte den Kopf. »Nein, Kind – viel mächtiger.«

»Bomben?«, sagte Natalie.

Khalil gluckste. »Du wirst sie erkennen, wenn du sie siehst, doch nur alle vier vereint haben wir die Macht, Eris aufzuhalten.«

»Okay. Und wo finde ich diese Waffen?«

Khalil blieb stehen und drehte sich zu ihr um. »Die erste trägst du bereits«, sagte er.

Natalie griff an die Maske auf ihrem Gesicht. »Die hier? Ich habe sie von meiner Mutter.«

Khalil nickte. »Und sie hatte sie von ihrem Vater. Die Maske wurde von Generation zu Generation vererbt und reicht zurück bis zu ihrem Schöpfer.« Er lächelte, fast ein wenig stolz.

»Sie?«, fragte Natalie.

Khalil verneigte sich leicht. »Durch sie kannst du dich im Aither verbergen, doch sie ist viel mehr als das. Ihre schützende Aura hält auch diejenigen in deiner Nähe versteckt. Ohne diese Maske hätte das Mysterium von Eris dich und deine Gefährten längst ausfindig gemacht.«

Natalie berührte die Maske. Seine Worte ergaben Sinn. Die Vorsichtsmaßnahmen, die sie getroffen hatten – immer in Bewegung bleiben, von der Bildfläche verschwinden –, hatten den anderen Ratsmitgliedern nichts gebracht. Doch ihnen war es gelungen, dem Mysterium von Eris zu entgehen, zumindest bis zum Einbruch bei CERN.

»Dann … danke«, sagte Natalie. »Und die nächste Waffe, die ich suchen soll?«

Khalil legte den Kopf schief. »Ich bin nur ein Führer. Ich kann dir den Weg zum nächsten Hüter durch eine Prophezeiung weisen, also hör gut zu.« Als er sprach, schienen seine Worte wie Donnergrollen über die Landschaft zu fegen.

»Ein Stern, vergraben im Himmel, Süd,
wo der Erde Anbeginn war,
in der Wüste am Meer,
und ein Gott erschlagen wurde,
zu bringen die Flut.«

Bitter enttäuscht runzelte Natalie die Stirn. »Und das sollte mir etwas sagen?«

»Das hoffe ich«, meinte Khalil, »denn mehr habe ich dir nicht zu bieten.«

Ein Windstoß wehte eine Stimme an Natalies Ohr, die ihren Namen rief. Doch sosehr sie sich auch anstrengte, sie konnte nirgends jemanden sehen.

»Uns bleibt nicht mehr viel Zeit«, sagte Khalil. »Wiederhole die Prophezeiung.«

Natalie gehorchte, woraufhin eine neuerliche Bö den Sand um sie herum aufwühlte. Khalils Roben peitschten um seinen Körper, sodass sich seine dürren Glieder abzeichneten.

»Natalie!«, rief eine Stimme, die in ihrem Kopf zu sitzen schien.

Der Wind blies kräftiger. Vor ihren Augen zerfiel die Gestalt von Idris Khalil und wehte davon wie Asche. »Ich glaube an dich, Kind von Bastet«, sagte er. »Manchmal kann nur die Zerstörung den Frieden bringen.«

»Warten Sie! Wie finde ich Sie wieder?«

»Gar nicht. Ich habe keine weiteren Antworten.«

Mit dem nächsten Windstoß war er fort. An seiner Stelle klaffte ein Riss aus weißem Licht. Natalie trat hindurch und fand sich im Schlafsaal der Herberge wieder. Jemand klopfte so kräftig an die Tür, dass die Scharniere klapperten. Der Riss im Aither hatte sich verschlossen, und im Zimmer war alles normal. Sie ging zur Tür und öffnete sie – davor stand Giles.

»Du warst im Aither, stimmt's?«, sagte er und verzog misstrauisch die Augen.

»Jetzt ist es hier drin wieder sicher«, sagte Natalie, verärgert über seinen vorwurfsvollen Ton.

»Ich hab das Licht unter deiner Tür gesehen. Was sollte das denn? Hat dein Granddad nicht gesagt, dass es gefährlich ist?«

»Ich musste etwas herausfinden«, antwortete Natalie. »Und ich habe die Sache im Griff.« Nicht nur auf Giles, auch auf sich selbst war sie wütend. Hätte er direkt in den Riss geblickt, hätte es sein Gehirn gebrutzelt, und er hätte das Los ihres Dads geteilt – in einer Psychiatrie. Oder schlimmer. »Dir hätte was passieren können«, sagte sie.

Giles wirkte verletzt. »Ich bin ja nicht bescheuert. Außerdem habe ich meinen Glücksbringer.« Er zog die Schnur heraus, die er um den Hals trug und an deren Ende wie ein Pendel der geschnitzte Skarabäus baumelte. Sie hatten ihn in der verborgenen Kammer auf Philae in Ägypten gefunden, ein Andenken an die Traumseher, zu denen auch seine Mutter gehört hatte. »Du musst vorher Bescheid sagen, wenn du so was machst!«

»Ich habe ja extra die Tür abgesperrt!«, verteidigte Natalie sich. »Wie hast du es überhaupt gemerkt?«

Giles blinzelte. »Ich … ich habe davon geträumt. Ich glaube, die Brosche meiner Mutter verbindet mich irgendwie mit dem Aither, aber nur wenn ich schlafe.« Er wurde rot. »Manchmal glaube ich, dass ich im Aither

Bilder sehe – Sachen, die du gesehen hast. Ich träume ziemlich oft von dir.« Er räusperte sich und schaute auf seine Füße. »Also. Immerhin war meine Mutter ja eine Traumseherin.«

»Dann hast du wohl einige ihrer Fähigkeiten geerbt.«

Giles zuckte mit den Schultern. »Kann sein. Nicht dass ich mich darum gerissen hätte.«

Natalie wurde das Herz schwer, auch wenn sie nicht genau wusste, warum.

»Ich habe gesehen, wie du mit jemandem geredet hast«, sagte Giles. »An einem vertrockneten Fluss.« Natalie spürte eine Mischung aus Neugier und Scham. Er hatte tatsächlich in ihren Geist geblickt. Giles musste bemerkt haben, dass sie rot wurde, denn er ergänzte schnell: »Es war keine Absicht.«

»Nein, schon gut. Liegt wahrscheinlich daran, dass wir so viel Zeit miteinander verbringen. Meine Mom sagt, wenn Menschen sich nahestehen, sind sie auch im Aither stärker miteinander verknüpft. Daher konnte sie mich früher immer finden, um zu sehen, ob es mit gut geht.«

Da wurde auch er rot. *Jetzt wird es echt peinlich.*

Giles räusperte sich noch einmal. »Also, äh, wer war der Typ?«

»Idris Khalil«, antwortete Natalie und erzählte ihm von der Botschaft, die der nubische Astrologe ihr übermittelt hatte.

»Hast du von diesen Waffen schon mal gehört?«, fragte Giles.

Natalie schüttelte den Kopf. »Aber vielleicht Granddad. Oder Elodie. Lass uns die zwei gleich fragen.«

Giles grinste. »Warum können diese Kassandren eigentlich nie Klartext reden?«

Natalie lachte, froh darüber, dass die Dinge zwischen ihnen wieder entspannt waren. »Keine Ahnung. Aber sieht ganz so aus, als hätten wir außer dem kryptischen Rätsel eines Sehers, der schon lange tot ist, gerade nichts in der Hand!« Ihr fiel die erste, gruseligere Vision ein, in der sie jemanden in den sicheren Tod gestoßen hatte – und von der sie Giles noch nichts gesagt hatte. Solange sie nicht wusste, was genau es zu bedeuten hatte, würde sie diesen Vorfall *für sich* behalten.

Zumindest, solange Giles nicht ihre Gedanken las.

KAPITEL 5

SCORPIO

...scorpiocommand:75934/
Muller-Friedrick/...run-protocol/

»Hey, Mann, das Ding macht dich noch matschig im Kopf!«

Als die verärgerte Stimme seines Zimmergefährten Thomsen an Bord des Nordgas-Fracking-Bohrturms, der im Lyngenfjord stationiert war, an Mullers Ohr drang, hielt er das Spiel kurz an, indem er auf den MindTouch-Knopf an seiner Schläfe tippte.

»Bin fast fertig«, sagte er.

»Das hast du schon vor einer Stunde behauptet.«

Muller hörte den Wind draußen heulen. Das Leben auf dem Frackingturm in der Mitte eines zugefrorenen Fjords, von wo aus sie die Bohrer bei Temperaturen unter null Grad manövrierten, war bestenfalls düster. Doch wenn einer der arktischen Stürme heranbrauste, konnte es wirklich gefährlich werden. Hoffentlich würde er sich gelegt haben, bevor ihre Schicht anfing.

Er schaltete das Spiel wieder an. Seine Finger betätigten den Abzug seines Kampfhandschuhs – ein Gaming-Handschuh, der mit dem Spiel verbunden war. Der Genmutant vor ihm explodierte in blutigen Fetzen. Muller setzte seinen Weg über das schummrig beleuchtete Gerüst fort. Er hatte den Sektor schon fast von allen feindlichen Einheiten gesäubert. Ein Teil der Deckenverkleidung öffnete sich, und ein Tentakel peitschte herab. Muller ging in Deckung und feuerte. Die Kreatur zog sich zurück.

Von der Pritsche unter ihm setzte es einen Tritt. »Hör auf, so zu zappeln!«

»'tschuldigung«, murmelte Muller. Er hatte versucht,

Thomson zu einer Teamplayer-Runde zu überreden, aber sein Zimmergefährte fand, *Quarantine* sei nur was für Kinder. Er hatte ja keine Ahnung.

Muller sah sich die Karte der Anlage an. Er hatte einen Lauf. Noch mehr Mutanten stürmten in den Korridor. Mit präzisen Kopfschüssen schaltete er sie alle aus. *Das ist zu einfach.* Er sammelte die herumliegende Munition und die Waffen ein. Im Hintergrund dröhnte Musik. *Do What You Want* von der Band *The Bodysnatchers*. Muller sprang in einen Aufzugschacht und ballerte weiter um sich.

Immer wieder wurde das Spiel von aufpoppenden Werbeanzeigen unterbrochen, aber das war nun einmal der Preis dafür, *Quarantine* zocken zu können, das neue Game der Unterhaltungsabteilung von NiniaCorp. Zum Glück dauerten die Anzeigen nie lange, höchstens ein paar Sekunden, sodass der Spielfluss kaum gestört wurde. Die erste war für *Maximal*, einen neuen Energydrink. Sie versprach einen revolutionären neuen Glukose-Ausschüttungsmechanismus, der dafür sorgen wollte, dass Geist und Körper auf absoluten Hochtouren liefen.

Als das Spiel weiterging, rannte Muller über ein Gerüst. Von allen Seiten prasselten Kugeln. Der Stereo-Sound von *Quarantine* war der Hammer! Muller richtete seine Waffe in Richtung der Schüsse und ballerte drauflos. Seine Feinde fielen tot auf den Boden.

»Netter Versuch, ihr Loser!«, rief er.

»Muller, ich schwör's dir, wenn du nicht sofort die Klappe hältst …!«, knurrte Thomsen.

Das nächste Pop-up, diesmal für den neuen Film *Schurkenkommando*. Machte einen ziemlich guten Eindruck, genau sein Ding, der Streifen: über einen Soldaten, der sich auflehnte und sich von seinen Vorgesetzten nichts mehr sagen ließ.

Im Spiel näherte er sich dem Ende von Level 6. Er musste nur noch die Sprengsätze zünden, um das Nest der Feinde zu vernichten. Er holte den C4-Sprengstoff aus seinem Rucksack und brachte ihn am innersten Kern der Anlage an. Mutanten rückten an, doch er erledigte sie unfehlbar treffsicher.

Als er damit fertig war und den Zeitzünder stellen wollte, poppte die nächste Werbeanzeige auf, diesmal für *Deeper*, eine Sendung über unterirdische Erkundungen.

»Mach schon …«, murmelte er und wartete das Ende ab.

Sobald der Countdown von fünf Minuten startete, rannte er los und folgte dem Lageplan am Rand seines Virtual-Reality-Displays. Ein mutiertes Crewmitglied mit vier Armen blockierte ihm den Weg. Er zog seine Machete und hackte sich seinen Pfad frei. Was immer ihm in die Quere kam, ereilte das gleiche Schicksal. Er konnte gar nicht glauben, dass er Schwierigkeitslevel »FORTGESCHRITTENE« spielte – normalerweise wäre er schon lange gekillt worden. Er machte halt, um ein Erste-Hilfe-Päckchen einzusammeln.

Die nächste Werbung pries das neueste Bugatti-E-Auto an, das »Track Twenty«. Die Nummer 20 blinkte auf dem Bildschirm. Geduldig wartete er, bis es vorbei war.

Die Luftschleuse im Spiel war geschlossen. Aus den Türen weiter vorn tauchten Mutanten auf. Er zählte fünf … nein, sieben. Die erste Welle nietete er um, sprang über zwei weitere, dann schlug er auf den Türsensor der Schleuse. Als sie sich öffnete, kletterte er hinein und drehte sich gerade noch rechtzeitig um, um die zwei verbliebenen Mutanten mit seiner Laserkanone zu durchlöchern.

»Macht's gut, ihr Vollidioten!«, brüllte er, als die Schleuse sich schloss.

Auf dem Bildschirm erschien: »Level 6 abgeschlossen!«

Plötzlich riss man ihm die Brille vom Kopf, und Thomsens wütendes Gesicht erschien.

»Es reicht!«, sagte er. »Was hast du eigentlich für ein Problem?«

Muller setzte sich auf. »Beruhig dich, Kumpel.«

»*Ich* soll mich beruhigen?«, sagte sein Zimmergefährte. »Du zockst dieses Spiel jetzt schon seit vier Stunden – ohne Unterbrechung. Unsere Schicht fängt in …«, er schaute auf seine Armbanduhr, »eineinhalb Stunden an. Brauchst du keinen Schlaf? Ich nämlich schon!«

»Okay, okay«, sagte Muller und holte sich seine Brille zurück. »Wahrscheinlich hast du recht.«

Thomsen starrte ihn durchdringend an, bevor er nach unten verschwand und es sich in seinem Bett gemütlich machte.

Muller rieb sich blinzelnd die Augen. Hatte er *Quarantine* wirklich so lange gespielt? Er hätte sich selbst in den Hintern treten können. Schlafmangel war schuld an Unfällen, und davon hatte Muller im Lauf der Jahre schon einige schlimme miterlebt.

Thomsen hat recht. Ich sollte mich ordentlich ausruhen. Sonst kann ich mich nicht konzentrieren.

Er legte sich aufs Kissen und schloss die Augen, doch sein Herz klopfte nach dem Spiel vor Aufregung, während in seinem Kopf alles noch einmal ablief. Wie krass!

Unter ihm atmete Thomsen gleichmäßig im Schlaf.

Ein Level geht vielleicht noch …

Er setzte sich die Brille wieder auf und startete das Game. Doch erst einmal erschien eine Werbeanzeige, diesmal für NiniaCorp selbst. Was genau sie verkauften, wusste er nicht, andererseits hatten sie inzwischen so viele verschiedene Geschäftszweige, dass man sowieso den Überblick verlor. Man sah Ninia Kane, die durch den Hauptsitz ihres Unternehmens schritt, vorbei an Laboren, Menschen in Anzügen und schlauen Robotern. Schließlich wandte sie sich der Kamera zu. »Nicht vergessen. NiniaCorp arbeitet für dich!«, sagte sie. »Vertrau auf deinen Instinkt.«

»Ja, ja«, murmelte Muller leise. »Reicht schon wieder.«

Nina Kane verschwand, und schon war er in *Quarantine*, um mit gezückten Waffen Level 7 zu betreten.

…scorpiocommand:75934/
Muller-Friedrick/…pause-protocol/

KAPITEL 6

CIRCINUS

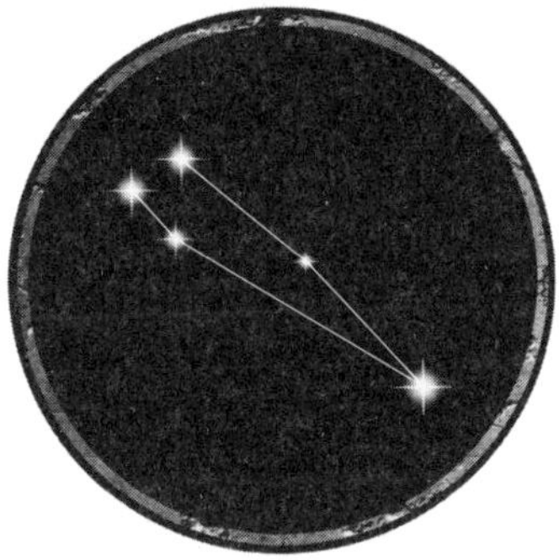

Der Kompass, mit dem man Entfernungen misst.
Eine Reise steht bevor.

Lies es noch mal vor«, bat Thwaites, während sie die letzten Sachen in das Wohnmobil packten.

Natalie öffnete ihr Notizbuch, in das sie Khalils Worte geschrieben hatte.

»*Ein Stern, vergraben im Himmel, Süd, wo der Erde Anbeginn war, in der Wüste am Meer, und ein Gott erschlagen wurde, zu bringen die Flut.* Kann jemand damit was anfangen?«

Thwaites schüttelte verwirrt den Kopf. »Eine Wüste am Meer könnte praktisch betrachtet jeder beliebige Kontinent sein«, murmelte er.

Natalie gab ihm recht. Selbst der Teil über den erschlagenen Gott traf weltweit auf viele Mythen zu. Trotzdem klingelte etwas bei ihr. Doch so angestrengt sie auch auf die Worte blickte, die Antwort wollte ihr nicht einfallen.

Belinda schloss die Tür des Wanderheims. Es war Zeit, die Hütte hinter sich zu lassen.

Alle stiegen in das kleine Wohnmobil, und Romain fuhr los. Natalie versuchte, die Aufmerksamkeit ihres Großvaters auf sich zu lenken, der eine Reihe hinter ihr saß. Doch er gab sich größte Mühe, ihrem Blick auszuweichen, und schaute gebannt auf die eingeschneiten Nadelwälder, die vor den Fenstern vorüberzogen. Er hielt Belindas Hand. Er war offensichtlich immer noch wütend auf Natalie, weil sie in den Aither eingedrungen war, ohne ihm vorher Bescheid zu sagen. Geduldig hatte er zugehört, während sie der Gruppe ihre Vision erklärt hatte, doch seither hatte er kein Wort gesagt. Natalies Mutter zeigte mehr Verständnis – sie wusste, wie das war. Manchmal rief der Aither nach einem, und man konnte einfach nicht widerstehen. Trotzdem hatte sie besorgt auf ihrer Lippe herumgebissen, als Natalie von ihrem Erlebnis berichtete.

»Granddad, bitte rede mit mir«, sagte sie. Er machte ein verkniffenes Gesicht. »Meine Kräfte sind inzwischen gewachsen – ich weiß, was ich tue. Stimmt's, Mom?«

Elodie seufzte. »Kraft zu haben bedeutet nicht automatisch, sie auch zu beherrschen.«

Natalie blickte zu Giles, der mit den Schultern zuckte, wie um zu sagen: *Schau nicht mich an, ich hab keinen Schimmer, was sie damit sagen will.* Manchmal schien ihre Mutter sich wieder in die Gesichtslose Myste zu verwandeln: distanziert und in klugen Rätseln sprechend. Elodie Moreau war nicht ganz die lächelnde, liebevolle Mutter, die Natalie sich immer vorgestellt hatte. Sie hatte keinen Zweifel, dass Elodie sie liebte. Sie konnte nicht im Ansatz begreifen, wie groß das Opfer ihrer Mutter gewesen war: ihr einziges Kind zu verlassen, um es zu beschützen und ihm zu ermöglichen, den Mut und den Willen zu entwickeln, um sich verteidigen zu können. Während Natalie nun das Gesicht ihrer Mutter betrachtete, fragte sie sich, ob das lebenslange Studieren des Aithers nicht ebenso viel nahm, wie es gab. Sie überlegte, ob irgendwann auch in ihren eigenen Augen dieser entrückte Blick liegen würde.

»Wenn Khalil dich finden konnte, können andere es auch«, sagte Natalies Großvater und riss sie aus ihren Gedanken. »Es war ein unnötiges Risiko.«

»Er hat mich nicht gefunden. Ich habe meine Maske getragen. Wir wurden voneinander angezogen. Und wäre ich nicht in den Aither getaucht, hätten wir nicht von den vier Waffen erfahren.«

»Man hat dich schon einmal im Aither hereingelegt«, entgegnete Granddad. »Was, wenn das nur eine weitere Falle ist? Vielleicht war es gar nicht Idris Khalil.«

»Doch«, sagte Natalie bestimmt. »Er sagte, er selbst habe die Maske angefertigt und sie sei von einem Nachfahren an den nächsten weitergegeben worden.«

Sie fuhren bergabwärts, vorbei an Schildern, die den Weg zum achtzig Kilometer entfernten Genf wiesen – durch malerische Dörfchen und am Ufer unberührter zugefrorener Seen entlang, die den blassen Himmel wie glitzerndes Glas reflektierten. Thwaites' Flugzeug stand unter einer gefälschten Identifizierung, die es vor dem Mysterium von Eris verbergen sollte, auf dem Flughafen. Der Plan war es, zu einem angemeldeten Ziel aufzubrechen und unterwegs den Kurs zu ändern.

»Ich habe nachgedacht«, sagte Natalie. »Khalil meinte, die Maske würde auch diejenigen in meiner Nähe verbergen. Vielleicht sollten wir die übrig gebliebenen Mitglieder des Orphischen Rats zu uns holen. Ich könnte sie alle beschützen.«

»Das halte ich für unklug«, sagte Avery Hardaker. »Wenn alle am selben Ort sind, kann man auch alle auf einen Schlag auslöschen.«

Natalie konnte nicht sagen, ob er ihre Idee ablehnte,

weil er sie nicht gut fand, oder, weil er noch immer böse auf sie war. Sie sah ihre Mutter bittend an.

»Ich stimme Avery zu«, sagte sie zu Natalies Enttäuschung. »Wir wissen nicht, wie viel Einfluss Anath inzwischen auf den Aither hat. Sie werden nach uns suchen. Unsere einzige Chance ist es, diese Waffen zu finden, von denen Khalil erzählt hat. Wir müssen auf Khalil vertrauen, und auf den Aither.«

Thwaites rieb sich das Kinn. »Ich finde, Natalie hat nicht ganz unrecht. Der Rat sollte zumindest von ihrer Vision erfahren. Vielleicht kann er helfen. Ich könnte eine Annonce aufgeben und eine Sitzung organisieren.« Avery sah aus, als wollte er widersprechen, doch Lionel ließ ihn nicht zu Wort kommen. »Es gibt noch andere Vorsichtsmaßnahmen, die wir treffen können«, sagte er. »Eine falsche Spur zu einem erfundenen Meeting legen, privater Sicherheitsdienst …«

»Außerdem hat es bisher auch nicht viel gebracht, uns voneinander fernzuhalten«, fiel Natalie ein.

»Ich gebe meinem Mann bei *The Times* Bescheid«, entschied Thwaites. Die Rede war von einem der Schriftsetzer dort, einem Freund von Orpheus.

Wenig später standen sie im Stau, was in einer so spärlich besiedelten Gegend unmöglich erschien. Doch als sie sich einem kleinen Dorf näherten, begriffen sie, warum. Vor einer Tankstelle hatte sich eine Schlange gebildet, und die wartenden Autos blockierten die vorbeiführende Straße. Einige ungeduldige Fahrer hupten bereits.

»Es wird immer schlimmer«, murmelte Elodie.

Sie meinte die Treibstoffkrise. Politischer Aufruhr im Mittleren Osten verhinderte die Öllieferungen. Die Auswirkungen am Ende der Kette waren enorm hohe Preise und Knappheit. Manche redeten sogar davon, dass der Treibstoff völlig ausgehen könnte, was so ziemlich die gesamte Infrastruktur der Welt lahmlegen würde. Der Flugverkehr käme zum Erliegen, und die Wirtschaft würde es hart treffen.

Während sie am Ende der Schlange warteten, holte Thwaites ein Wegwerfhandy hervor und stieg aus, um zu telefonieren. Romain schaltete das Radio ein, wo über eine Reihe von Tornados berichtet wurde, die in Peking, China, gewütet hatten und nicht nur extrem viel Schaden angerichtet, sondern auch eine Menge Todesopfer gefordert hatten. Jeder hätte zwischen den beiden Ereignissen – eins politisch, eins natürlich motiviert – vermutlich keinerlei Verbindung gesehen. Doch Natalie vermutete, dass hinter beiden der Kult von Eris steckte. Chaos hatte viele Gesichter.

Während das Wohnmobil in Richtung Tankstelle vorankroch, sah Natalie von der Rückbank aus zu, wie Lionel seinem Kontaktmann die verschlüsselte Nachricht durchgab. Er war stolz auf sein System, das er den anderen selbstgefällig in allen Einzelheiten erklärt hatte. Phase eins ähnelte einem Brief an den Herausgeber der Zeitung, und zwar lauteten die Initialen des Absenders M.D. – ein Name wie etwa Max Delaney. Eine Zahl im Brief lotste die Ratsmitglieder auf eine andere Seite der Zeitung, auf der sich in einer codierten Anzeige oder Chiffre die eigentliche Botschaft verbarg. Was wie eine Sterbeanzeige oder Werbung für eine Schönheitsklinik aussah, beinhaltete in Wirklichkeit Anweisungen, sich zu einer bestimmten Zeit an einem bestimmten Ort einzufinden. In diesem Fall, wie er ihnen erklärt hatte, war es eine Anzeige für »Echte Designeranzüge aus Mailand«, die auf einen Treffpunkt in Mailand um zwölf Uhr mittags am nachfolgenden Tag hindeutete.

Es war ein geniales System, dem die Kassandren von Eris nie auf die Schliche kommen würden – genauso wenig wie die geballte Computerpower von NiniaCorp oder Johann Schar. Zumindest hofften sie das.

Als Thwaites wieder zurückkam, holte er seinen Koffer.

»Ein Taxi wird mich gleich abholen«, sagte er. Er holte ein weiteres Wegwerfhandy aus seiner Jacke und reichte es Giles durchs Fenster. Es war der sicherste Weg, um schnell zu kommunizieren – eine einfache codierte Nachricht ermöglichte es ihnen, später wieder in Kontakt zu treten. Danach würden sie die Handys wegschmeißen. »Wenn ich in Mailand fertig bin, melde ich mich.«

Giles nahm das Handy. Einen Augenblick lang sahen er und sein Vormund sich an. Beide kannten das Risiko: Thwaites war kein Seher und auch kein Kämpfer. Auf sich allein gestellt, war er angreifbar.

»Passen Sie auf die Kinder auf, Elodie«, sagte er. »Dass Giles mir keinen Unfug anstellt!«

»Keine Chance«, sagte Elodie lächelnd. »Seien Sie wachsam, Lionel. Möge Orpheus Sie beschützen.«

»Sie auch, Gesichtslose.«

»Ich bin übrigens hier, schon vergessen?«, meldete Giles sich zu Wort. Thwaites grinste ihn an. Fast rechnete Natalie damit, dass die beiden sich umarmen würden, doch dann entschieden sie, sich gegenseitig leicht verlegen auf die Ellbogen zu klopfen. »Mach dir um mich keine Sorgen«, sagte Giles. »Im Ernst, wir kommen klar. Die beiden mächtigsten Kassandren aller Zeiten, richtig?« Er zeigte auf Natalie und ihre Mom. »Dazu Nobelpreisgewinnerin Belinda und das gefeierte Superhirn und Gastgeber von *Geheimnisse der Archäologie* persönlich, Professor Hardaker. Von Romain mal ganz abgesehen – aber je weniger man seine Vergangenheit an die große Glocke hängt, desto besser. Ein absolutes Dream-Team.«

Natalie sah weg und gönnte ihnen einen Moment Privatsphäre. Während Giles' Kindheit war die Beziehung zu seinem Vormund bestenfalls frostig gewesen. Doch seit Thwaites ihnen eröffnet hatte, dass er zum Mysterium von Orpheus gehörte, und Giles wusste, warum Lionel all die Jahre so distanziert gewesen war, wuchsen die beiden immer enger zusammen.

Romain löste sich mit einem U-Turn aus der Autoschlange, und Giles schaute im Davonfahren noch einmal zu Lionel.

»Er schafft das schon«, murmelte Natalie.

Er nickte, doch ihr fiel auf, dass eine seiner Hände fest

zur Faust geballt war. Sie wusste, dass er den Skarabäus umklammerte.

Während sie sich von dem Dorf entfernten, sah sie sich noch einmal ihre Notizen an. Sie war sicher, dass der entscheidende Hinweis im Teil über die Flut lag. Normalerweise waren Überflutungen eher schlecht und wurden von wütenden Gottheiten gesandt. Doch hier war es genau andersherum. Plötzlich machte es klick, und sie setzte sich keuchend aufrecht. Ihr Großvater warf ihr einen prüfenden Blick zu.

»Geht es dir gut?«, fragte er. Natalie grinste ihn an. »Du hast die Nuss geknackt, richtig?« Sein Lächeln war ansteckend und erinnerte sie an ihren alten Granddad, den sorglosen Abenteurer aus den Zeiten, als Begriffe wie »Orakulum« und »Mysterien« – egal, ob von Orpheus oder Eris – ihr noch völlig fremd waren.

Sie nickte. »Ich habe da so eine Ahnung. Lionel hat recht: eine Wüste am Meer könnte überall liegen, doch in Verbindung mit dem Teil über einen Gott, der niedergestreckt wurde, damit die Flut einsetzt, klingelt bei mir was. Ich gebe dir einen Tipp: Es liegt auf der Südhalbkugel.« Seine runzlige Stirn legte sich immer wieder in Falten, als würde er bei einem seiner Kreuzworträtsel feststecken. »Südamerika?«, ergänzte sie.

Dann schossen seine buschigen Augenbrauen in die Höhe. »Aber ja!«, sagte ihr Großvater. »Eigentlich liegt es auf der Hand!«

»Ach, echt?« Giles machte ein verdattertes Gesicht.

»Pachacámac«, sagte Natalie.

»Klar doch!«, sagte Giles und schlug sich aufs Bein. »Wieso bin ich nicht gleich drauf gekommen?!« Er machte eine Pause. »Und wo liegt dieses Patscha... Matscha... Kamaka... Dingsbums?«

»An der Küste von Peru«, antwortete Natalie. »Es ist eine uralte Tempelanlage, die von vielen Kulturen des antiken Südamerika aufgesucht wurde, um das Orakel dort zu befragen. Mir ist es wieder eingefallen, weil wir für Granddads Sendung einmal dort waren. In der dritten Staffel gab es eine ganze Episode nur über die Inka.«

»Die Inka haben die Anlage nach ihrem Schöpfergott Pacha Kamaq benannt«, ergänzte Avery. »Der Legende nach tötete Pacha Kamaq den Gott des Regens und der Fluten, um eine neue Stadt zu erbauen.«

»Klingt überzeugend!«, sagte Giles. »Also fliegen wir nach Peru?«

Natalie sah ihren Großvater an. Auch Belinda und Elodie schauten in seine Richtung. Obwohl sie ein Team waren, hielt offenbar jeder Avery Hardaker für den Anführer. Und hatte er nicht erst vor wenigen Minuten gesagt, dass er Natalies Vision im Aither nicht vertrauenswürdig fand? Sie hielt den Atem an. Die Alternative war, weiterhin von einem Unterschlupf zum nächsten zu tingeln, in der Hoffnung, dass der Kult von Eris sie nicht finden würde.

»Also?«, fragte Natalie, nachdem einige Sekunden vergangen waren.

»Wir fliegen nach Peru«, sagte ihr Großvater matt.

KAPITEL 7

CAELUM

Der Meißel.
Harte Arbeit offenbart das
Angesicht der Wahrheit.

Nachdem Lionels Flugzeug in Lima gelandet war, brach Belinda Estevez zum Campus der Universität auf. Sie hatte jahrelang in Mittelamerika gearbeitet und hatte daher hier viele Kontakte, denen sie vertrauen konnte. Avery wollte sie davon überzeugen, bei ihnen zu bleiben, doch Belinda bestand darauf, dass sie auf sich aufpassen könnte. Bisher hatte sie keinen Erfolg dabei gehabt, die Dateien, die sie CERN gestohlen hatten, zu decodieren. Und sie hoffte, mithilfe der rechenstärkeren Computer der Universität mehr zu erreichen. »Ich schaffe das, Avery«, sagte sie nachdrücklich.

Natalies Großvater blickte ihr mit tiefer Liebe nach, was Natalie gleichzeitig glücklich und traurig machte. Zum ersten Mal seit dem Tod seiner Frau, die mit nur fünfzig Jahren an Krebs gestorben war, hatte er jemanden gefunden. Trotzdem war ihm das ungetrübte Glück, das er verdient hätte, versagt ... Alles nur wegen der Bürde, die Natalie zu tragen, der Mission, die sie zu erfüllen hatte.

Avery schwieg, während ein Taxi sie aus der Hauptstadt brachte. Aufgrund der neuerlichen Unruhen waren die Straßen voller Soldaten. Der gesamte Ort fühlte sich wie unter einer Belagerung an, die Atmosphäre war bedrohlich. Überall wurde der Einfluss von Eris deutlich.

Als sie Richtung Pachacámac fuhren, hob sich Averys Stimmung. Die Ruinenanlage war gewaltig. Der archäologische Komplex erstreckte sich über mehrere Quadratkilometer. Alles hatte die Farbe von Sand, doch Natalies Großvater erklärte, dass die Behausungen, Tempel, Pyramiden und Mauern aus Lehmziegeln früher einmal in Rot- und Goldtönen erstrahlt waren. Bei ihrem letzten Besuch war sie acht gewesen. Gelangweilt und verschwitzt hatte sie zugesehen, wie ihr Großvater in eine Kamera sprach, während sie nichts lieber wollte, als zurück in ihre Villa, um im Pool zu schwimmen und bei Anbruch der Nacht die Sternbilder der südlichen Hemisphäre abzumalen.

Hier und da führten Stufen in unterirdische Behausungen. Außen auf den Gebäuden konnte man verblichene Reste von Wandgemälden erkennen. Außer ihnen waren nur wenige andere Touristen unterwegs, die mit Lageplänen in den Händen und Audioführern in den Ohren zwischen den Ruinen umherschlenderten.

Romain blieb am Haupteingang zurück und hielt Wache, um nach verdächtigen Personen Ausschau zu halten. Elodie lief die Umgrenzung ab und wollte mithilfe ihres Nous erspüren, was sie womöglich finden sollten.

»Ein Stern, vergraben im Himmel …«, murmelte Giles, während er, Natalie und Avery das Gelände erkundeten. »Wie kann ein Stern vergraben sein?«

Am Fuße dessen, was von der Haupttempelzitadelle übrig war, blieb Natalie stehen. Es war ein gewaltiges Fundament, das man über eine breite Treppe erreichte. Natalie wischte sich Schweißtropfen vom Kopf. Obwohl es früh war, brannte die Sonne bereits heiß, und Natalie musste die Augen zukneifen. Der Tempel selbst war schon lange verschwunden – nach dem Einfall der Spanier im 16. Jahrhundert waren viele der Steine geplündert worden, um sie anderswo zu verbauen –, doch auf den Grundsteinen der Treppe waren die Gravuren von Tieren zu erkennen, die den Inka heilig waren.

»Ist das ein Adler?«, fragte Giles und zeigte auf einen Vogel mit ausgebreiteten Flügeln.

»Ein Kondor«, erklärte Natalie. Darunter befand sich eine große eingerollte Schlange mit gespaltener Zunge. Die Anreise hatte sie dazu genutzt, etwas über südamerikanische Seher und ihre Praktiken zu lesen. »Die Priester von hier glaubten, dass sie durch die Geister wilder Tiere ihre toten Vorfahren anrufen konnten. Sie nannten diese Tiere Wak'a. Der Kondor steht für das mythische Himmelsreich *Hanaqpacha*.«

»Es war ihre Version des Aithers«, ergänzte ihr Großvater. »Ein Ort, an dem sie Antworten auf ihre Probleme zu finden hofften.«

»Die Schlange steht für das Menschenreich«, fuhr Natalie fort. »Die Seher drangen durch Animismus und Rituale ins *Hanaqpacha* ein.«

Sie erklommen die Stufen, doch oben angekommen, gab es wenig Interessantes zu sehen. Vom anderen Ende der Anlage aus winkte Elodie ihnen niedergeschlagen zu. Offenbar hatte auch sie kein Glück gehabt.

»Sehen wir uns im Museum um«, schlug Avery vor.

Der brennend heißen Sonne im klimaanlagengekühlten Museum zu entkommen, tat gut. Zu den ausgestellten Artefakten gehörten zerbröckelte Wandgemälde, Mosaike und Fliesen, aber auch Reproduktionen von Stoffen und Werkzeugen, wie sie vom Volk der Inka benutzt worden waren. Ein dreidimensionales Modell zeigte, wie die Anlage zu ihrer Glanzzeit ausgesehen hatte. Es gab auch Mumien: die konservierten Überreste von Kindern und Erwachsenen, die man von weit her gebracht hatte, damit sie den Göttern im Jenseits näher sein konnten. Natalie fand sie ein bisschen gruselig.

Doch nirgends gab es etwas, das an einen vergrabenen Stern erinnert hätte. *Was immer damit gemeint ist …* Nicht einmal mit ihrem Nous spürte sie an diesem Ort etwas Besonderes. Vielleicht hatte sie sich wegen seiner Bedeutung geirrt, und Khalil hatte sie gar nicht hierherschicken wollen. Immerhin war der Hinweis recht vage, und es war nicht ausgeschlossen, dass sie völlig umsonst Tausende von Kilometern weit gereist waren.

Natalie bemühte sich, nicht den Kopf hängen zu lassen, doch dann kam ihr ein neuer Gedanke. Was, wenn das Ding, auf das Khalil sie stoßen wollte – diese »Waffe«, wie sie auch aussehen mochte –, nicht mehr hier war? Khalil war vor fünfhundert Jahren gestorben – sein Wissen im Aither könnte unvollständig sein. Was, wenn das Mysterium von Eris längst hier gewesen war und sich das, was sie suchten, unter den Nagel gerissen hatte? Oder irgendein Ausgrabungsräuber auf Schatzsuche? Diese Vorstellung verursachte ihr ein flaues Gefühl im Magen.

»Hey!«, sagte Giles. »Guck dir das an!«

Natalie wandte sich von der Vitrine mit den Mumien ab. Giles las eine Tafel über einen sogenannten »Himmelsstein«. Die Tafel beschrieb den Himmelsstein als einen heiligen Felsbrocken – vermutlich ein Meteorit, da er der Legende der Inka nach vom Himmel gefallen sei, und zwar ausdrücklich aus dem Sternbild, das man als Kreuz des Südens kannte. Von dort, so ihr Glaube, stammten auch die Menschen ab, daher hatten sie den Himmelsstein als ein Transportmittel verehrt, durch das sie das Geisterreich *Hanaqpacha* bereisen konnten. Avery Hardaker war ebenfalls zu ihnen getreten. »Habt ihr etwas gefunden?«

Giles wirkte sehr zufrieden mit sich, als er auf verschiedene Stellen im Text deutete.

»*Ein Stern, vergraben im Himmel:* Bingo. Aus dem *Süd, wo der Erde Anbeginn war:* Bingo. Die Waffe, nach der wir suchen, ist hundertpro dieser Himmelsstein.«

»Aber wo ist er?«, fragte Natalie.

»Oha.« Giles zeigte auf die letzte Zeile der Erklärung, wo stand: »Der Himmelsstein wurde zuletzt 1590 von spanischen Historikern erwähnt. Man vermutet, dass er kurz danach verloren ging oder gestohlen wurde.«

»*Oha* – du sagst es!«, murrte Natalies Großvater und sah etwas blass aus. Natalie hätte am liebsten laut geschrien.

»Dann war der ganze Weg umsonst?«, fragte Giles.

Avery Hardaker wirkte nachdenklich. »Nicht den Mut verlieren, junger Mann. Lasst mich kurz mit der Kuratorin plaudern, herausfinden, ob sie uns weiterhelfen kann.«

»Und wenn nicht?«, fragte Natalie verzweifelt.

Ihr Großvater antwortete nicht, doch seinem grimmigen Ausdruck merkte Natalie an, dass er keine Antworten zu geben hatte. Ihr Treffen mit Khalil hatte sie nach Peru geführt. Die anderen vertrauten ihr.

Während Giles auf die Toilette verschwand und Avery loszog, um die verantwortliche Leiterin zu finden, wartete Natalie draußen im Schatten. Ihre Mutter konnte sie nirgends sehen, dafür ließ etwas anderes ihre Haut kribbeln – der Sog des Aithers. Jemand war hier – eine Präsenz. Ihr Blick wurde vom klaren blauen Himmel angezogen, wo in mehreren Hundert Metern Höhe ein großer Vogel mit ausgebreiteten Schwingen einsam seine Kreise zog.

Wahrscheinlich ein Kondor, dachte Natalie. Die kamen in dieser Gegend häufig vor.

Der Vogel kreiste genau über ihr, und Natalie wurde das Gefühl nicht los, dass er sie beobachtete. Natürlich war das Blödsinn – vermutlich war er auf der Jagd und durchkämmte die Landschaft nach Kaninchen oder Nagetieren, oder Aas.

Doch der Nous ließ sie nicht los, als stünde sie dicht vor einem stark geladenen Gegenstand, der die winzigen Härchen auf ihren Armen anhob. Der Vogel segelte tiefer, nah genug, dass sie die Federn seiner Flügel erkennen konnte. Er musste mehr als einen Meter groß sein, majestätisch, aber auch einschüchternd. Eindeutig ein Kondor. Natalie erinnerte sich daran, was sie im Museum über den Glauben der Inka an die Wak'a – die Tiergeister – gelesen hatte. Wenn der Kondor wirklich den Aither symbolisierte und verkörperte …

Mit einem Flügelschlag segelte der Vogel über sie hinweg und davon. Er schien sich treiben zu lassen. Die Luft, die seinen Körper umgab, flackerte im Hitzeschleier – als würde der Vogel das Licht beugen. Natalie wartete nicht auf die anderen. Sie lief los, ließ sich vom Nous leiten und folgte dem Flug des Kondors.

KAPITEL 8

AQUILA

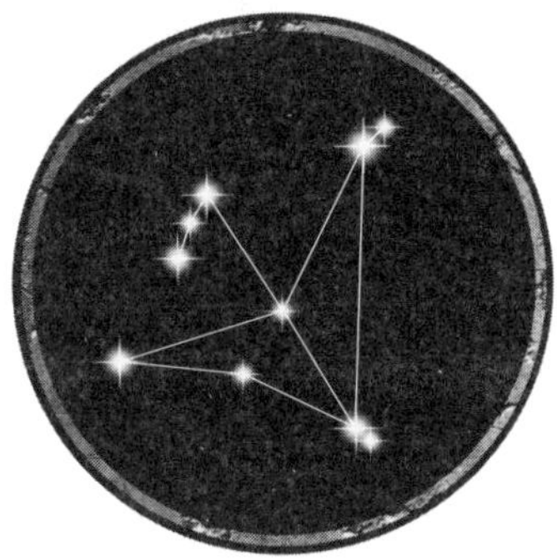

Der Adler.
Vogelflug führt zu himmlischer Einsicht.

In ihrem Hinterkopf war sich Natalie bewusst, dass sie weder ihrem Großvater noch Giles Bescheid gesagt hatte, wohin sie ging. Sie wusste, dass sie sich Sorgen machen würden, ließ sich davon allerdings nicht in ihrer Konzentration stören. Ihr Blick war an den riesigen Vogel geheftet, der auf verborgenen thermalen Strömungen segelte – vielleicht real, vielleicht ein Geist aus dem Reich *Hanaqpacha*, ein Bote aus dem Aither.

Wie weit sie gelaufen war, wusste sie nicht, auch nicht, wie lange der Rückweg zum Hauptteil der Ausgrabungsstätte dauern würde. Unter einer dünnen Staubschicht war der Boden steinig und aufgebrochen. Zwischen den Spalten hielten sich einige wenige hartnäckige Pflanzen. Vor Natalie ragte ein hoher Fels mit einer abschreckend steilen Wand auf. Darüber hielt der Kondor mitten in der Luft inne, gehalten vom Wind. *Ich muss ihm folgen.* Natalie legte die Hand auf den Stein und fing an zu klettern. Vor ihren Augen erschienen die verschiedenen möglichen Routen wie die Wasserläufe eines über die Ufer tretenden Flusses. Alle waren eine Herausforderung, doch ihr Geist griff in die Zukunft und sah, was am Ende einer jeden lag. Bei manchen rutschte und stürzte sie, bei anderen geriet sie in eine Sackgasse und musste umkehren. Doch eine, ein schmaler senkrechter Spalt, war gut. Sie wusste es einfach. Natalie grub die Finger in eine Furche, spannte den Rücken an und griff nach dem nächsten Vorsprung. Bisher war sie im ganzen Leben noch nie wirklich geklettert, vor allem nicht ohne Seil, aber etwas trieb sie an. Sie war gefangen im Strom des Schicksals und konnte nicht zurück.

Von weiter oben meinte sie das Rauschen von Wasser zu hören, obwohl das in einer so öden Gegend wie dieser höchst unwahrscheinlich war.

Als sie die Spitze des Felsens erreichte, zitterten ihre Muskeln, und ihre Kleidung klebte schweißnass an ihrem Körper. Sie war verschmiert, und eine ihrer Hände blutete. Ringsum war der Himmel dunkler, obwohl es mitten am Tag war. Der Kondor war fort, und alles war still. Hier oben gab es kein Wasser.

Sie drehte sich um, sah nach unten und riss den Mund auf. »Unmöglich«, hauchte sie.

Sie stand mindestens fünfzig Meter weit oben, hoch über der Ebene und dem Meer in der Tiefe. Die Landschaft hatte sich vollkommen verändert. Wo sie die einsamen Ruinen von Pachacámac erwartete, hatte sich aus der Wüste eine Stadt erhoben. Straßen schlängelten sich an unversehrten Häusern aus Stein vorbei, und entlang von Alleen wuchsen Bäume. Gestaffelte Pyramiden und Tempel, gestützt von soliden Säulen aus Stein, ragten über kleineren Gebäuden empor. Natalie wusste sofort, worauf sie da blickte, denn es ähnelte stark dem Modell, das sie im Museum betrachtet hatte. Dies war das Heiligtum Pachacámac, wie es vor Jahrhunderten existiert hatte. Menschen gab es auch – geisterhafte Gestalten in lose hängenden Gewändern, die Straßen und Stufen bevölkerten, Körbe trugen oder Ochsen führten, Leitern an Gebäude stellten.

Im Osten floss ein Strom zwischen Ufern voller Bäume. Natalie begriff, dass sie die Lösung des Rätsels direkt vor der Nase hatte. Das Wasser strudelte und schäumte, und während sie zusah, trat es über die Ufer. Wasserläufe blubberten über den trockenen Boden wie Finger, die sich nach der Siedlung ausstreckten. Eine Flut rückte an, und die Menschen im Heiligtum begannen zu rennen. Zwischen den Gebäuden bildeten sich Kanäle, Wasser ergoss sich in Eingänge und verwandelte kleinere Bauten in Matsch. Panische Schreie wehten zu Natalie herüber.

Was passiert da? Soll das der Strom des Schicksals sein? Was hat es zu bedeuten?

»Es bedeutet, das Schicksal ist ungewiss«, antwortete eine heisere Stimme auf ihre Gedanken.

Natalie riss den Mund auf und wäre um ein Haar über die Kante gerutscht. Hinter ihr saß eine ältere Frau am Boden. Ihre offenen Haare flossen in drahtigen, silbernen Strähnen über ihre Schultern. Sie trug eine Tunika, die aus überlappenden braunen Federn zu bestehen schien. Ihre Arme waren nackt – so trocken wie Zweige, an denen schlaffe, runzlige Haut hing. Auf ihre Wangen waren mit Henna Vogelfedern aufgemalt, und ihre Stirn zierte das Symbol einer strahlenden Sonne. Doch am meisten faszinierten Natalie ihre Augen, die blutrot waren. Sie war weder Mensch noch Vogel, sondern irgendetwas dazwischen, ein fleischgewordener Geist. Natalie wusste sofort, dass sie einer der *Hüter* war, von denen Khalil gesprochen hatte.

»Der Kondor …«, sagte Natalie. »Das waren Sie, nicht? Sie haben mich hierhergeführt.«

»Und wo ist *hier*?«, fragte die Frau. »Der Wak'a führt uns in allen Dingen.«

Natalie hatte ein bisschen Angst, so ganz allein mit dieser Fremden. Ihre Zähne, von denen einige fehlten, waren braun.

»Wer sind Sie?«, fragte sie. »Eine Kassandre?«

»Ich weiß nicht, was das bedeutet«, antwortete die Frau. »Früher einmal war ich eine Dienerin von Pacha Kamaq, sein Orakel. Die Menschen kamen zu mir, weil sie Antworten suchten.«

»Ich brauche auch Antworten«, sagte Natalie. »In meine Welt zieht das Chaos ein, und ich bin die Einzige, die es aufhalten kann.«

Die Frau kicherte. »Zu meiner Zeit sah ich Krieg und Frieden, Überflutungen und Hungersnöte. Den Göttern sind unsere Nöte einerlei. Was bescheiden und demütig ist, erhebt sich, und im Gegenzug fällt stets, was voller Hochmut ist.«

»Diesmal ist es anders«, sagte Natalie. »Das gibt ewigen Streit und Chaos.«

Die roten Augen der Frau blickten hart, und sie nickte kaum merklich. »Dann ist es also wahr. Ich hatte es vorausgesehen, aber nicht den Mut, an meine schlimmsten Ängste zu glauben. Ich habe etwas für dich, Natalie Hardaker.«

Natalie war völlig verdattert, ihren Namen von den

spröden Lippen dieser Frau zu hören. Das uralte Orakel öffnete die Hand. Darin lag ein schwarzer Stein, wie ein flacher Kreis mit einem Sprung in der Seite – als wäre er eine Frucht, in die man hineingebissen hatte. Auch das Innere war schwarz, allerdings durchzogen von blauen Adern in der Farbe des Himmels.

»Der Himmelsstein!«

»Er kam aus *Hanaqpacha*, aus dem Süden«, sagte die Frau. »Der Stein ist es, der es möglich macht, dass ich dich hier treffe – er existiert in beiden Welten, der der Menschen und der der Geister. Er existiert jenseits der Zeit. Man hat mich damit begraben, genau hier, doch heute überreiche ich ihn dir.«

»Was macht er?«, wollte Natalie wissen.

»Er ist ein Führer«, antwortete die Frau. »Wer unsere Gabe hat, kann mit seiner Hilfe andere finden. Nimm einfach ein Totem desjenigen, den du suchst, und der Stein wird dich zu ihm bringen, so wie er heute auch uns zusammengeführt hat.«

Sie schloss die Hand. Von unten wehte Wind herauf, und die Umrisse des Orakels begannen zu schimmern, während die Ränder ihrer Tunika wie Federn aufflatterten. »Unsere gemeinsame Zeit ist beinahe abgelaufen.«

»Nein, gehen Sie nicht!«, bat Natalie. »Ich weiß nicht, wohin ich als Nächstes soll.«

Die Gestalt der Frau verblasste, doch ihre Augen glühten rot wie Kohle, als sie in einer Art Singsang antwortete.

»Folge dem Vogel in der Nacht voll
Sterne zum Anbruch des Nordens.
Ihr Name ist Luft.
Siehst du sie am geschmiedeten Himmel, findest
du die andere Schöpfung des Schmieds,
um eure Zukunft zu verknüpfen, wo die Geister
ins Land der Toten aufbrechen, unter dem Fluss.«

Natalie hörte den schrillen Schrei eines Vogels. Dann war die Frau verschwunden. An ihrer Stelle war nichts außer einem kleinen Haufen Steine. Als Natalie sich umwandte, sah sie, dass die Gegenwart wieder normal war – wie vorher waren dort das Museum und die Ruinen von Pachacámac, das Heiligtum nur eine Menge Geröll und Mauerreste, die Flussbetten ausgetrocknet. Doch es dämmerte bereits, nachdem die Sonne untergegangen war, und die ersten Sterne der Nacht blitzten vom dunkelblauen Himmel. In der Ferne fuhr ein Bus voller Touristen davon, der bereits die Scheinwerfer eingeschaltet hatte. Und jemand rief nach ihr, leise, aber voller Panik.

Unten am Fuß der Steilwand saßen in einem Jeep ihre Mutter und die anderen. Als Natalie ihnen zurief, blickten sie entsetzt zu ihr hoch. Giles legte die Hände über die Augen und winkte schließlich.

»Wo warst du denn?«, brüllte Elodie. »Natalie, wir haben überall nach dir gesucht!«

»Ich … ich bin hier rauf«, schrie Natalie.

»Wie?«, rief Giles.

Natalie schaute nach unten und bekam auf einmal Höhenangst. »Ich … ich bin geklettert«, antwortete sie, auch wenn sie das selbst nicht mehr begreifen konnte.

»Bleib, wo du bist!«, rief ihr Großvater. »Wir kommen hoch.«

Sie fuhren davon, umrundeten den steilen Felsen und verschwanden außer Sicht, zweifellos auf der Suche nach einem Weg nach oben.

Eine halbe Stunde später hörte Natalie, wie sich hinter ihr das Dröhnen des Motors näherte. Dann kam der Jeep über den unebenen Boden auf sie zugeholpert. Elodie sprang ab, noch ehe der Wagen angehalten hatte, und schnappte sich Natalie.

»Was ist nur in dich gefahren?«, fragte sie und drückte sie an sich.

»Ich weiß es nicht«, antwortete Natalie.

»Hättest du nicht wenigstens Bescheid sagen können?« Giles klang wütend. »Konntest du dir nicht denken, dass wir uns vielleicht Sorgen machen?«

»Ich war doch nur ein paar Minuten weg«, sagte Natalie, obwohl die anbrechende Nacht etwas anderes erzählte.

»Es waren sieben Stunden«, sagte ihr Großvater, der mitgenommen aussah. »Wir dachten schon, man hätte dich entführt … oder schlimmer …«

»Sie sieht unverletzt aus«, sagte Romain, der sie gründlich musterte. »Aber sie muss dehydriert sein.« Er reichte ihr eine Wasserflasche. Natalie hatte keinen Durst, trotzdem nahm sie ein paar Schlucke.

Avery Hardaker schaute in den Abgrund. »Da hat sie aber verflixt großes Glück gehabt! Natalie – eine Erklärung, wenn ich bitten darf!«

Natalie rang nach den richtigen Worten. Wie konnten sieben Stunden vergangen sein?

»Ich bin einem Kondor gefolgt«, sagte sie. »Der Aither hat mich geleitet – ich habe mit einer Frau gesprochen … einem Geist. Ich glaube, sie war der Vogel, aber sie meinte, früher wäre sie ein Orakel von Pachacámac gewesen …« Natalie zeigte auf die aufgetürmten Steine. »Sie war genau dort. Und sie hatte den Himmelsstein. Sie hat ihn mir gegeben …«

»Du hast ihn?«, fragte Giles.

Natalie sah auf ihre leeren Hände. »Ja, na ja, nein. Aber sie hat gesagt, er sei hier.«

Die Miene ihres Großvaters entspannte sich, als er sie so offensichtlich verwirrt sah. »Es sieht wie ein Steingrab der Inka aus«, meinte er.

Natalie ging neben den Steinen in die Hocke. »Er muss hier sein.« Sie nahm den obersten Stein in die Hand.

»Sollten wir das denn machen?«, gab Giles zu bedenken. »Ich meine, Steingrab heißt ja wohl, dass hier jemand begraben ist, richtig? Eine Leiche …«

»Wir haben keine Wahl«, sagte Natalie. Sie warf den Stein zur Seite und griff nach den nächsten beiden. »Helft mir lieber.«

Romain trat zu ihr und machte sich daran, den Haufen abzutragen. Auch Elodie packte mit an. Schon bald waren sie auf Bodenhöhe angelangt, doch die Steine reichten noch weiter in die Erde hinein. Natalies Großvater holte eine Taschenlampe und leuchtete ihnen, während sie weiterarbeiteten, Steine und Erde aus dem immer größer werdenden Loch im Boden holten. Währenddessen erzählte Natalie den anderen von den Worten der alten Frau. Obwohl sie keinen Sinn ergaben, erinnerte Natalie sich genau daran, als hätte man sie wie eine Steinmetzarbeit in ihr Gehirn gemeißelt. Trotzdem notierte Natalie sie im Schein der Taschenlampe in ihrem Buch.

»Völlig logisch!«, knurrte Giles sarkastisch, während er ihr über die Schulter schaute.

»Orakel haben die Angewohnheit, in Rätseln zu sprechen«, sagte Natalies Großvater. »Und es ist typisch für sie, mehrdeutig zu sein. Oft ergaben ihre Weissagungen erst viel später Sinn, rückblickend.«

»Also alles andere als eine Hilfe«, sagte Romain. Natalie blickte ihn in der Dunkelheit an. Es war schwierig zu sagen, wann der stoische Bodyguard ausnahmsweise einmal einen Scherz machte.

Natalie machte eine Pause, um einen Schluck Wasser zu trinken. Die Sterne waren eine wahre Pracht, Millionen funkelnder Punkte, die die Landschaft mit einem silbrigen Schimmer überzogen. Kein Wunder, dass dieser Ort bei den alten Inka etwas Besonderes gewesen war.

Plötzlich quiekte Giles wie ein kleines Mädchen auf und rutschte auf dem Po möglichst weit an den Rand des ausgehobenen Grabs.

»Was ist?«, fragte Natalie und eilte mit einer weiteren Taschenlampe zu ihm. Als sie in die Grube leuchtete, entdeckte sie das unverkennbare weiße Leuchten von Knochen. Auch ein Fetzen alter Kleidung war dabei.

»Wir haben sie gefunden«, sagte Elodie.

»Gut«, meinte Giles, der sich bereits erholte. »Super.« Er machte keine Anstalten, näher zu kommen.

Natalie war zu ihrer eigenen Überraschung ganz gelassen. *Sie wollte, dass ich herkomme. Sie wollte, dass ich grabe.*

»Geht zurück«, sagte sie. »Lasst mich das machen.«

Bevor jemand etwas erwidern konnte, ließ Natalie sich in das Loch hinab und holte noch mehr Erde und Steine heraus. Nach und nach legte sie mehr von dem verbandartigen Material frei, bis sie einen Umriss erkennen konnte. Der gewölbte Knochen, auf den Giles gestoßen war, befand sich am einen Ende, und Natalie vermutete, dass es sich dabei um einen Schädel handelte.

»Es ist eine Mumie«, erklärte ihr Großvater. »Wie die im Museum.«

Es schien keinen Grund zu geben, nun aufzuhören, also schälte Natalie behutsam den Stoff von der Leiche. Sie war sehr klein, eingerollt lag sie mit den Knien am Kinn da, und die spindeldürren Arme waren wie zum Gebet verschränkt. Dann sah Natalie ihn. Die fleischlosen Finger der Mumie umklammerten den Himmelsstein, einen schwarz polierten Stein, der von Adern aus reinem Blau durchzogen war. Eine sanfte Brise wisperte über dem

Steingrab. Und kurz meinte Natalie das Schlagen von Flügeln zu hören. Aber außer ihr schien nur Elodie es zu bemerken, die den Blick zum Himmel hob. Sie sah Natalie an, doch keiner von ihnen sprach ein Wort.

»Sollten wir, äh, wirklich die Toten beklauen?«, fragte Giles.

»Du hast zu viele Horrorfilme gesehen«, meinte Elodie, tätschelte ihm den Rücken und lächelte plötzlich. »Sie will, dass wir ihn haben. Ich spüre es.«

Natalie streckte die Hand aus und berührte die kühlen Knochen. Leicht ließen sie sich beiseiteschieben, und Natalie nahm den Meteoritensplitter an sich. Er war genau wie in ihrer Vision. Sie drehte ihn, sodass die anderen den blau geäderten Stein im Innern sehen konnten. Alle waren sprachlos. Natalie wickelte vorsichtig die Bandagen wieder um die sterblichen Überreste und flüsterte: »Danke.«

KAPITEL 9

TELESCOPIUM

Das Teleskop.
Richte den Blick in weite Ferne.

Im Minibus auf dem Rückweg nach Lima ließ Natalie sich die mysteriöse Prophezeiung der Seherin durch den Kopf gehen. Wort für Wort sagte sie sich laut und langsam vor, als würde das dabei helfen, die Bedeutung zu entschlüsseln. Giles schaute sich Natalies Notizen an und folgte mit dem Blick den Buchstaben des Rätsels, während er mit einem Stift gegen seinen Kopf tippte. Natalie lächelte. Dass Giles sich überhaupt auf etwas konzentrierte, noch dazu auf eine Art von *Gedicht*, hätte Natalie noch vor sechs Monaten für fast unmöglich gehalten. Sie dachte an ihre erste Begegnung mit Giles. Sie hatte ihn verwöhnt und egoistisch gefunden. Jetzt konnte sie sich nicht vorstellen, irgendwo ohne ihn hinzugehen.

Giles warf das Buch zur Seite. »Tut mir leid. Je öfter ich das lese, desto weniger Sinn macht es.«

»Versuchen wir es doch einmal Stück für Stück«, schlug Elodie vor. »Es gibt Metaphern, die auf einen Schmied hindeuten. Viele alte Religionen hatten Gottheiten, die Schmiede waren. Vulkan zum Beispiel.«

Giles breitete die Finger zu einem geöffneten V aus. »Lebe lang und in Frieden.«

»Nicht Vulkan!«, sagte Natalie. »Vulkanus. Der römische Gott der Schmiede. Für die Griechen war er Hephaistos, und die Ägypter hatten Ptah.«

»Das hab *ich* sogar gewusst«, murmelte Giles. »Zum Teil jedenfalls. Und was soll das dann heißen, von wegen geschmiedeter Himmel? Hat einer dieser Götter den Himmel erschaffen?«

»Nein«, antwortete Natalies Mutter. »Und keiner der Götter, die Natalie aufgezählt hat, kommt aus dem Norden.«

Ihre Worte brachten in Natalies Hirn etwas zum Schwingen. »Gab es bei den Skandinaviern nicht auch einen Gott der Schmiede?«

»Brokkr von Asgard«, antwortete ihr Großvater. »Er stellte Thors Hammer, Mjölnir, her.«

»Wahnsinn – dann suchen wir also den?« Giles strahlte. »Cool!«

»Möglich«, sagte Avery Hardaker. »Doch es gab auch bei den alten Finnen einen Schmiedegott – sein Name war Ilmarinen. Von ihm heißt es, er habe die Welt geschmiedet.«

»Aber es könnte trotzdem noch um Thors Hammer gehen, richtig?«, wollte Giles wissen.

»Ilmarinen schuf den legendärsten Gegenstand der finnischen Mythologie«, sagte Natalies Großvater. »Den Sampo.«

»Und das ist …?«, fragte Natalie.

»Das weiß keiner so genau«, antwortete Avery. »Manchmal wird er als Schwert dargestellt. Es heißt, er sei ein Gegenstand von unermesslicher Kraft.«

»Ich glaube, du hast recht«, sagte Natalie. »Und ich habe gerade herausgefunden, was mit dem *Anbruch des Nordens* gemeint ist.«

»Aurora Borealis«, sagte Romain vom Fahrersitz aus. Alle sahen ihn überrascht an. »Ich höre tatsächlich zu, wisst ihr? Auch in Finnland sieht man die Nordlichter.«

»Und die Völker Nordeuropas haben früher geglaubt,

dass das Polarlicht ein magisches Tor für die Geister ist, durch das sie die Welt betreten und verlassen können«, sagte Elodie. »Damit würde die Prophezeiung noch logischer werden: *wo die Geister ins Land der Toten aufbrechen*.«

»Okay, okay«, sagte Giles. »Und was ist mit dem Rest? Der Vogel, der Luft heißt, und der Kram übers Knüpfen?«

Darauf hatte keiner eine gute Antwort parat, doch schließlich meldete sich Natalies Großvater zu Wort. »Ich kannte einmal einen Professor für skandinavische Anthropologie an der Universität von Helsinki, der Lars Moren hieß. Vielleicht ist er noch immer dort. Wenn ihr mich an einer Telefonzelle absetzt, versuche ich, ihn zu erreichen und um Rat zu fragen.«

»Meinen Sie wirklich, das ist eine gute Idee?«, fragte Giles.

Elodie nickte langsam. »Öffentliche Telefone sind nicht zurückverfolgbar, und mit der Maske von Janus, die uns im Aither verbirgt, sollte es keine Probleme geben.«

»Du glaubst, sie hält uns versteckt, auch dann, wenn ich sie nicht trage?«, fragte Natalie.

Elodie rieb sich das Kinn. »Ja, das glaube ich. Mir ist aufgefallen, dass der Aither sich in der Nähe der Maske seit deinem Treffen mit Khalil anders anfühlt. Als strahle die Maske ein Kraftfeld aus. Der Aither wirkt beinahe ... leer – oder wie weißes Rauschen. Ich glaube, diese beschützende Aura geht immer, zu jeder Zeit, von der Maske aus. Allein sie bei uns zu haben, verbirgt uns.«

Giles sah Natalie an. »Kapierst du das?«

Elodie lächelte. »Ich bin die Meisterin der Verkleidung – die Gesichtslose. Die Kunst, sich zu verbergen, liegt quasi auf meiner Wellenlänge.«

Natalie hob die Maske auf. Spürte die glatte Oberfläche unter den Fingern und betrachtete die zwei unterschiedlichen Gesichter, Licht und Schatten, die sich voneinander abwandten. Janus, der Gott der Türschwellen und Tore, des freien Willens und der Wahl. Der römische Gott, der sich aus dem griechischen Botengott Hermes entwickelt hatte, dessen Ursprung wiederum im ägyptischen Totengott Anubis lag. Anubis, der Tag für Tag zwischen der Welt der Lebenden und der Welt der Toten hin- und herging – symbolisiert durch den Hundsstern Sirius, den hellsten am Nachthimmel, Herold von Verwüstung, aber auch von Wiedergeburt. Sie schloss die Augen und lauschte. Ja, nun fühlte auch sie es wie ein leises Summen in ihrem Hinterkopf, allgegenwärtig, und es ging von dem Gegenstand in ihren Händen aus. »Ich spüre es«, sagte sie zu Elodie. »Ich fühle ihren Schutz.«

»Manchmal muss man wissen, dass etwas da ist, bevor man es tatsächlich wahrnehmen kann«, sagte Elodie. Giles kratzte sich am Kopf. Romain brachte sie in die Vororte von Lima, wo sie im Minibus warteten, während Avery loszog, um zu telefonieren.

Auf ihrem Platz zog Natalie den Himmelsstein heraus und sah ihn sich gründlich an.

»Sie haben das Ding für einen Meteoriten gehalten, oder?«, fragte Giles. »Vielleicht ist es ja ein Alien-Artefakt!«

Ein winziges Lächeln umspielte Elodies Lippen.

Natalie fuhr die blauen Adern nach. »Wahrscheinlich könnten wir ihn ausprobieren. Damit den Orphischen Rat kontaktieren.« Sie schaute auf ihre Uhr. In Mailand war es kurz nach Mittag – Thwaites Besprechung musste bereits im Gange sein.

»Wie denn?«, wollte Giles wissen. »Ist das Ding so was wie ein prähistorisches Smartphone?«

»Das Orakel meinte, ich brauche ein Totem desjenigen, mit dem ich in Verbindung treten will. Schätze, das heißt einfach irgendeinen Gegenstand, der ihm etwas bedeutet.«

»Zum Beispiel?«, fragte Giles.

Natalie sah sich im Minibus um, auf der Suche nach etwas, das Lionel gehörte. Doch er hatte seinen Koffer mitgenommen. Dann fiel ihr Blick auf Giles. »Du zum Beispiel.«

»Ich bin kein Gegenstand!«, protestierte Giles.

Natalie grinste. »Aber irgendwie gehörst du Lionel. Er ist dein gesetzlicher Vormund, und obwohl ihr zwei zu stolz seid, es zuzugeben, *bedeutet* ihr euch viel. Er trifft sich gerade mit dem Rat.«

Giles runzelte die Stirn. »Von mir aus. Dann versuch dein Glück. Aber ich garantiere für nichts! Was soll ich machen?«

Natalie zuckte mit den Schultern, doch ihre Mutter sagte: »Wenn ich jemanden im Aither aufspüren will, muss ich mir ihn nur vorstellen und seinen Namen sagen.« Sie rutschte näher zu Natalie. »Wenn wir unseren Nous vereinen, haben wir vielleicht bessere Chancen.«

Den Himmelsstein in der einen Hand, hielt Natalie die andere Giles hin. Er wirkte unsicher. »Jetzt komm schon«, sagte sie. »Ich beiße nicht.«

Leicht rot im Gesicht, schob er seine Finger zwischen ihre. Seine Haut war warm, und Natalie hoffte, ihm würde nicht auffallen, dass auch ihr das Blut in die Wangen stieg. Ihre Mutter schien von der ganzen Peinlichkeit zum Glück nichts mitzubekommen, sondern legte lediglich ihre eigene Hand über die von Giles und Natalie. Mit geschlossenen Augen stellte Natalie sich Lionel Thwaites vor. Schwer war das nicht. Sie stellte fest, dass sie ihn sich so ausmalte, wie sie ihn vor Jahren einmal auf einer Doppelseite in einer Zeitschrift gesehen hatte: in einem Tweedanzug vor seinem Landhaus mit einem Gewehr in der Hand. Leise sagte sie seinen Namen: »Lionel Thwaites, führe mich zu dir.«

Von hinten spürte sie einen Druck, als würde eine Hand sie behutsam, aber zielsicher vorwärtsschieben. Als sie die Augen öffnete, waren sämtliche Farben – das Innere des Wagens, die Welt draußen – verblasst. Alles verschwamm an den Rändern wie Segel im Wind. Nur Elodie und Giles sahen solide und real aus.

»Was passiert hier gerade?«, fragte Giles und schaute sich um. Offensichtlich konnte auch er die Veränderung sehen. Natalie griff seine Hand fester und wiederholte Lionels Namen. Während ihre Umgebung immer weiter verwischte und sich in Nebel verwandelte, kam eine ganz andere Welt zum Vorschein. Mit einem plötzlichen Sauggeräusch verschwand der Bus komplett, dafür standen sie zu dritt offenbar im Keller eines Restaurants. In den Regalen lagerten Weinflaschen, und von Deckenhaken baumelten große Räucherschinken. Für Licht sorgten mehrere Kerzenleuchter. Der einzige Tisch wurde von sechs Gestalten in Roben und Lionel Thwaites eingenommen, der mit dem Rücken zu Natalie und ihren Begleitern saß. Einige der Ratsmitglieder kannte Natalie von früheren Begegnungen. Der Ratsoberste war ein hochgewachsener Mann mit bronzefarbener Haut, traurigem Gesicht und langen Wimpern. Die Frau neben ihm war die afrikanische Myste, groß und dunkelhäutig, mit selbstsicherer Haltung und kurz geschorenem Haar. Sämtliche Gesichter wirkten hager, die Augen müde. Ihre Roben waren in schlechtem Zustand. Unter den Übrigen befanden sich zwei weitere Männer, die unter ihren Kutten muskulös wirkten – vielleicht ehemalige Soldaten. Die letzten beiden waren eine ältere Asiatin und eine jüngere Frau mit hinreißend grünen Augen und so blondem Haar, dass es beinahe weiß erschien. Alle machten einen verängstigten, erschöpften Eindruck.

Die sechs Mitglieder des Orphischen Rats sprangen auf und schoben entsetzt ihre Stühle zurück.

»Nur die Ruhe!«, sagte Giles. »Wir sind keine Geister oder so.«

»Das Mädchen!«, sagte die weißblonde Frau.

Thwaites drehte sich stirnrunzelnd um. »Wie bitte?«

Sein Blick richtete sich auf die Wand hinter ihnen.

»Er kann uns weder sehen noch hören, weil er kein Kassander ist«, erklärte Elodie.

»Wie ist das möglich?«, fragte der Anführer des Orphischen Rats – in seiner Stimme schwang ein italienischer Akzent.

Natalie hielt ihnen den Stein entgegen.

»*Damit*, mit dem Himmelsstein – der zweiten Waffe, auf die Khalil mich angesetzt hat.«

»Dann hat Lord Thwaites also recht«, sagte der Anführer. Die Übrigen nickten.

Giles lief zu seinem Vormund und wedelte mit der Hand vor dessen Gesicht herum. Thwaites reagierte nicht. »Genial!«, sagte Giles und streckte die Zunge heraus.

»Vielleicht könnte einer von Euch Lord Thwaites die Lage erklären«, bat Elodie.

Während die dunkelhäutige Frau mit der aufrechten Haltung dies übernahm, versammelte sich der Rest um Natalie und den Himmelsstern.

»Im Lauf der Zeit haben immer wieder Omen vier solcher Waffen angekündigt«, sagte der Anführer, »aber nie hätte ich gedacht, in meinem Leben eine zu sehen.«

»Zwei haben wir«, sagte Natalie. »Die Maske von Janus ist die erste.«

Der Oberste Myste nickte. »In der Vergangenheit haben Vorzeichen von Waffen erzählt, die das Gleichgewicht wiederherstellen sollen, doch sie waren immer sehr vage.«

Einer der sportlichen jungen Männer ergänzte: »Angeblich stammen sie aus den vier Himmelsrichtungen: Osten, Westen, Norden und Süden. Ihr habt den Stein aus dem Süden und die Maske aus Frankreich, aus dem Westen, wo Khalil sie herstellte.«

»Und wir haben einen Hinweis, dass die nächste im Norden zu finden ist«, sagte Elodie. »Wir glauben, sie könnte irgendwo in Skandinavien versteckt sein.«

»Sehr gut«, sagte der Ratsoberste. »Noch könnte der Strom des Schicksals uns in Sicherheit bringen.«

»Ist Giles auch da?«, fragte Thwaites und sah sich um.

»Ja«, antwortete der Ratsoberste.

»Tja, äh … Sagt ihm, er soll sich benehmen«, meinte Thwaites, nahm einen Schluck Rotwein und blickte in ihre ungefähre Richtung.

Giles rollte mit den Augen. »Noch immer der gute alte Lionel«, murmelte er.

»Doch ihr müsst euch in Acht nehmen!«, sagte der Anführer des Rats zu Natalie. »Je näher ihr eurem Ziel kommt, die Ordnung wiederherzustellen, desto heftiger wird das Chaos darum kämpfen, die Oberhand zu behalten. Wir haben es im Aither gesehen: Das Omen Scorpio überschattet alles. Vor allem dich, Natalie.«

Erzähl mir was Neues, dachte Natalie.

»Wir sollten gehen«, sagte Elodie. »Je länger wir den Himmelsstein benutzen, desto wahrscheinlicher ist es, dass Anath und Schar Euch im Aither aufspüren. Obwohl wir durch die Maske von Janus geschützt sind, gilt das womöglich nicht für die Ratsmitglieder – sie sind immerhin Tausende von Kilometern weit weg.«

»Ist Giles noch da?«, fragte Thwaites.

»So ist es«, bestätigte der Ratsoberste. »Er hört jedes Ihrer Worte.«

»Gut, gut«, meinte Thwaites. »Schön. Giles? Hör zu, mein Junge. Sei … einfach vorsichtig, in Ordnung?«

Giles lächelte. Als Natalie den Griff um den Himmelsstein lockerte, verschwand der Keller.

KAPITEL 10

MAGHĀ

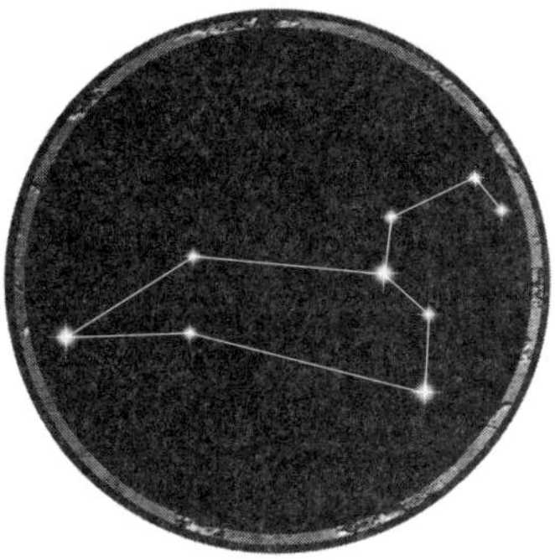

Ein Sanskrit-Mondhaus, das »Vater« bedeutet.

Nachdem Professor Hardaker mit seinem Kollegen von der Universität von Helsinki gesprochen hatte, hatte er für sie gleich den nächsten Flug nach Finnland gebucht: eine Fünfzehn-Stunden-Reise mit Umstieg in New York.

»Lars ist eigentlich gerade in seinem Forschungszentrum weit nördlich der Hauptstadt«, berichtete er. »Aber er hat eingewilligt, sich mit uns zu treffen. Er ist ein guter Kerl, wenn auch manchmal etwas mürrisch. Ich musste ihm eine kleine Lüge auftischen.«

»Was für eine?«, wollte Elodie wissen.

Natalies Großvater grinste spitzbübisch. »Dass ich ihn berühmt machen könnte«, murmelte er. »Ich erkläre es euch auf dem Flug.«

Vor dem Check-in mussten sie noch drei Stunden totschlagen, also besuchten sie Belinda Estevez in der Universität. Und tatsächlich hatte sie ihnen etwas zu zeigen.

Ihre Anwesenheit in der mathematischen Fakultät bescherte ihnen komische Blicke von Studenten und Tutoren. »Wir sind Wunderkinder«, sagte Giles und hielt einem ernst dreinschauenden jungen Mann die Hand zum Einschlagen hin – worauf der nicht einging.

In einem kleinen Labor voller Computer und Server zeigte Belinda ihnen auf einem großen Monitor eine Reihe von Dateien.

»Die erste Barrikade von Verschlüsselungen für Schars Dateien habe ich überwunden«, sagte sie. »Aber ich kann nicht genau sagen, was ich gefunden habe.«

Auf dem Bildschirm erschien ein animiertes Modell. Es zeigte drei Punkte. Zwei waren mit »A« gekennzeichnet, der dritte mit »S«. Alle drei waren mit einer Linie verbunden. Belinda drückte auf Play. Ein Globus tauchte auf, mit einem »S« dort, wo vermutlich die Schweiz lag. Von dem »S« gingen Striche wie Fluglinien aus, die zu verschiedenen anderen Orten der Erde führten. Sobald die Linie ein Ziel erreicht hatte, schossen von dort mehrere neue Strichlinien heraus, bis aus der ursprünglichen Linie Tausende geworden waren. Innerhalb von Sekunden war die gesamte Erdkugel von Linien bedeckt. Dann wurde der Monitor schwarz.

»Nach einigen Sekunden bricht es jedes Mal ab«, erklärte Belinda.

»Sieht wie ein Virus aus«, sagte Avery Hardaker.

»Oder wie der Schmetterlingseffekt«, meinte Natalie.

»Klar«, murmelte Giles.

»Du hast davon gehört?«, fragte Belinda.

Giles wurde rot. »Äh ... nein. Nicht wirklich.«

Natalie erklärte es. »Es ist ein Teil der Chaostheorie, eine Möglichkeit, zu erklären, wie kleine Ereignisse große, ungewollte oder unerwartete Folgen haben können. Ein Schmetterling, der in China mit den Flügeln flattert, kann in Nordamerika einen Sturm auslösen.«

»Oder die kleine Tat eines Einzelnen kann einen enormen Einfluss haben«, ergänzte Elodie.

»Da wäre noch etwas«, sagte Belinda. »Die Datei heißt *Scorpio*.«

Natalie schauderte, als sie an ihre Vision des Scorpio-Sternbilds denken musste, das am Nachthimmel explodiert war und jeden anderen Stern verschluckt hatte, bis nur noch der Planet Eris übrig war. »Vielleicht steht das ›S‹ dafür«, sagte sie. »Und Scorpio ist irgendein Plan, Chaos zu verbreiten.«

»Dann wären die ›A‹ also Anath und … was? Aither?«, rätselte Giles. »Sorry, aber warum hat Schar eine Grafik für seinen fiesen Plan gemacht?«

»Das ist keine Grafik«, sagte Belinda. »Es ist ein Modell, eine Möglichkeit, die Arbeit eines Computers visuell abzubilden.«

»Und kann die uns noch mehr zeigen?«, fragte Giles.

»Ich muss mir die Programmierung ansehen, in meinem Labor in Mexiko.«

»Pass auf dich auf«, sagte Natalies Großvater und berührte ihre Schulter.

»Natürlich«, antwortete Belinda. »Und du auf dich.«

Am Flughafen von Lima waren die Anzeichen des drohenden Chaos nicht zu übersehen. Die Menschen standen quer durch den Terminal und bis zur Tür hinaus Schlange. Eine der größeren Airlines hatte nach einem kürzlichen Absturz sämtliche Flüge gestrichen, sodass die Passagiere festsaßen, schlechte Stimmung sich verbreitete. Überall waren bewaffnete Polizisten. Nervös trat Natalie von einem Bein aufs andere, während ein Sicherheitsangestellter ihre gefälschten Reisepässe begutachtete und argwöhnisch von einem zum anderen blickte. Sie waren schon eine seltsame Truppe: ein alter Mann, sein Leibwächter, eine Frau und zwei Kinder. Doch endlich, nachdem er die Dokumente überflogen und mehrere Fragen zu den Gründen ihrer Reise gestellt hatte, durften sie weiter.

Giles schlief in der Abflughalle auf zwei recht unbequemen Stühlen ein. Romain, treu wie immer, setzte sich mit geschlossenen Augen neben ihn. Doch wie Natalie ihn kannte, war er durchaus wach und jederzeit bereit, in Aktion zu treten, sollte es nötig werden. Natalies Großvater las Zeitung. Die Schlagzeilen handelten von Neuigkeiten über den Börsencrash in Deutschland, der kein Ende nehmen wollte – nur ein weiteres Beispiel für den Einfluss des Mysteriums von Eris.

Natalie fand ihre Mutter, die aus den großen Fenstern aufs Rollfeld blickte.

»Kannst du auch nicht schlafen?«, fragte sie und steckte etwas in die Tasche, als Natalie zu ihr kam.

»Nein«, antwortete Natalie. »Versteckst du was?«

Elodie zog schuldbewusst die Hand aus der Tasche. Es war nur ein Schlüsselring mit dem Emblem der Boston Celtics. »Ich wusste gar nicht, dass du Basketball magst«, sagte Natalie.

»Tu ich nicht. Es hat deinem Vater gehört.«

Natalie ging ein Ruck durchs Herz. Gleichzeitig war es ihr peinlich, ihre Mutter gestört zu haben. Sie wusste so wenig über das gemeinsame Leben von Elodie und

Matthew Hardaker, da ihr Vater nach seinem Zusammenstoß mit dem Rat von Eris vor rund dreizehn Jahren fast ihr gesamtes Leben lang in der Psychiatrie gewesen war.

»Tut mir leid«, sagte Natalie. »Ich lass dich in Ruhe.«

Als sie sich abwandte, sagte ihre Mutter: »Nein, bleib doch.« Nach einer Pause, während derer sie mit dem Schlüsselanhänger gespielt hatte, ergänzte sie: »Es tut mir leid. Alles.«

»Was meinst du?«, fragte Natalie. Sie sah Tränen in die Augen ihrer Mutter treten.

»Es ist nicht fair, dass du diese Bürde zu tragen hast«, sagte Elodie. »Du hast schon genug mitgemacht. Ich könnte mir nie verzeihen, wenn ... wenn ich auch dich verletzen würde.«

Natalie drückte ihre Mutter an sich. »Was Dad passiert ist, war nicht deine Schuld«, flüsterte sie.

Elodie wischte sich über die Augen. »Das ist lieb von dir, aber meine Kräfte waren es, die das Mysterium von Eris angezogen haben.«

»Das *Schicksal* hat ihm das eingebrockt«, sagte Natalie nachdrücklich, »und jetzt haben wir die Gelegenheit, das Schicksal zum Besseren zu wenden. Wir können das nicht einfach so ignorieren.«

Einen Augenblick lang schwieg ihre Mutter. Sie betrachtete Natalies Rucksack. »Darf ich den Himmelsstern ausborgen?«

Natalie war wie vor den Kopf gestoßen, und ihr lag ein »Wozu?« auf den Lippen. Doch dann fiel ihr Blick noch einmal auf den Schlüsselring, und sie begriff. »Du willst mit Dad reden.«

»Der Mann, der er war – sein Bewusstsein –, wurde vom Aither zerrissen«, sagte Elodie. »Aber das heißt nicht, dass es für immer verloren ist. Wenn der Aither Anath im Tod aufbewahrt hat, könnte auch Matthew irgendwo dort drin sein. Und wenn auch nur der Hauch einer Chance besteht ...«

Natalie war unsicher. Im Prinzip war die Idee ihrer Mutter natürlich verlockend. Sie hatte ihren Dad vor seinem Unfall nicht kennengelernt und immer geglaubt, er würde sich von seinem derzeitigen Zustand nie erholen. Die Möglichkeit, ihn zu treffen – sein *wahres* Ich –, war gleichzeitig verwirrend und etwas erschreckend. Doch dem flehenden Blick auf Elodies Gesicht konnte sie nichts abschlagen.

»Natürlich«, sagte Natalie. Sie öffnete ihren Rucksack, nahm den Himmelsstern heraus und sah sich um. »Aber willst du es *hier* machen?«

Elodie zeigte auf ein Schild, auf dem »Andachtsraum« stand. »Vielleicht wäre das eher angebracht ...«

Das Zimmer war leer, abgesehen von einem Fenster Richtung Osten, einigen Stühlen entlang der Wand und einem schlichten Tisch mit Schublade. Natalie und ihre Mutter saßen Seite an Seite und setzten ihre Masken auf.

»Sicher, dass du bleiben willst?«, fragte Elodie. »Ich weiß nicht, worauf ich stoßen werde.«

Natalie nickte. »Er ist mein Dad«, sagte sie nur.

Elodie schloss die Augen, und Natalie machte es ihr nach. »Matthew, führe mich zu dir«, sagte ihre Mutter. »Hilf mir, dich zu finden.«

Natalie fühlte sich wieder so benommen wie beim letzten Mal, als hätte die Schwerkraft sie freigegeben oder würde sie in eine völlig andere Richtung ziehen. Als sie die Augen öffnete, war die Wand mit dem Fenster verschwunden. An ihrer Stelle befand sich ein Park voller Schmuckgärten, der in goldenes Sonnenlicht getaucht war. Zuerst war alles in der Ferne verschwommen, als würde sie einen Film schauen, bei dem der Hintergrund ganz aus dem Fokus war. Nur dass der Park sich nicht auf einem zweidimensionalen Bildschirm ausbreitete, sondern überall, rings um sie herum, bis unter Natalies Füßen Gras wuchs und sie mittendrin war in der Welt ihrer Vorstellungskraft. Sie konnte die Blumen riechen und Kinder lachen hören. Als sie aufblickte, sah sie ein gewaltiges Bauwerk in die Höhe ragen.

Der Eiffelturm!

»Paris«, sagte sie.

Ohne einen bewussten Gedanken bewegten sie sich in den Schauplatz hinein. Auf einer Bank entdeckte Natalie eine Frau, die ihr den Rücken zuwandte und sich etwas nervös umsah. Erst auf den zweiten Blick erkannte sie ihre Mutter, allerdings eine weit jüngere Version. Diese Elodie schien kaum zwanzig zu sein. Sie sah Natalie zum Verwechseln ähnlich: dasselbe dicke braune, leicht gelockte Haar, die braunen Augen, die dunklen Brauen, die zu einem nachdenklichen Blick verzogen waren. Sie trug sogar eine Brille, die an Natalies erinnerte.

Plötzlich tauchte vor ihnen ein Arm mit einem Strauß gelber Blumen auf. Es war, als steckten sie selber in dem Körper, zu dem der Arm gehörte, und sähen durch dessen Augen. Natalie spürte das Klopfen eines Herzens, das nicht ihr eigenes war, während sie auf Zehenspitzen zu der Bank schlichen.

Die jüngere Elodie blickte sie an. »Matthew …«, nuschelte sie.

Sie hatten die Bank beinahe erreicht, als sein Fuß sich irgendwo verfing und sie der Länge nach stürzten. Die Blumen glitten aus der Hand und flogen in hohem Bogen durch die Luft, während Matthew mit einem Schrei auf den Boden fiel. Die jüngere Elodie legte eine Hand auf den Mund und sprang auf, um Natalies Dad zu helfen. In der Erinnerung fühlte Natalie, wie ihm die Röte in die Wangen schoss. Die Blumen waren überall verstreut.

»Nicht ganz, was mir vorschwebte«, sagte er kleinlaut, während er sich aufrappelte. Er beugte sich zu Elodie und küsste sie auf beide Wangen.

»Dort haben wir uns immer getroffen«, sagte ihre Mom neben ihr. »Zuerst haben wir Avery nichts gesagt. Er hatte mich ausgesucht, mich über meine Kräfte befragt. Ich glaube, er hat im Leben nicht damit gerechnet, dass Matthew und ich uns ineinander verlieben würden.«

Natalie und ihre Mutter sahen zu, wie Matthew und die jüngere Elodie gemeinsam die Blumen einsammelten, um anschließend Arm in Arm durch die Pariser Sonne davonzuspazieren. Ein absolutes Glücksgefühl erfüllte Natalies Herz.

Die Vision verblasste. Als Nächstes standen sie vorne in einer Kirche und schauten durch den Mittelgang. Auf den Bänken links und rechts davon saßen chic gekleidete Männer und Frauen. Natalies Magen war aus irgendeinem Grund voller Schmetterlinge. In der ersten Reihe erkannte sie eine jüngere Version ihres Großvaters. Sein Haar war dunkel, sein Gesicht ohne Bart. Er wirkte kräftig und grinste breit. Orgelmusik hob an. Dann tauchte am hinteren Ende der Kirche eine Frau im weißen Brautkleid auf.

»Das bist du!«, sagte Natalie. »Mom, du siehst wunderschön aus.« Neben ihr weinte ihre Mutter leise.

Sobald sie die Worte ausgesprochen hatte, veränderte sich die Szene erneut. Nun befanden sie sich in einem Krankenhaus und eilten an Ärzten und Schwestern vorbei durch einen Gang. Natalie überkam Angst, weil Matthews Blick in dieser Erinnerung so panisch hin und her zuckte. Draußen vor den Fenstern schneite es heftig, und alles war weiß. Sie kamen an einen Tresen, hinter dem eine Empfangsdame saß.

»Hardaker«, ertönte die Stimme ihres Dads. »Elodie. Sie wurde eingeliefert ... Ich bin ihr Ehemann.«

Eine Schwester nahm ihn am Arm. »Keine Sorge, Mr Hardaker. Es geht beiden gut!«

»Beiden?«, wiederholte er.

Die Schwester führte ihn in ein Krankenzimmer, in dem auf einem Bett mit hochroten Wangen Elodie lag. An ihrer Brust lag ein in Weiß gewickeltes Baby.

Die Elodie neben Natalie sprach durch Tränen: »Ich hatte einen Notkaiserschnitt. Matthew blieb unterwegs in einem Schneesturm stecken und hat alles verpasst.«

In der Vision betrachtete Matthew aufmerksam das Baby und streichelte mit der Hand über Elodies Wange. »Es tut mir leid, dass ich es nicht geschafft habe«, sagte er.

Ein Gefühl purer Freude erfüllte Natalies Brust, bis sie kurz vorm Platzen war, während er Elodie auf die Stirn küsste und sich zu dem Baby neigte, um es auf einen seiner winzigen Finger zu küssen.

Die Farben verblassten, und sie fanden sich im Andachtsraum wieder. In ihrem Herzen fühlte Natalie noch das Echo von Matthews unendlich großer Liebe. Hinter ihr erklangen Schritte und verrieten, dass sie im Zimmer nicht länger allein waren. Schnell nahmen sie die Masken ab. Ein Mann legte in Richtung Fenster eine Matte auf den Boden.

»Lassen Sie sich von mir nicht stören«, sagte er. »Bitte, fahren Sie fort.«

Natalie lächelte ihn an, während sie und ihre Mutter aufstanden. »Ist schon in Ordnung. Wir waren sowieso fertig«, sagte sie.

Als sie gingen, wirkte Elodie tief in Gedanken versunken.

»Geht's dir gut, Mom?«, fragte Natalie.

»Ich hätte nicht gedacht, dass es so sein würde«, antwortete sie. »Ich hatte gehofft, ich könnte ihn finden und mit ihm reden.«

»Aber … glaubst du nicht … dass Dad diese Erinnerungen für dich ausgesucht hat? Wie um dir zu beweisen, dass er dich liebt.«

»Kann schon sein«, sagte Elodie traurig. Leise sprach sie weiter. »Aber ich habe nachgedacht …«

»Darüber, ob wir ihn zurückholen können?«

Elodie riss die Augen auf. »Genau. Der Aither hat Anath erhalten – ihn vielleicht auch. Sein Körper ist in Boston, auf der Station … Was, wenn wir seine Bestandteile im Aither wieder mit seinem Körper vereinen könnten?«

»Aber Anath war eine Kassandre und hatte den Nous«, gab Natalie zu bedenken. »Ihr Bewusstsein wurde im Aither vollständig erhalten. Idris Khalil hat mir erzählt, dass normale Menschen in viele kleine Stücke zerteilt werden.« Beinahe hätte sie noch gesagt *so klein wie Sandkörner*, doch sie wollte ihre Mutter nicht noch trauriger machen.

»Ja, aber mit dem Himmelsstern könnten wir vielleicht sämtliche dieser Einzelteile finden«, meinte Elodie.

Auf der Anzeigetafel erschien der Hinweis, dass ihr Flugzeug nach New York nun zum Einstieg bereitstand.

Romain schüttelte Giles wach, und Natalies Großvater winkte ihnen von weiter hinten in der Flughafenhalle zu.

»Reden wir später darüber«, sagte Natalie. Sie gab sich Mühe, sich nicht zu große Hoffnungen zu machen, aber leicht war es nicht. Bisher hatte der Aither von ihrer Familie immer nur genommen, ihnen Trauer und Schmerz beschert. Wenn es eine Möglichkeit gäbe, mit seiner Hilfe ihren Dad zurückzubekommen, würde sie keine Sekunde zögern, sie zu ergreifen.

KAPITEL 11

SCORPIO

...scorpiocommand:75934/
Muller-Friedrick/...run
program/11956003/protocol-initiate/

Muller beobachtete die Auslesungen auf dem Monitor in der Schaltzentrale der Frackinganlage und erhöhte den Druck auf 1034 Bar. Unter dem Frackingturm reagierte die Hydraulik und pumpte Schlick in den Fels. Für manche mochte seine Arbeit einfach aussehen, aber das war sie nicht. Es brauchte jahrelange Erfahrung als Ingenieur, um die subtile Balance zwischen Druck und Geologie zu verstehen, mit der man natürliches Gas fördern konnte, das unterhalb der Erdkruste eingelagert war. Ein Fehler, das kleinste bisschen Gas zu viel … nun, die Folgen konnten verheerend sein. Er hatte es bereits erleben müssen – Menschen konnten ihr Leben verlieren. Und, was seinen Bossen genauso wichtig war: Millionen von Dollar an Zeit und Ressourcen konnten verloren gehen.

Er arbeitete vom Aussichtsdeck aus, einem Raum, voll mit Kontrollen, der durch eine verstärkte Schutzscheibe von der technischen Anlage getrennt war. Auf der anderen Seite bewegten sich Arbeiter über die Gerüste, einer winkte Muller zu. Er hob die Hand, um den Gruß zu erwidern, rieb sich dann die Augen und schaute auf die Uhr. Eigentlich hätte er schon vor zwei Stunden Feierabend gehabt, doch aus irgendeinem Grund war sein Vorgesetzter nicht aufgetaucht. Dabei sah das Andrei gar nicht ähnlich. Normalerweise folgte der alte Kerl Regeln und Anweisungen aufs Wort. Er wusste so gut wie jeder andere, wie gefährlich Müdigkeit an diesem Arbeitsplatz sein konnte: Mit Mitte zwanzig hatte Andrei bei einem Unfall auf einer Bohrinsel einen Arm verloren.

Ich hätte letzte Nacht nicht so lange daddeln sollen. Es war die dritte Nacht in Folge, die er wach geblieben war, um auf der NiniaCorp-VR-Konsole zu spielen. Es war, als könnte er einfach nicht *aufhören*. Immer wieder schaffte er es in neue Level und überholte die Obersten der Online-Bestenliste. Es gab ihm einen Kick, der ihn immer weitermachen ließ. Und dann diese Pop-ups … Auch sie schienen ihn zum Weiterspielen zu animieren: Energydrinks, Actionfilme, schnelle Autos. Die Slogans hakten sich in seinem Kopf fest und ließen ihn nicht mehr los.

NiniaCorp – vertrau auf deinen Instinkt.

Der Bugatti Track Twenty – du hast es in der Hand.

»Du brauchst dringend Urlaub«, murmelte er zu sich. »Heute Nacht wird nicht gezockt. Nur geschlafen. Gott, hab ich Schlaf nötig!«

Muller überprüfte das Gasvolumen – der Zulauf war etwas zu niedrig. Die Gesteinsdichte musste besonders hoch sein, und er musste sie durchbrechen. Er erhöhte den Druck auf 1240 Bar. Der Boden unter seinen Füßen begann sanft zu zittern. Noch war alles im grünen Bereich – Muller wusste, was er tat. Wenn er seine Zielvorgaben nicht einhielt, könnte das verkürzten Landurlaub bedeuten und vielleicht sogar einen niedrigeren vierteljährlichen Bonus. *Das wird sicher nicht passieren!*

Aber wo steckte Andrei? Muller stabilisierte die Kontrollen, holte sein Handy aus der Tasche und rief seinen Vorgesetzten an. Sofort meldete sich die Mailbox. Das war komisch – Andrei hatte sie so eingestellt, dass sie denselben Song spielte, den Muller erst vorhin in einer Werbung gehört hatte: *Do What You Want* von *The Bodysnatchers*. Derselbe Song, den er auch bei *Quarantine* schon unzählige Male gehört hatte, derselbe pulsierende Bass und der Gesang, der brüllte: *Stop thinking, start doing. Do what you want!* Muller lächelte. Eigentlich war es so gar nicht die Art von Musik, die er Andrei zugetraut hätte. Er legte auf, nickte aber noch immer zum Rhythmus des Lieds in seinem Kopf. Es gab ihm Selbstvertrauen und füllte seine Brust mit neuer Energie, so wie jedes Mal, wenn er in *Quarantine* eine Mutantenhorde plattmachte.

Der Schlick war noch immer nicht durchgebrochen. Nicht gut. Wäre Andrei hier gewesen, hätte Muller ihn um Rat gefragt. Aber hey, kannte er sich in seinem Job nicht sowieso besser aus als der Alte? Den Druck auf über 1240 Bar zu erhöhen, würde die Anzeige in den roten Bereich schnellen lassen. Nicht ganz vorschriftsgemäß, aber egal. Außerdem war es ja nicht seine Schuld, wenn Andrei sich nicht herbequemte. Manchmal musste man eben auf seinen Instinkt vertrauen.

Mit den Fingern drehte Muller das Rädchen auf dem Display auf 1380. Das System fragte noch, ob er sich sicher war, und er drückte auf JA.

Einige Sekunden lang lief alles gut, doch dann ging ein plötzlicher Ruck durch den Boden, sodass Muller fast umgerissen wurde. Alarmsirenen heulten, und auf dem Bildschirm erschien die Botschaft: »Systemfehler«.

»Oh Gott, nein …«

Muller kappte den Druck, sodass kein weiterer Schlick in den Fels gepumpt wurde, doch das Beben ließ nicht nach. Begleitet wurde es von einem schrecklichen Ächzen, das aus dem Innern der Erde zu kommen schien, wie das Knurren eines Monsters, das Schmerzen hatte. Muller trat von dem Apparat zurück, schaute sich um und überlegte, was er tun sollte. Mehrere Anzeigen drehten sich unkontrolliert, und hinter ihm begann einer der gigantischen Gastanks zu scheppern. Nicht gut. Die Arbeiter auf den Gerüsten hielten sich panisch am Geländer fest. Ein anderer hatte bereits den Schrank aufgerissen, in dem die Atemgeräte für Notfälle aufbewahrt wurden. Mit einem lauten Knacken bildeten sich in der Sicherheitsscheibe der Überwachungszentrale um ein kleines Loch herum Risse. Etwas zischte direkt an Mullers Ohr vorbei. Instinktiv ging er in Deckung und schaute hinter sich. In der Wand steckte ein Metallbolzen. Ein Blick nach draußen verriet ihm, dass er von einem der großen Filtertanks 46 Meter weit entfernt auf der anderen Seite der technischen Anlage gekommen war. Aus der Öffnung quoll weißer Rauch.

Die Nadel der Druckanzeige war inzwischen auf Anschlag, weit im roten Bereich. Die ganze Kiste war am Überladen, vollkommen außer Kontrolle. Muller reckte den Arm und drückte auf den Knopf für die Lautsprecheranlage.

»Evakuieren! Evakuieren!«, rief er.

Weiteres Knacken, dann barst die Glasscheibe. Muller hob schützend die Arme über den Kopf, als es Splitter regnete und weitere Bolzen die Wand hinter ihm durchsiebten. Er hörte Schreie und panisches Rufen von den Gerüsten, die hinter Wolken aus extrem heißem Gas verschwanden. Hier und da bildeten sich in der Luft spontane Feuerbälle, und über seinem Kopf gossen die Sprinkler eine ganze Flut Löschwasser aus. Muller wusste, dass es nicht genügen würde. Er drehte sich um und krabbelte über die Glassplitter zur Tür – die plötzlich von Thomsen aufgerissen wurde. Im Schlafanzug erschien er auf der Schwelle – im Gegensatz zu Muller hatte er pünktlich Feierabend gemacht. Als er die Verwüstung im Hauptbohrwerk bemerkte, erstarrte er.

»Was ist passiert?«

»Ich … ich weiß nicht«, jammerte Muller. Als er jetzt darüber nachdachte, war ihm unbegreiflich, wie er den Druck jemals so stark hatte erhöhen können. Es war, als hätte er nicht klar denken können – er war komplett in den Song vertieft gewesen, hatte blind dem Text gehorcht. Aber das war doch totaler Schwachsinn.

Thomsen griff nach seiner Hand und zerrte ihn aus der Schaltzentrale auf den Flur. Menschen hasteten umher, schlüpften in Schutzanzüge und setzten Masken auf. Die Geräusche von brechendem Metall und Explosionen wurden lauter. Der Boden bebte so heftig, dass man sich nur mit Mühe aufrecht halten konnte. Plötzlich wurde Thomsen zur Seite geworfen, knallte mit dem Kopf gegen ein

Schwarzes Brett und fiel auf die Knie. Muller packte ihn am Arm und hob den großen Mann auf seine Schultern.

»Wir müssen hier raus, bevor –«

Das Dröhnen, das ihm das Wort abschnitt, war wie ein Tornado. Die Tür am Ende des Flurs war von einer Sekunde auf die andere einfach verschwunden, verschluckt von einer Feuerwand. Wie eine Welle rollte sie auf die beiden Männer zu. Muller schloss die Augen und wartete darauf, ebenfalls verschluckt zu werden.

...scorpiocommand:75934/
Muller-Friedrick/protocol-terminated/

... Im Hauptsitz von NiniaCorp außerhalb von Boston, Massachusetts, lächelte Johann Schar beim Anblick des Satellitenbilds. Wo eben noch eine Luftansicht der Frackinganlage zu sehen gewesen war, war nun nichts außer einem Feuerball, der wuchs, bis er über hundert Meter breit war.

»Lange gelitten haben sie nicht«, sagte Anath.

Sie nahm die Hand von der Schläfe, an der die silberne Scheibe eines MindTouch-Knopfs saß.

Schar hatte sich allmählich daran gewöhnt, dass Anath aus dem Aither zurückgekehrt war, sogar daran, dass sie völlig anders aussah. Sie bewohnte den Körper von Ninia Kane, doch etwas an ihren Augen war unverkennbar seine rechte Hand von damals. Manche Menschen hätten ihren Blick als grausam beschrieben, oder verschlagen, doch für Schar waren ihre Augen Fenster zu ihrer Seele. Anath hatte sich nun einmal mit Leib und Seele Eris verschrieben – und Gott helfe dem, der es wagte, sich ihrer Mission in den Weg zu stellen.

»Alles verlief reibungslos«, sagte Anath. »Die psychologischen Stichwörter, die NiniaCorp ins Hirn des Subjekts gepflanzt hat, haben dessen angeborene Vorsicht außer Kraft gesetzt.«

Natürlich war es nicht allein das, dachte Schar. Das gesamte Unternehmen wurde von *seinem* Quantensupercomputer gesteuert. Friedrick Muller war ihre Marionette gewesen, wenn auch unbewusst. Auf mehr als nur einem Weg haben sie seine Entscheidungen gelenkt, durch das Computerspiel, durch die Werbeanzeigen, die es unterbrachen, ja selbst indem sie sich in den Schichtplan der Bohranlage gehackt hatten, um ihn so einzusetzen, wie sie ihn brauchten. Sämtliche Berechnungen dazu stellte Scorpio an.

Anath nickte zufrieden. »Die Menschen dachten, es würde für Ordnung sorgen, die Welt und ihre Bewohner durch unsere Technologie miteinander zu verknüpfen. Doch nun, da ich die Kontrolle darüber habe, kann ich sie zum genauen Gegenteil nutzen. NiniaCorp gewährt mir Zugang zu Systemen auf dem ganzen Planeten.«

Schar war nicht recht sicher, ob ihm all die »ich« und »mir« gefielen. Anath war das Verbindungsstück, das Scorpio mit dem Aither verknüpfte, wie ein Interface. Aber immerhin war es seine Idee gewesen, Scorpio überhaupt zu erschaffen. Trotzdem war er gewillt loszulassen. Der springende Punkt war, dass sie nun, da Scorpios enorme Rechenleistung mit dem Aither verlinkt war, die Entscheidungen eines *jeden* mit einem Smartphone steuern konnten – was so ziemlich jeden Menschen der Welt bedeutete. Wer kein eigenes Smartphone besaß, konnte mittels seiner Umgebung kontrolliert werden, durch gewisse Fügungen des Schicksals, die Schar jederzeit aus dem Ärmel schütteln konnte. Früher hatte das Mysterium von Eris Monate und Jahre investieren müssen, um den nötigen Einfluss auf Politiker, Kriegsherren, Unternehmensvorstände und andere mächtige Persönlichkeiten auszuüben, die den Lauf der Dinge lenken konnten. Dennoch hatten sie das Schicksal auf diesem Weg immer nur im Groben manipulieren können, in großflächigen Mustern. Jetzt konnten sie Individuen steuern und auf ausgeklügelte Art die exakten Ergebnisse von zukünftigen Ereignissen bestimmen. Der Schmetterlingseffekt war etwas Wunderbares. Richtig kombiniert konnten kleine Veränderungen eine enorme Wirkung haben – wie fallende Dominosteine. Und im Augenblick fielen die Dominosteine geradewegs auf Natalie Hardaker zu. Im Aither mochte sie sich versteckt halten, doch dem Schicksal konnte sie nicht auf ewig entkommen. Sie würde es nicht einmal kommen sehen.

KAPITEL 12

ERIDANUS

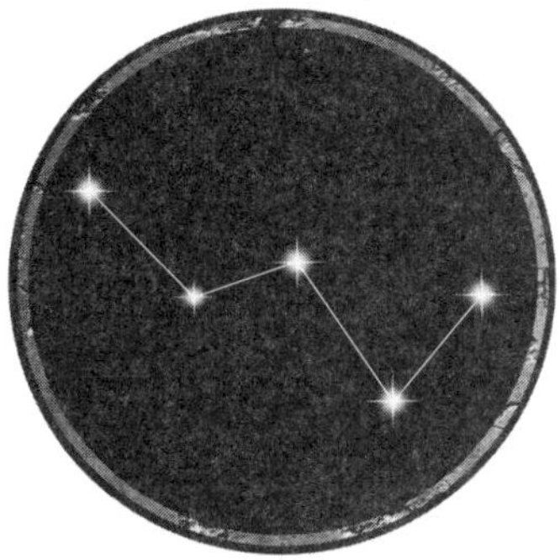

Der Fluss.
Der Weg kann das Ziel sein.

Natalie schlurfte ihren Atemwölkchen über den felsigen Waldpfad durch die Nadelbäume hinterher. Vor drei Stunden hatten sie die letzte Stadt hinter sich gelassen und waren in die eisige Tundra aufgebrochen – obwohl »Stadt« zu viel gesagt war: Kilpisjarvi bestand aus einem halben Dutzend Häuser, einem Holzlager und einer Tankstelle-Schrägstrich-Raststätte. Ihr Großvater war in der kleinen Pension geblieben, die an Letztere anschloss. Zwar hatte er sie begleiten wollen, doch Romain und Elodie hatten darauf bestanden, dass er dort auf sie wartete, weil der Weg ihrer Meinung nach zu anstrengend war. Natalie fand, dass sie definitiv die richtige Entscheidung getroffen hatten.

»Und das hier ist auch ganz sicher der richtige Weg?«, fragte Giles neben ihr.

Romain, der einige Schritte vorauslief, hatte die Landkarte unter seinen Gürtel geklemmt. »Ganz sicher«, antwortete er knapp. »Wir sind fast da.«

Kilpisjarvi lag direkt an der Grenze zu Schweden. So weit im Norden war Natalie bisher noch nie gewesen. Das Leben so nah am Polarkreis war karg, und obwohl es fast Mittag war, stand die Sonne noch immer nur knapp über dem Horizont. In einem Bergsteigerladen außerhalb von Helsinki hatten sie sich die richtige Ausrüstung zulegen müssen, daher war Natalie in ihrer Daunenjacke, den Handschuhen und der Sturmmütze wenigstens warm eingepackt.

Nachdem sie einige weitere Minuten gegangen waren,

hörte der Wald auf, und sie stießen auf ein seichtes Tal. Die Spitzen der Bergrücken zu allen Seiten waren mit Schnee gezuckert. Etwa fünfhundert Meter weiter lag unter einer Windturbine das Forschungszentrum, zu dem sie wollten. Dahinter befand sich eine wesentlich größere Bergkette, die sich bis an den Horizont erstreckte und völlig weiß war.

Die Forschungseinrichtung war ein einstöckiges Schindelgebäude mit einem angebauten Schuppen voller Brennholz und mehreren Schneemobilen auf der Ladefläche eines Anhängers. Auch ein matschverschmiertes Allradfahrzeug parkte dort.

Natalie trat an die Tür und wollte gerade anklopfen, als sie von innen aufgerissen wurde. Ein untersetzter grauhaariger Mann mit einem langen Bart schaute sie aus dunklen Knopfaugen an. Er sah eher aus wie ein Fischer als ein Akademiker.

»Hallo, Professor Moren«, sagte Elodie und streckte die Hand aus. »Wir sind Avery Hardakers Team, das sich mögliche Drehorte ansehen soll.«

Der Mann musterte Natalie und Giles verkniffen. »Avery schickt mir Kinder?«

»Praktikanten«, antwortete Elodie und redete leiser weiter: »Mir gefällt das genauso wenig, aber Avery ist der Boss.«

»Hi!«, sagte Natalie.

Moren grunzte. »Und Sie wollen uns also ins Fernsehen bringen, ja?«

Elodie lächelte. Die Geschichte, die Natalies Großvater sich hatte einfallen lassen, um ihre wahren Beweggründe zu verschleiern, war ziemlich überzeugend. Er hatte Lars Moren erzählt, er wäre auf der Suche nach Schauplätzen für die nächste Staffel seiner langjährigen und beliebten Archäologiesendung *Vergraben in der Vergangenheit*. Professor Moren leitete seit inzwischen sechs Jahren ein Team hier draußen in der Einöde Nordfinnlands und forschte nach den Traditionen der alten Finnen. Er galt weltweit als tonangebender Experte auf dem Gebiet.

»Wahrscheinlich wollen Sie sich gleich das Lager anschauen«, sagte er matt.

Auf dem Anschlussflug von New York aus hatte ihr Großvater Natalie alles darüber erzählt. Das Forscherteam hatte weiter hinten im Tal ein Lager gebaut, um prähistorische Lebensbedingungen nachzustellen. Sie hatten sogar praktische Experimente in Sachen Überleben, Nahrungssuche, Jagen und Fallenstellen gewagt, um möglichst authentisch die Ernährung der eingeborenen Völker von damals nachzuahmen. Online hatte Natalie Bilder von Moren in Fellkleidung gesehen, die das Team selbst angefertigt hatte. Heute allerdings trug er eine normale Jeans und einen weiten Pullover.

»Vielleicht später«, sagte Elodie. »Ehrlich gesagt gäbe es da etwas sehr Spezifisches, das wir gerne mit Ihnen besprechen würden. Wir glauben, es hat etwas mit dem Sampo zu tun.«

»Sie wissen, dass der Sampo nur ein Aberglaube ist,

oder?«, sagte Moren. »Niemand weiß, was es überhaupt sein soll.«

»Natürlich«, bestätigte Elodie. »Doch wir brauchen jemanden, der sich mit der Mythologie wirklich auskennt. Einen Experten, wenn Sie verstehen.«

»Dann sind Sie hier richtig«, sagte Moren mit vorgereckter Brust.

Elodie reichte ihm einen Zettel, auf den Natalie die Prophezeiung des Inka-Orakels geschrieben hatte. Moren las laut vor.

»Folge dem Vogel in der Nacht voll Sterne zum Anbruch des Nordens. Ihr Name ist Luft. Siehst du sie am geschmiedeten Himmel, findest du die andere Schöpfung des Schmieds, um eure Zukunft zu verknüpfen, wo die Geister ins Land der Toten aufbrechen, unter dem Fluss.« Er strich sich über den Bart. »Wo haben Sie denn das ausgegraben?«, fragte er fasziniert.

Elodie zögerte. Darauf schien sie keine Antwort parat zu haben.

»Ein paar Runensteine, die man in Norwegen entdeckt hat«, sagte Natalie.

Moren wirkte misstrauisch. »Und wie kommt es, dass ich von diesen Runensteinen noch nie gehört habe?«

»Es war erst vor Kurzem«, schwindelte Natalie und rang sich ein Lächeln ab. »Bestimmt wird Grandda … Professor Hardaker Sie in alles einweihen.«

Der bärbeißige Alte runzelte die Stirn. »Nun, also, es scheint tatsächlich den Sampo zu betreffen. Der Legende nach wurde er von Ilmarinen erschaffen, dem Schmiedegott. Manche halten ihn für eine Art Schatz.«

»Oder eine Waffe?«, warf Elodie ein.

»Aye. Könnte sein«, meinte Moren.

»Wie wär's, wenn Sie uns reinbitten?«, meldete Giles sich zu Wort. »Hier draußen frieren wir uns noch zu Tode.«

Moren hielt die linke Hand hoch, und Natalie sah, dass zwei Finger fehlten. »Keine Bange, Kleiner – es dauert lange, bis man erfroren ist. Erst mal fallen einem die Einzelteile ab.«

Giles verzog das Gesicht.

»Was ist mit dem Abschnitt über das Land der Toten unter dem Fluss?«, fragte Elodie. »Können Sie damit etwas anfangen?«

»Vielleicht«, antwortete Moren. »Die alten Finnen nannten die Unterwelt *Tuonela* – für sie war es wie eine unterirdische Stadt. Um nach Tuonela zu reisen, so ihr Glaube, musste die Seele den dunklen Fluss Tuoni überqueren.«

»Ein Fluss!«, murmelte Natalie. »Wie das Schicksal.«

»Könnte man so sagen«, meinte Moren. »Und leider genauso wenig real.«

»Sie glauben nicht an das Schicksal?«, fragte Natalie.

»Nein. Ich habe mein Los selbst in der Hand.«

Wenn das nur wahr wäre!, dachte Natalie.

»Aber egal«, fuhr Moren fort. »Diejenige, deren *Name Luft ist*, könnte Ilmatar sein. Sie war ein weiblicher Luftgeist und Mutter von Väinämöinen – Halbgott und Held des finnischen Nationalepos *Kalevala*.« Er zeigte mit dem

Zettel zur Tür hinaus auf die Berge. »Ein paar Kilometer nördlich von hier gibt es einige Grenzsteine, am Rand des Gletschers. Wir denken, sie könnten zu einem Schrein für Ilmatar gehören, weil man von dort aus das Polarlicht so besonders gut beobachten kann.«

»Aurora Borealis!«, sagte Natalie aufgeregt.

»Aye«, bestätigte Moren. »Für eine Praktikantin kennst du dich aber gut aus.«

»Professor Hardaker ist ziemlich anspruchsvoll bei der Auswahl«, erklärte Natalie. »Er meint, er gibt sich gerne nur mit den Besten und Klügsten ab. Wie mit Ihnen, schätze ich.«

Moren hob die Augenbrauen, und Natalie überlegte, ob sie es mit dem Kompliment zu weit getrieben hatte.

»Können Sie uns dorthin bringen, zu diesem Schrein?«, fragte Elodie.

Moren schüttelte den Kopf. »Vielleicht am Morgen. Die Stelle liegt jenseits der Schneegrenze – wir müssten die Skidoos nehmen.«

»Uns wäre wirklich sehr geholfen, wenn wir sie noch heute in Augenschein nehmen könnten«, sagte Elodie.

»In einer Stunde wird es dunkel«, gab Moren zu bedenken. »Kommen Sie rein – ich habe eine Ladung Robbenspeckeintopf auf dem Herd.«

Giles wurde leicht grün im Gesicht.

»Für uns wäre es umso besser, sie im Dunkeln zu sehen«, versuchte Elodie es noch einmal. »Klingt, als könnte sie eine perfekte Nachtsequenz für die Sendung abgeben.«

Moren seufzte unentschlossen, während er sie der Reihe nach prüfend musterte.

»Wir könnten auch gleich Probeaufnahmen mit Ihnen machen«, sagte Giles. »Könnte mir vorstellen, dass Sie ein Naturtalent sind.«

Moren zeigte mit den übrig gebliebenen Fingern seiner Hand auf Natalies Freund. »Übertreib es nicht, Kleiner.«

Giles wollte sein eigenes Schneemobil, doch Moren meinte, er würde nicht zulassen, dass »Schulkinder« seine Ausrüstung demolieren, also nahmen sie insgesamt drei. Natalie fuhr bei ihrer Mutter mit, und Romain kutschierte Giles. Während die Sonne allmählich auf die Berge herabsank, fuhren sie durch glitzernden Schnee.

Die Skidoos hatten GPS und Höhenmesser. In fast zweitausend Metern Höhe angekommen, parkte Moren sein Schneemobil neben einem Kreis aus Steinen, die wie vergammelte Zähne aus der Erde ragten. Warum dieser Ort als heilig galt, wurde schnell klar: Der Ausblick reichte in alle Richtungen mehrere Hundert Kilometer weit.

»Das hier ist der Schrein«, sagte Moren und schwang sich von seinem Gefährt. »Jeder der Steine ist fast zwei Meter hoch, nur sind sie im Augenblick eingeschneit.« Er stemmte die Arme in die Hüfte. »Na schön, wo soll ich hin?«

Natalie überließ es Elodie und Romain, mit dem mürrischen Professor über Einstellungswinkel und Beleuchtung zu reden. Sie selbst lief durch den unberührten, knirschenden Schnee zum nächsten Stein. Eine hauchdünne silberne Frostschicht bedeckte die Oberfläche. Der Himmel war erst dunkelblau, trotzdem tauchten bereits die ersten Sterne auf.

Giles trat neben sie. »Total schön, was?«

»Magisch«, sagte Natalie. Sie wollte ihre Zweifel abschütteln. Während sie sich gründlicher umsah, konnte sie sich nämlich nur schwer vorstellen, dass hier überhaupt etwas zu finden war. Der Schnee musste mindestens eineinhalb Meter tief sein, und sie konnten ja schlecht alles ausheben!

»Was, meinst du, heißt: *Siehst du sie am geschmiedeten Himmel?*«, fragte Giles und schaute nach oben.

Natalie war unsicher, ob der Aither zu ihr sprach oder lediglich eine entfernte Erinnerung, aber ihr fiel ein Artikel über Astronomie ein, den sie vor einigen Monaten gelesen hatte.

»Das ist es!«, sagte sie. »Ilmatar!«

Sie sprach laut genug, dass die anderen sich zu ihr umdrehten.

»Ilmatar«, wiederholte sie. »Göttin der Luft. Es gibt einen Asteroidengürtel, der nach ihr benannt ist! *Danach* suchen wir!«

»Sterne sind nicht meine Baustelle, fürchte ich«, sagte Moren. »Aber die alten Finnen haben sich für den Nachthimmel interessiert.«

»Wir müssen warten, bis Ilmatar sich zeigt«, sagte Natalie.

Moren wirkte nicht überzeugt. »Na, dann viel Spaß«, knurrte er, »ich jedenfalls fahre zurück zur Basis. Und ich schlage vor, Sie kommen mit. Hier draußen kann es zwanzig Grad minus werden.«

Elodie schien ebenfalls nicht begeistert, doch Natalie flehte sie mit Blicken an. »Ich weiß, dass ich recht habe«, sagte sie. »Wir können jetzt nicht umkehren.«

»Verrät mir endlich mal jemand, was hier eigentlich gespielt wird?«, verlangte Professor Moren. »Warum gibt die Kleine hier den Ton an?«

»Natalie ist nur sehr enthusiastisch«, sagte ihre Mutter. »Vielleicht könnten wir zwei der Skidoos behalten und später zurückbringen?«

»Von mir aus«, grummelte Moren, drehte sich um und stapfte davon.

Natalie betrachtete den dunkler werdenden Himmel und lauschte Morens Schneemobil, das zurück zum Forschungszentrum fuhr. Sekunde für Sekunde wurde es kälter, doch in ihrem Herzen fühlte sie ein warmes Glühen.

Die Göttin der Luft wird uns führen, dachte sie.

KAPITEL 13

ILMATAR

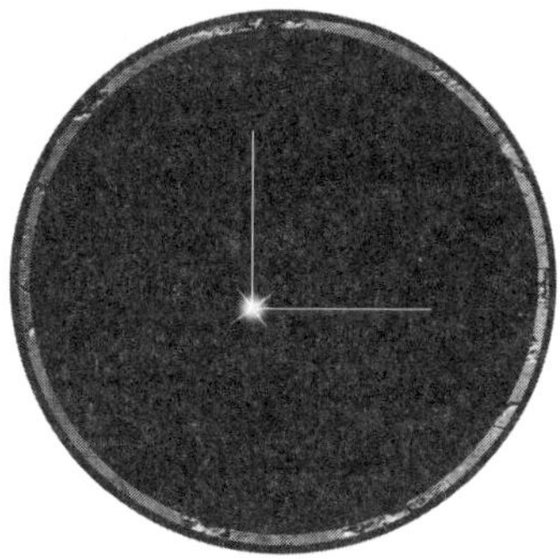

Ein Asteroid, benannt nach der finnischen Göttin, die der Welt das Leben schenkte. Große Macht wird dir zuteil.

Kurz nach Einbruch der Nacht erschien Jupiter. Dann, wie von Zauberhand, schimmerte auch der Asteroidengürtel, der nach der Göttin benannt war, durch die Schwärze – ein kleiner, aber heller Haufen zwischen den Sternbildern Jungfrau und Löwe, fast direkt im Norden.

Sie stiegen auf ihre Schneemobile und hielten darauf zu, folgten einem Bergkamm und fuhren anschließend über unberührten Schnee ins Tal hinab. Natalie merkte den anderen ihre Vorbehalte an, sie selbst hatte keine. Zwar besaßen sie keine Karten, aber dafür vertraute sie ihrem Instinkt.

Nach einer halben Stunde erreichten sie den Rand eines Gletschers, einen unüberwindbaren breiten Streifen aus Eis und Felsen, der die Landschaft zerschnitt und mindestens vierhundert Meter breit war. Am Himmel leuchtete Ilmatar heller denn je.

»Wir *müssen* umkehren«, sagte Elodie und legte behutsam eine Hand auf Natalies Schulter. »Lass uns noch einmal über alles nachdenken, mit Moren reden und bei Tageslicht wiederkommen.«

»Bei Tag sehen wir Ilmatar nicht«, wandte Natalie verzweifelt ein.

»Elodie hat recht«, sagte Giles. Natalie hasste den Ausdruck auf seinem Gesicht. Natürlich machte er sich Sorgen, aber gleichzeitig guckte er auch so mitleidig.

»Ihr denkt, ich täusche mich, oder?«, sagte sie.

»Das ist es nicht«, sagte Giles. »Nur … na ja, du bist die Einzige, die diese Prophezeiung gehört hat, und du musst schon zugeben, dass sie *mega*-kompliziert ist. Was, wenn du dich ein bisschen … falsch erinnert hast?«

»Habe ich nicht.« Allmählich wurde Natalie wütend. »Ich weiß, was ich gehört habe, und ich *weiß*, dass wir hier richtig sind.« Sie zeigte zum Gletscher. »Ich spüre es. Dort müssen wir hin.«

»Bei Dunkelheit über einen Gletscher zu klettern, ist Wahnsinn«, meinte Elodie. »Spalten, Geröll …«

Natalie war nicht zum Aufgeben bereit. »In den Skidoos liegen Seile. Wir könnten uns aneinander festbinden.«

»Deine Mutter hat recht«, meldete Romain sich zu Wort. »Diese Aktion wäre schon bei Tag schwierig genug. Bei Nacht wird sich jemand verletzen, unter Umständen sogar schwer.«

»Dann gehe ich eben allein!«, beschloss Natalie und lief auf den Gletscher zu.

»Nat!«, rief Giles.

»Komm zurück!«, bat ihre Mutter.

Natalie hielt nicht an. Sie wusste nicht, wohin genau sie lief, doch bei den anderen wollte sie keine Sekunde länger bleiben. Nach all den Gefahren, die sie bereits durchgestanden hatten, kamen ihr ein bisschen Kälte oder ein verknackster Knöchel wie ein Kinderspiel vor. Vor allem, wenn es bedeutete, Eris endlich bekämpfen zu können. Obwohl sie versuchte, sich die Sache schönzureden, wusste sie, dass sie ein Risiko einging. Sie konnte nur hoffen, dass die anderen ihre Meinung ändern und sie unterstützen würden. Natalie schaute nicht zurück – sie wollte nicht, dass die anderen ihren Zweifel bemerkten. *Jetzt liegt es an dir.* Sie krabbelte einen Felsen hinauf und auf der anderen Seite auf einen kleineren wieder hinab. Natalie machte einen Sprung und trat auf eine schmale Eisplatte, von wo aus sie auf den nächsten Stein springen wollte.

»Warte!«, rief Giles.

Schnell ging sie weiter, kletterte auf Händen und Füßen von Stein zu Stein, doch als sie die nächste Eisplatte berührte, hörte sie ein bedrohliches Knacken. Entsetzt schaute Natalie auf den Boden und sah, wie sich um ihren Fuß herum Risse ausbreiteten. »Nein …«

Das Eis brach, und sie hing in der Luft – kurz bevor eine Hand ihren Ärmel packte. Als sie nach oben blickte, erkannte sie Romain, der sich über den Felsen lehnte und sie festhielt. Sie hyperventilierte, starrte ängstlich in den finsteren Abgrund unter ihr.

»Ich hab dich«, sagte der Leibwächter. Er griff mit der zweiten Hand nach ihr und zerrte sie schwungvoll zurück auf den Felsen. Elodie und Giles traten zu ihnen.

»Vielleicht hörst du jetzt auf uns!«, schimpfte ihre Mutter. »Ich habe dir doch gesagt, es ist zu –«

»He, wo kommt der Rauch her?«, fragte Giles.

Natalie sah über ihre Schulter. Aus dem Loch, das sie eingetreten hatte, stiegen weiße Schwaden.

»Das ist kein Rauch, das ist Dampf«, sagte Elodie. »Kein Wunder, dass das Eis so dünn war. Unter dem Gletscher muss es geothermale Strömungen geben, oder eine vulkanische Quelle.«

»He, hört doch mal …!«, sagte Giles. »Wasser!«

Als alle schwiegen, hörte Natalie es auch. Es musste hier einen unterirdischen Fluss geben.

»Sag die Prophezeiung noch mal«, bat Elodie mit leuchtenden Augen.

Natalie brauchte ihre Notizen nicht. Sie kannte die Worte auswendig und redete schnell. Doch als sie am Ende angekommen war, sprach sie langsamer, während der Groschen fiel. Auch den anderen stand die Erkenntnis ins Gesicht geschrieben.

»… wo die Geister ins Land der Toten aufbrechen, *unter dem Fluss*.«

»Wir haben an einen mythologischen Fluss gedacht«, sagte Elodie. »Was, wenn ein echter gemeint ist …« Sie zeigte auf den Boden. »Dort unten?«

»Oder der Gletscher ist der Fluss«, überlegte Natalie. »Das könnte erklären, warum in der Prophezeiung davon die Rede ist, *unter* dem Fluss nachzusehen. Unter dem Schelfeis.« Sie sah die anderen an. »Holen wir das Seil.«

»Das ist nicht dein Ernst!«, sagte Giles.

»Ich gehe runter«, sagte Romain.

Natalie betrachtete die Lücke. »Es ist zu schmal. Du würdest nicht durchpassen. Außerdem brauchen wir deine Kraft, um mich nach unten zu lassen.«

»Ich passe durch«, sagte Giles. »Lass mich das machen.« Seine Stimme zitterte ein wenig.

Natalie schüttelte den Kopf. »Die Prophezeiung wurde mir übergeben. Ich bin eine Kassandre. *Ich* muss es tun.«

Sie sah die Besorgnis im Gesicht ihrer Mutter. »Keine Angst – ich mache schon keine Dummheiten. Außerdem bin ich mit dem Seil gesichert. Ihr könnt mich jederzeit hochziehen.«

»Okay«, sagte Elodie. »Aber sei vorsichtig. Bitte.«

Romain holte die Ausrüstung aus dem Skidoo, und wenig später steckte Natalie in einem Gurt. Er zeigte ihr, wie man Seil nachgab, um sich gleichmäßig abwärtsgleiten zu lassen, und reichte ihr eine Taschenlampe. Als sie damit in das Loch leuchtete, wurde sie doch nervös. Außer den Schwaden des aufsteigenden Wassernebels konnte sie nichts erkennen. Sie hatte keine Ahnung, wie tief unten der Fluss lag.

»Bereit«, sagte sie und lehnte sich zurück, die Füße gegen den Rand der Öffnung gestemmt. Sie gab Seil nach, und Romain hielt sie fest.

»Falls irgendwas schiefgeht«, schärfte der Bodyguard ihr ein, »zieh zweimal kräftig am Seil.«

Natalie nickte. Dann gab sie noch mehr Seil nach und ließ sich in die Dunkelheit fallen.

Beim Abstieg leuchtete sie mit ihrer Taschenlampe in ihre Umgebung. Das Loch war eine schmale Kluft mit dreckigen Eiswänden zu allen Seiten. Die erhitzte Luft kondensierte auf Natalies Haut. Nach etwa fünf Metern weiteten sich die Ränder, und Natalie sah, dass sie sich in einer Art Höhle befand. Dann trafen ihre Füße auf festen Boden. Sie stand auf einer Schräge aus Fels und Eis, die im steilen Winkel abfiel, hinab zu tieferen Aushöhlungen.

»Ich bin am Boden angekommen«, hallte ihre Stimme durch die Röhre nach oben. »Ich gehe zu Fuß weiter.«

Das Seil noch immer an ihrer Hüfte befestigt, rutschte sie auf dem Po den Hang hinunter. Nichts deutete darauf hin, dass hier schon einmal jemand gewesen war, das Geräusch von fließendem Wasser wurde mit jeder Sekunde lauter. Enge Räume waren noch nie ihr Ding gewesen, und ein Teil von ihr wünschte sich sehnlichst, sie könnte umkehren und zurück an die Oberfläche. Doch das kam nicht infrage.

Wenn ich das mache, lasse ich alle im Stich.

Natalie war nicht sicher, wie weit sie gegangen war, doch als der Boden eben wurde, gab das Seil um ihre Mitte einen Ruck. Offenbar reichte es nicht weiter. Die Luft war klebrig und feucht, sodass Natalie in ihrem Wintermantel zu schwitzen anfing. Als sie mit der Taschenlampe durch den feinen Wassernebel vor sich leuchtete, hatte sie den Eindruck, dass der Fluss sehr nahe war. Sie hatte die Wahl: am Seil bleiben und keinen Schritt weiter gehen oder sich aushaken. Allerdings würde Romain das bemerken, und oben würden alle in Panik geraten. Und wenn sie ihnen vorher erzählte, was sie vorhatte, hätte es die gleiche Wirkung. Natalie entdeckte einen großen Stein am Boden, ein bisschen größer als ein menschlicher Kopf. Das könnte funktionieren. Sie hielt den Zug am Seil konstant, löste den Haken von ihrem Gurt und schlang den Strick um den Felsbrocken. Sollte Roman daran ziehen, würde es sich anfühlen, als wäre Natalie nach wie vor gesichert.

Den Schein ihrer Lampe auf das Rauschen gerichtet, ging sie vorsichtig weiter. Alle paar Schritte leuchtete sie hinter sich und versuchte, sich den Weg, den sie gekommen war, genau einzuprägen. Sie gab ihr Möglichstes, in einer geraden Linie zu laufen. Sich hier unten zu verlaufen, wäre der reine Albtraum.

Inzwischen war die Luft noch heißer geworden. Natalie spürte sie sowohl in der Lunge als auch auf der Haut. Angst kam in ihr auf. Was, wenn es hier unten einen aktiven Vulkanschacht gab – Lavaströme, die jederzeit explodieren konnten, um sie mit dicken Tropfen flüssiger …

Ihr Fuß blieb an einer unebenen Stelle im Stein hängen, und sie stolperte. Als sie die Arme ausstreckte, um sich abzufangen, verlor sie die Taschenlampe. Das kleine Gerät schlitterte davon, drehte sich ein paarmal im Kreis und erlosch. Natalies Herz pochte. Kurz kauerte sie sich in der Finsternis auf den Boden. »Alles gut«, sagte sie sich. Sie hatte gesehen, in welche Richtung die Taschenlampe gerutscht war. Sie musste nur auf Händen und Knien dorthin krabbeln und sie wiederfinden. *Kinderspiel. Keine Panik.* Zentimeter für Zentimeter kroch sie vorwärts und ignorierte den schroffen Fels und das Eis unter ihren Knien. Nach einigen Sekunden berührte sie die Lampe und war ungeheuer erleichtert. Sie fand den Schalter.

Nichts passierte.

Sie schob ihn in die Gegenrichtung. Noch immer nichts. Eine Weile schob sie ihn wie verrückt vor und zurück, hoffte – *betete* –, dass sich der Stromkreis irgendwie wieder erholen und die Höhle mit Licht erfüllen würde. Doch sie war und blieb in völliger Dunkelheit.

»Nein, nein, nein«, sagte sie leise. »Bitte nicht!«

Allein vom Stehen wurde ihr schwindelig, und sie verlor die Orientierung, so absolut undurchdringlich war das Dunkel. Sie drehte sich um die eigene Achse, hielt Ausschau nach irgendeinem Orientierungspunkt, doch die Schwärze war wie ein festes Wesen, das sich auf Natalies Augen und Körper legte. Entsetzen packte sie, wie sie es noch nie im Leben gespürt hatte. Ein kleiner Teil ihres Gehirns, der Teil, den die Angst noch nicht untergraben hatte, versuchte, ein paar Wahrscheinlichkeitsrechnungen anzustellen. Könnte sie den Stein wiederfinden, an dem sie das Seil festgebunden hatte? Natürlich nicht. Unmöglich zu sagen, in welcher Richtung sie danach suchen sollte. Besser, sie blieb, wo sie war, und rief nach Hilfe. Wenn sie laut genug brüllte, mussten sie sie hören.

Sie öffnete den Mund, doch bevor sie den kleinsten Laut von sich geben konnte, legte sich eine Hand auf ihre Lippen.

KAPITEL 14

THUBAN

Der uralte Nordstern.
Was du suchst, rückt in greifbare Nähe.

Natalie wehrte sich in blinder Panik, doch wer sie auch festhielt, war stark wie ein Bär.

»Du darfst nicht zappeln und nicht schreien«, erklang das Flüstern einer Frau. »Die Geister an diesem Ort sind nicht alle freundlich.« Natalie erschlaffte im Griff der Fremden. »Kann ich mich darauf verlassen, dass du still bist?«

Natalie nickte und nuschelte ein »Ja« unter den eisernen Fingern. Plötzlich war sie frei und drehte sich um. Die einzige Waffe, die sie bei sich hatte, war die kaputte Taschenlampe. Schützend hielt Natalie sie vor sich.

Aus der Dunkelheit blickten sie goldene Augen an, ungefähr zweieinhalb Meter über dem Boden – was unmöglich war, es sei denn, sie gehörten zu einem Riesen. Langsam leuchteten die goldgelben Augen heller, flackerten wie Flammen und schälten die Umgebung aus der Finsternis. *Doch kein Riese.* Die schlanke Frau trug eine Robe, die ihren gesamten Körper, einschließlich der Arme, bedeckte. Und sie schwebte in der Luft.

Während Natalies Angst sich in Verblüffung verwandelte, kam ihr ein Name in den Sinn.

»Du bist Ilmatar …«, wisperte sie.

»Nur eine, die ihr diente«, erwiderte die Frau und schwebte langsam zu Boden.

»Du lebst hier unten?«, fragte Natalie.

Die Frau lächelte geheimnisvoll. »Früher einmal, als unser Volk dieses Land bewohnte. Seither hat sich vieles verändert.«

»Ich … habe nach dir gesucht«, sagte Natalie.

»Und du hast mich gefunden«, sagte die Frau. »Du hast mich von jenseits des Wassers geholt, aus dem Land der Toten, mit dem Beschwörungsstein.«

Natalie griff in ihre Jacke und stellte fest, dass sie den Himmelsstein bei sich trug. Sie hatte gar nicht gemerkt, dass sie ihn benutzt hatte. »Eine Seherin hat ihn mir gegeben. Ich suche nach einem Artefakt – etwas, das mir dabei hilft, der Welt Frieden zu bringen.«

»Ich habe dein Kommen vorhergesehen«, sagte die Frau. »Und ich habe, was du suchst.«

Sie breitete einen leuchtenden Arm aus, und aus ihren Fingerspitzen ergoss sich Licht. Es berührte einen Punkt an der Wand, wo ein mit Eiskristallen überzogener Gegenstand glitzerte. Als Natalie hinüberging, sah sie, dass es gar kein Schwert war – soweit sie feststellen konnte, war es überhaupt keine Waffe. Es sah aus wie ein kurzer Holzstab mit einem Haken am Ende. Ihr fiel ein, dass sie so etwas schon einmal gesehen hatte, und zwar auf einer griechischen Terrakottavase. Es war ein Spinnrocken – ein Werkzeug, mit dem man früher Wolle gesponnen hatte.

»Dies ist der *Sampo*«, erklärte die Frau. »Das Geschenk von Ilmarinen, dem Schmiedegott, an sein Volk. Ich habe es geschaffen, indem ich mich von den Kräften des Gottes leiten ließ.«

Natalie hatte Angst, es zu berühren – es sah aus, als wäre es seit tausend Jahren nicht vom Fleck bewegt worden.

»Nun wirst du seine Hüterin sein«, sagte die Seherin.

Natalie ging in die Knie und schlang die Finger um den Spinnrocken. Er war leichter, als sie erwartet hatte, und eiskalt. Als sie ihn anhob, bröckelten die Eiskristalle ab, sodass knotige, blasse Wolle zum Vorschein kam.

»Was tut er?«, fragte Natalie.

Die Kassandre lächelte. »Er ermöglicht dir, dich mit anderen zu verbinden, Herz an Herz, Geist an Geist – deine Sehergabe auf sie zu übertragen. Du kannst deine größte Gabe teilen und diejenigen schützen, die du liebst. Wann die Zeit dazu gekommen ist, verrät dir dein Instinkt. Und jetzt, Natalie, habe ich eine Botschaft für dich, die dir bei deiner weiteren Suche helfen soll …«

Plötzlich erbebte die Höhle, und Natalie spürte, wie Felssplitter in ihr Haar fielen. Weitere sprenkelten den Boden um sie herum. Zum ersten Mal wirkte die Frau in der Robe weniger feierlich, während sich ihre goldenen Augen vor Schreck weiteten. Über den Boden schlängelte eine Ader rot brodelnder Lava auf sie zu. Sie verzweigte sich zu mehreren Kanälen, brach den Boden auf und spuckte zischend bitteren Rauch aus. Es war, als wäre Natalies größte Angst Realität geworden.

»Du darfst nicht länger bleiben, Natalie«, sagte die Frau. »Die feurigen Wasser von Tuoni sind unstet.«

Natalie wich vor den Flüsschen aus geschmolzenem Stein zurück. »Ich weiß nicht, wie ich zurückkomme. Du musst mir helfen.«

»Folge mir«, sagte die Frau. »Schnell.«

Sie wandte Natalie den Rücken zu und glitt über den felsigen Grund. Natalie folgte ihr, stolperte und strauchelte immer wieder in ihrer Hast, nicht den Anschluss zu verlieren. Sie spürte die Hitze im Rücken. Die gesamte unterirdische Welt war in höllisch rotes Glühen getaucht. Doch bald entdeckte sie den Stein und das umgebundene Seil.

»Und dir wird nichts passieren?«, fragte sie ihre Führerin, während sie ihre Gurte straffte und einhakte.

»Mein Platz ist hier«, antwortete die Frau.

Ströme von Lava näherten sich ihnen wie Vipern durch das Gestein, nicht nur auf dem Boden, auch entlang der Wände. Die unterirdische Welt fiel vor Natalies Augen in sich zusammen.

»Zieh mich hoch!«, rief sie und zog zweimal am Seil.

»Warte.« Die Frau mit den goldenen Augen streckte den Arm aus und berührte Natalie mit einem kühlen Finger an der Schläfe. Obwohl ihre Lippen sich nicht bewegten, erklang in Natalies Kopf ihre Stimme, und ihre Worte brannten sich in Natalies Gehirn ein.

»Folge dem Flug der Azurschlange
aus ihrem natürlichen Heim im
Unterschlupf der neuen Söldner,
auf ihrem fliehenden Kurs gen Osten
entlang der Schicksalsmündung.
Das vergessene Schwert des Meisters, dem
letzten Besitzer übergeben – eine Klinge, so
scharf, dass sie selbst Geister durchtrennt –,
ruht in seinem Element.«

Natalie fühlte einen Ruck und ließ sich von dem Seil den Tunnel hinaufziehen. Von einem Moment auf den nächsten war die Frau verschwunden, verschluckt vom Nebel und dem orangen Glühen der anrückenden Lava. Die Hitze brachte das Eis auf den Höhlenwänden zum Glitzern und Schmelzen, kleine Risse tauchten auf, aus denen orangefarbenes geschmolzenes Gestein sickerte. Natalie zog sich an den schroffen Eiswänden mehrere Prellungen zu, weil sie immer wieder dagegenschlug, so schnell wurde sie von oben durch die Spalte gezogen. Dann war sie im Freien und sog hastig die kalte Luft ein. Ihre Mutter und Giles halfen dabei, sie auf den Felsen zu hieven. Der Boden unter ihnen grollte, wetzte und bewegte sich.

»Wir müssen rennen!«, sagte Natalie.

Etwa fünfzehn Meter weiter schoss überhitzter Dampf aus dem Boden und schleuderte Steinbrocken wie Murmeln in die Luft.

»Los! Los!«, drängte Natalie.

Gemeinsam kletterten sie von dem Gletscher, während immer mehr Geysire aus dem Untergrund hervorbrachen und wie Bomben explodierten. Überall regnete es Steine. Sie zerplatzten zu Splittern, die an ihren Ohren vorbeisirrten und zischend im Schnee landeten. Sie liefen auf die Skidoos zu, doch noch bevor sie das erste erreichen konnten, fiel ein Felsbrocken vom Himmel und zerquetschte es wie eine Blechdose.

»Vergesst die Dinger!«, ordnete Romain an. »Bringt euch in Sicherheit!«

Während immer mehr Gestein zu Boden prasselte, setzten sie ihren Weg über den Hang fort. Natalie wagte es nicht, zurückzuschauen. Ihre Beine brannten, so anstrengend war es, sich durch den Schnee zu schleppen. Schließlich konnte sie nicht mehr und fiel auf die Knie. Giles landete neben ihr, doch Romain packte beide und schleppte sie einige weitere Meter. Gemeinsam kauerten sie im Schnee und sahen zu, wie die Geysire Dampfwolken in den Nachthimmel pusteten. Über allem pulsierte Ilmatar am Himmel, scheinbar heller als sämtliche andere Himmelskörper.

»Was ist das?«, fragte Giles und nickte zum Spinnrocken. Sein Gesicht war verschmiert von Dreck und Schweiß.

»Der Sampo«, antwortete Natalie.

Giles war wenig beeindruckt. »Sieht wie ein Stock aus. Ich hoffe, das Ding war den Stress wert!«

KAPITEL 15

CORONA BOREALIS

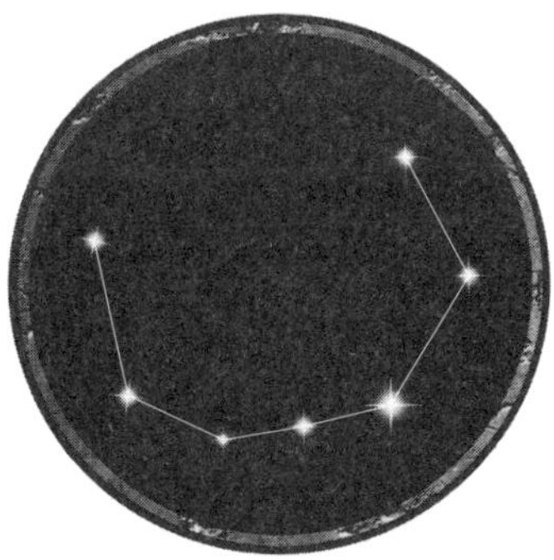

Die Krone, die man Dionysos übergab,
dem griechischen Gott des Wahns.
Die Krönung des Chaos.

Miss Kane erwartet Sie«, sagte der Sicherheitsmann, nachdem er Johann Schars Ausweis überprüft hatte. »Sie hält sich in Sektor vier auf.« Er kritzelte ein »X« auf den Plan der Anlage und reichte ihn durchs Fenster des Jeeps. Diomedes fuhr mit durchdrehenden Rädern weiter und beförderte sie unsanft über den aufgewühlten Wüstenboden. Überall um sie herum waren große Kräne und Baumaschinen am Werk und errichteten eine Reihe weitläufiger Bauten. Jedes Teil der Konstruktion sah vorgefertigt aus, designt von einem Computer und fabriziert von 3-D-Druckern, sodass man die Einzelteile vor Ort wie ein Puzzle zusammensetzen konnte. Auf diese Weise wurden innerhalb von Monaten Bauwerke errichtet, für die man sonst Jahre gebraucht hätte. Bei einem Projekt dieser Größenordnung mussten die Bauarbeiten dennoch schon mindestens sechs Monate im Gange sein. Der Bauplatz war enorm. Überall prangte das NiniaCorp-Logo.

»Was ist das?«, fragte Diomedes nervös.

»Das gilt es, herauszufinden«, antwortete Schar.

Sie durchquerten die Baustelle, bis sie den Abschnitt erreicht hatten, der auf dem Lageplan markiert war. Hier legte man gerade ein Fundament an. Vom hinteren Teil eines Mischfahrzeugs ergoss sich Beton auf den Boden. Schar konnte Ninia Kane inmitten der Arbeiter mit Sicherheitshelmen nirgendwo entdecken, doch Diomedes zeigte durch sein Fenster zu einem felsigen Sandsteinhang, wo eine einzelne Gestalt sich gegen die Sonne abzeichnete. »Da ist sie«, sagte er.

Schar nahm den Revolver aus dem Handschuhfach, stieg aus und musste in der blendenden Sonne erst einmal blinzeln.

»Soll ich mitkommen?«, fragte Diomedes.

»Nein«, antwortete Schar. »Pass auf den Wagen auf.«

In Wahrheit wäre er dankbar für die Begleitung seines eindrucksvollen Handlangers gewesen, doch er wollte Anath nicht unnötig nervös machen. Seit ihrer Rückkehr aus dem Aither war ihr Verhalten zunehmend seltsam geworden, und innerhalb der letzten Tage hatte es sich zugespitzt. Nicht einmal mehr ans Telefon war sie gegangen. Seine anderen Seher hatten sie ebenfalls im Aither wahrgenommen, jedoch hatte keiner sagen können, was sie dort trieb. Und dann war ihre merkwürdige Aufforderung gekommen, er solle sie hier draußen treffen, mitten im Nirgendwo. Es war an der Zeit, Anath daran zu erinnern, wer das Sagen hatte.

Die letzte Hitze des Tages im Gesicht, erklomm er die Anhöhe. Anath schaute in die andere Richtung, auf eine breite Schlucht hinaus. Als er sich von hinten näherte, drehte sie sich nicht um.

»Herrlich, nicht wahr?«, sagte sie.

Schar schnaufte außer Puste. »Was … geht hier vor … Anath?«

»Ich dachte, Ihr möchtet vielleicht den neuen Hauptsitz in Augenschein nehmen«, sagte sie. »Er wird bald fertig sein.«

»Welcher Hauptsitz?«

»Der von NiniaCorp natürlich«, entgegnete Anath. »Immerhin bin ich die Eigentümerin.«

»Was stimmt nicht mit Boston?«, fragte Schar. Er war mehr als überrascht, dass sie nichts davon mit ihm abgesprochen hatte. Einen weiteren Blick auf die Baustelle gerichtet, vermutete er, dass sie dieses Projekt in Angriff genommen hatte, sobald sie Ninia Kanes Körper vor einem halben Jahr übernommen hatte. Trotzdem hatte sie es mit keiner Silbe erwähnt.

»Hier draußen sind wir für uns«, sagte Anath. »Wir können die neue Version von Scorpio abseits neugieriger Blicke unterbringen.«

Schar verlor allmählich die Beherrschung. »Welche *neue* Version? Ich betreibe Scorpio von CERN aus.«

»Wo unsere Feinde mit Leichtigkeit in Euer Labor eingedrungen sind. Und Eure Dateien gestohlen haben. Es ist Zeit, die Operation unter festere Führung zu bringen.«

Sie hatte sich noch immer nicht zu ihm umgewandt. »Wessen Führung, Anath?«, fragte er leise. Sie antwortete nicht. »Bei Eris, du wirst damit aufhören!«, sagte Schar. »Du hast keine Befugnis.«

Jetzt sah sie ihn an, und der leidenschaftslose Blick in ihren Augen ließ ihn bis ins Mark frösteln. An der Schläfe trug sie einen MindTouch-Knopf. »Befugnis?«, wiederholte sie mit einem spröden Lachen. »Ich bin es, die Scorpio über ihre Hirnwellen mit dem Aither verbindet. In meinen Gedanken sehe ich jeden Stein, der sich auf dem Brett bewegt. Milliarden von Programmierungscodes, die

Scorpio berechnet. Ich glaube, Ihr habt nie begriffen, wie mächtig ich werden würde. Der Aither hat mich verändert. Gemeinsam mit Scorpio wachse ich. Wir sind ein und dasselbe. Und schon bald werden wir mächtig genug sein, Natalie ausfindig zu machen, trotz ihrer Tarnung. Sie wird ihrem Schicksal nicht entkommen. Ich brauche Euch nicht mehr, Johann.«

»*Du* brauchst *mich* nicht mehr?«, wiederholte er. »Ich bin der Große Mystai von Eris. Ohne mich wärst du nichts als ein Bewusstsein, das ziellos durch den Aither treibt. Anath, ich schließe diese Baustelle. Und ich befehle dir, nach Boston zurückzukehren!«

Anath lachte. »Ich fürchte nicht, Johann.«

Schar fuhr mit der Hand über seinen Hosenbund. Er zog die Waffe. »Vielleicht hörst du jetzt?«

Anath schüttelte den Kopf. »Oh, mein alter Freund. Denkst du, ich hätte all das nicht vorausgesehen?«

»Verräter an Eris müssen sterben«, sagte er.

»Du vergisst, dass ich schon tot war«, erwiderte Anath. »Tu, was du tun musst, Johann.«

Schar zielte auf ihr Bein und drückte ab. Die Pistole klickte nutzlos. Er hielt es für eine Ladehemmung und versuchte es noch einmal, doch das Ergebnis war dasselbe. Unmöglich! Erst diesen Morgen hatte er überprüft, ob die Waffe geladen war. *Es sei denn …*

»Ergreife ihn«, befahl Anath.

Kräftige Hände griffen von hinten unter Schars Achseln und hielten seinen Kopf wie in einem Schraubstock.

Diomedes!

»Lass mich los, du unnützes Schwein!«, grollte Schar.

Anath berührte den Knopf an ihrem Kopf. Er leuchtete heller, als er offenbar auf ihre Hirnwellen reagierte. »Schau weg, Diomedes«, sagte sie und stimmte einen leisen Singsang an. Die Sprache klang nach einem altaramäischen Dialekt, den Schar nicht kannte, doch als die Luft vor ihm zu flackern und das Licht sich darin zu brechen begann, wusste er, was geschah. Anath öffnete ein direktes Portal in den Aither. Er kniff fest die Augen zu und wehrte sich gegen Diomedes' unmenschliche Kraft.

»Willst du es etwa nicht sehen?«, fragte Anath. »Es wird deine Anschauungen übers Leben deutlich verändern.«

Schar weigerte sich. Er hatte erlebt, wie es denen erging, die hineinblickten – wie der dumme arme Tropf Matthew Hardaker. Es brutzelte ihre Gehirne, verbrannte Synapsen und löschte Neuronen aus. Zurück blieben menschliche Hüllen, die vor sich hin vegetierten. Schar war ein mächtiger Kassander: Er konnte für kurze Abschnitte einen direkten Blick in den Aither riskieren, doch nur in einem Zustand der Trance, umgeben von seinen Anhängern und nachdem Tieropfer seine Fähigkeiten verstärkt hatten. Anders als Anath verfügte er nicht über den Nous.

»Lass ihn sehen«, sagte Anath. »Lass ihn die Macht des Aithers verstehen.«

Diomedes, der noch immer die Handflächen fest gegen Schars Kopf drückte, stemmte mit den Fingern grob dessen Augen auf. Schar versuchte, sie nach hinten zu verdrehen, um dem zu entgehen, was sich vor ihm abspielte, doch lange gelang es ihm nicht. Dann starrte er auf etwas, das zunächst wie eine Art Wasserfall aussah: ein tosender Sturzbach aus mehreren Wasseradern, die aufeinanderprallten. Gleichzeitig war jeder einzelne winzige Tropfen darin sichtbar, und in jedem befand sich eine Erinnerung aus seinem Leben. Schar sah alle auf einmal: seine Geburt, seine Brüder und Schwestern, seinen Schulabschluss, Tausende und Abertausende von kleinen Gedanken, die er vergessen hatte. Jetzt wollte er nicht länger wegschauen. Er wollte all das durch seine Augen in sich aufsaugen. Sein Gehirn kribbelte vor Elektrizität, als wären sämtliche Nervenenden auf einmal stimuliert. Es war unglaublich, die Speicherkapazität seines eigenen Geistes zu beobachten, während immer mehr Informationen auf ihn einströmten. Zeit hatte im Aither keine Bedeutung, ebenso wenig wie Raum. Die Erinnerungen waren so real, als würde er sie noch einmal erleben, jeden Blick, jeden Geruch, jeden Geschmack.

»Unfassbar«, flüsterte er.

Und dann, als Freude zu Schmerz wurde, sah er die Zukunft. Er sah, wie sein Bewusstsein wie eine Welle gegen den unnachgiebigen Felsen einer Küste prallte. Er sah die Unvermeidlichkeit seines Todes, genau an der Stelle, wo er nun stand.

Er wusste, es war zu spät.

KAPITEL 16

FRIGGS SPINNROCKEN

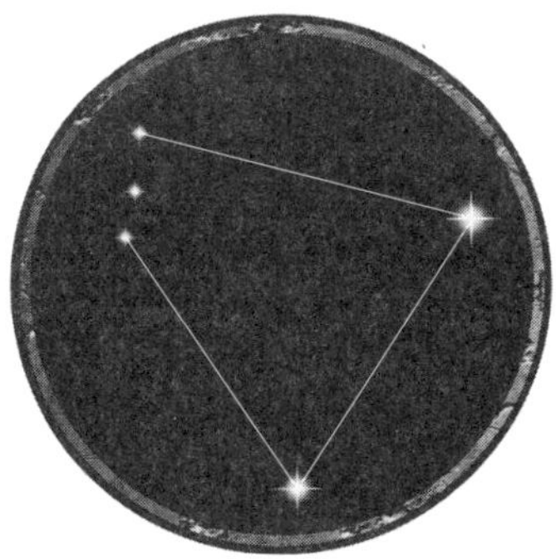

Der Rocken der altnordischen webenden Göttin. Unsere Schicksale sind verknüpft.

Auf der anderen Seite der finnischen Grenze, in der Pension am Rand des Dorfs Kilpisjarvi, drehte Natalies Großvater den Spinnrocken in den Händen. »Bemerkenswert«, sagte er. »Ich glaube, es ist Eschenholz – und es ist zweitausend Jahre her, dass hier zuletzt eine Esche gewachsen ist.«

Giles schlürfte seine heiße Schokolade. »Und das Ding ist der Sampo? Nach einer Waffe, die Eris bekämpfen kann, sieht er ja nicht aus. Thors Hammer wäre mir lieber gewesen – oder eine Wikingerstreitaxt.«

»Wenn die Priesterin von Ilmatar recht hatte, ist das hier ein wirklich mächtiges Werkzeug«, sagte Elodie. »Die Gabe der Vorhersehung haben nur die wenigsten. Sie mit anderen teilen zu können – selbst mit denen, die vom Aither keine Ahnung haben –, wäre absolut einzigartig.«

Professor Moren hatte den Verlust der beiden Schneemobile nicht gerade gut aufgenommen. Doch Natalies Großvater hatte ihn vom öffentlichen Telefon der Pension aus angerufen, um die Sache ins Lot zu bringen. Außerdem hatte er Moren versichert, dass sein Forschungszentrum in der nächsten Staffel von *Professor Hardakers Geheimnisse der Archäologie* vorkommen würde. Nebenbei war Moren – wie die meisten Menschen der Gegend – in Gedanken mit der Katastrophe in der Frackinganlage, nur fünfzig Kilometer weit entfernt im norwegischen Lyngenfjord, beschäftigt. Eine Explosion natürlicher Gase hatte sie dem Erdboden gleichgemacht, und dreiundzwanzig Arbeiter, die bei der Explosion vermutlich ums Leben gekommen waren, wurden vermisst. So erklärte sich Moren auch den Ausbruch der Geysire aus dem Gletscher, bei dem sie fast ums Leben gekommen wären. Die unterirdischen Kanäle unter dem Gletscher reichten angeblich bis zum Fjord.

»Verstehen Sie? Alles ist miteinander verbunden«, sagte Moren. »Wenn man der Natur ins Handwerk pfuscht, rächt sie sich.«

Natalie hatte allerdings ihre Schwierigkeiten, an einen rein natürlichen Grund zu glauben. Dass die Geysire genau in dem Moment ausgebrochen waren, als sie sich unter der Erde befand, war für ihren Geschmack ein zu großer Zufall. Als hätte es jemand vorherbestimmt.

»Könnte das Mysterium von Eris schuld an dem Unglück auf der Bohrinsel sein?«, fragte sie, als sie in den Nachrichten im Café Bilder des brennenden Wracks sahen. Der Reporter berichtete, dass erste Nachforschungen auf menschliches Versagen hindeuteten. Man wusste, dass der Bohrer mit zu großem Druck vorgedrungen war und zu diesem Zeitpunkt ein gewisser Friedrick Muller Schicht hatte. »Vielleicht kann die Janusmaske uns nicht länger verstecken!« Der Gedanke, dass ihre Feinde ihren Aufenthaltsort ausfindig gemacht haben könnten, war gruselig. Möglicherweise schickten sie gerade in diesem Moment ihre Mystai, um die Sache ein für alle Mal zu beenden.

Avery machte ein grimmiges Gesicht. »Es würde zu den übrigen Attentaten passen. Jeder wurde durch einen Schicksalsschlag hingerichtet. Ich dachte, wir wären sicher, doch laut Belinda ist Scorpio ein komplizierter, lernender Computer. Das heißt, er lernt dazu. Tag für Tag wird er mächtiger. Möglich, dass er gelernt hat, wie man dich aufspürt.«

Er reichte Natalie den Rocken zurück.

»Wie funktioniert dieser Sampo?«, wollte Romain wissen. Oft redete der Bodyguard nicht gerade – möglich, dass er die Stimmung lockern wollte. Doch als Natalie zu ihm schaute, war sein vernarbtes Gesicht teilnahmslos wie immer.

Sie hielt den Sampo vor sich. Die Bedienung auf der anderen Seite des Cafés blickte neugierig herüber. »Vielleicht sollten wir irgendwohin, wo weniger los ist?«, schlug sie vor.

Alle waren einer Meinung.

Im Zimmer ihres Großvaters versuchte Natalie, sich an die genauen Worte der Seherin zu erinnern. Wie war das mit der Verbindung *Herz an Herz*? Sobald ihr der Gedanke durch den Kopf schoss, schien das Holz des Rockens von innen heraus zu glühen.

»Wow!«, sagte sie und hätte ihn um ein Haar fallen lassen.

»Was?«, fragte Giles.

Auch die anderen sahen sie neugierig an. »Könnt ihr es nicht sehen?«, wollte sie wissen.

»Was?«, fragte Avery.

Natalie spürte, wie der Nous sich regte und die Luft vibrierte. Sie kannte dieses Gefühl gut: Die Grenze zwischen ihrer Welt und der des Aithers wurde schmaler.

»Wir verknüpfen unsere Schicksale«, sagte sie.

»Hä?« Giles blickte sie verständnislos an.

Natalie wusste selbst nicht, woher die Worte gekommen waren, obwohl sie sie ausgesprochen hatte. Der Sampo kribbelte vor Energie, und am gespaltenen Ende erschienen geisterhafte Fäden, die sich zu einem Ball aufrollten, als hätte eine unsichtbare Hand sie versponnen. Natalie wusste genau, was sie zu tun hatte, und trat auf Giles zu.

»Hey, was wird das?«, fragte er.

»Stillhalten«, sagte sie. »Tut nicht weh.«

Als sie die Spitze des Rockens auf ihn richtete, reckten sich ihm die Fäden entgegen und berührten seine Brust. Im selben Moment konnte auch er es sehen. Verblüfft wich er zurück, doch der silbrig durchscheinende Faden wurde nur länger und löste sich nicht von der Stelle über seinem Herzen. »Okay, das ist … cool«, hauchte er.

Natalie berührte auch die anderen: ihre Mutter, ihren Großvater und schließlich Romain. Lächeln breitete sich aus, als nun alle die Vision des magischen Fadens teilten. Ein Netz verknüpfte sie miteinander.

Vor dem Fenster blitzte Licht auf. Romain, der danebenstand, zog den Vorhang beiseite und schaute nach draußen. Heiser raunte er: »Was zum …?«

Natalie eilte zu ihm ans Fenster. Am Nachthimmel bewegten sich die Sterne in einem inzwischen vertrauten Muster. Thuban brannte einen Pfad in den Himmel, bis er mit Scorpio zusammenprallte. Die Sterne explodierten und begannen sich wie ein Feuerrad zu drehen, bis sie bloß noch verschwommene Lichtstreifen waren. Plötzlich waren sie fort, und nur ein winziger roter Punkt blieb übrig. Die Nacht schien dunkler als zuvor.

»Eris«, flüsterte Elodie.

Natalie wandte sich zu ihrer Mutter um. »Du hast es gesehen? Du hast gesehen, wie die Sterne sich bewegen?«

»Das haben wir alle«, sagte Avery neben Natalie. Die Verblüffung war ihm ins Gesicht geschrieben. »Die Macht des Sampo hat uns an deiner Vision teilhaben lassen.«

Giles war mehrere Sekunden wie erstarrt. »Okay, also, das war echt abgefahren«, sagte er schließlich.

Langsam wurde der Himmel normal, als hätten sich die verängstigten Sterne versteckt, um sich nun wieder herauszutrauen. Gleichzeitig verblassten die Lichtfäden zwischen Natalie und den anderen, obwohl Natalie das Nachglühen sehen konnte, wenn sie blinzelte. Giles rieb sich die Brust, wo der magische Zwirn angedockt hatte.

»Incroyable.« Romains gemeißeltes Kinn war heruntergeklappt, während er gebannt in den Nachthimmel blickte. Er war nicht wiederzuerkennen. Natalie wurde bewusst, dass sie streng genommen nur einen einzigen Gesichtsausdruck von ihm kannte, ruhige Konzentration.

»Bisschen überwältigend, was, Romain?«, sagte Giles und klopfte ihm auf den Rücken. »Jetzt kapier ich, was das ganze Tamtam um das *Sehen* soll.«

Romain wandte sich vom Fenster ab und fasste sich. »Eine Waffe gilt es noch zu finden«, sagte er leicht belegt. »Wir sollten uns hier nicht aufhalten.«

Natalie hatte den Eindruck, er wollte das Thema wechseln, als wäre es ihm ... *peinlich*.

Sie setzte sich aufs Bett und widmete sich den Worten der Priesterin von Ilmatar, die sie in ihrem Buch notiert hatte. Sollte die Maske sie nicht mehr verbergen, mussten sie die letzte Waffe umso dringender finden.

»Kann bitte jemand sagen, dass er zumindest den Hauch einer Idee hat, was das heißen soll?«, murmelte Giles, nachdem Natalie das Rätsel vorgelesen hatte.

»Wenn es heißt: *Folge dem Flug der Azurschlange* – könnte damit der Azurdrache gemeint sein?«, überlegte Elodie. »Ich bin sicher, in der altnordischen Mythologie nennen sie Drachen Schlangen. Der Azurdrache ist einer der vier mythologischen Figuren der chinesischen astrologischen Sternbilder.«

»Das würde zu *gen Osten* passen«, meinte Giles. »Ist die einzige Richtung, in der wir noch nicht waren. Dann geht es als Nächstes wohl nach China. Mann, sogar mein Jetlag wird Jetlag bekommen.«

Natalie lachte, auch um die komische Anspannung im Zimmer zu lösen. Doch ihr Großvater war nicht überzeugt. »Die Glaubensvorstellung von den vier Symbolen ist in ganz Ostasien verbreitet – das Artefakt könnte von Korea bis Japan überall sein.«

»Vielleicht kann ich helfen«, sagte Romain. »Ich habe einige Zeit in Japan verbracht und Karate studiert. In Kyoto. Es heißt, die Stadt würde von einem Azurdrachen beschützt – man sieht ihn überall auf Bildern und Wandgemälden, die mit dem alten Kaiserpalast zu tun haben. Vielleicht spricht die Prophezeiung deswegen vom *natürlichen Heim* des Drachen.«

»Seit wann bist du so gesprächig?«, fragte Giles seinen Bodyguard. Romain zuckte mit den Schultern.

»Kyoto, sagen Sie«, murmelte Natalies Großvater und wurde munter. »Das ergibt Sinn. Dort waren auch die Kassandren von Itaki beheimatet!«

»Vielleicht solltest du *mehr* reden«, meinte Giles und klatschte mit Romain ab. »Klingt, als wäre das geritzt. Wir sollten Lionel Bescheid geben, oder?«

Natalie nickte und holte den Himmelsstein aus der Tasche. »Bereit?«, fragte sie die anderen.

Alle nickten.

Natalie umklammerte den Stein fest mit der einen Hand und griff mit der anderen nach Giles. »Lionel Thwaites, führe mich zu dir.«

Sie fanden sich in einem Hotelzimmer wieder, wesentlich vornehmer und exklusiver als ihre eigene Unterkunft. Die Atmosphäre war angespannt. Zwei Mitglieder des Orphischen Mysteriums – der große Italiener mit den hageren Zügen, der den Rat anführte, und eine ältere Frau – kauerten hinter einem Himmelbett. Der Mann blutete aus einer Wunde am Kopf, aus der es auf seinen Kragen tropfte. Lionel Thwaites stand an der Tür und spähte durch den Spion.

»Alles in Ordnung. Hier drin sind wir sicher. Ich glaube nicht, dass sie –«

Die Tür flog knallend auf, und Ladon quetschte sich vom Flur aus ins Zimmer, begleitet von der anderen Myste von Eris, der dunkelhaarigen Hekuba. Beide trugen dunkle Brillen, Anzüge und MindTouch-Knöpfe. Thwaites sah sich panisch um, schnappte sich eine hohe Vase von einem Tisch und warf sie nach Ladon. Der Schläger fing sie im Flug mit der Faust ab, sodass es Scherben auf die Teppiche am Boden regnete. Dann packte er Thwaites am Kragen und schleuderte ihn mit einem Grunzen brutal über eine Couch. Lionels Kopf knallte mit einem widerlichen Laut gegen den Rand des Kaminsimses, bevor er reglos zusammenbrach.

»Lionel!«, rief Giles. Aber keiner nahm ihn wahr.

Die beiden Ratsmitglieder wichen zurück. Die Frau sagte: »Ihr werdet nicht gewinnen. Wir werden niemals aufhören, das Chaos zu bekämpfen, solange wir leben.«

Hekuba sah nach Lionel, der am Boden lag und sich nicht rührte. Natalie wusste nicht, ob er noch lebte. Hekuba wandte den Blick den Mystai von Orpheus zu.

»Ich fürchte, das wird nicht mehr lange der Fall sein, wenn ihr uns nicht verratet, wo das Mädchen ist.«

»Fahrt zur Hölle«, zischte die Afrikanerin mit dem rasierten Kopf.

Ladon lächelte. Seine dicken Lippen waren nass vor Spucke. »Lieber dorthin als dahin, wohin eure Reise geht.«

Er und Hekuba berührten die Knöpfe an ihren Schläfen. Schnell öffnete sich in der Mitte des Hotelzimmers ein Riss in den Aither. »Nicht hinsehen!«, rief Natalie.

Aber zu spät. Die Mystai von Orpheus schienen sie nicht zu hören und konnten nicht mehr reagieren. Beide versteiften sich, als hätte ein elektrischer Strom ihre Körper erfasst. Dann begannen sie heftig zu zittern, ihre Augen wurden weit, und ihre Zähne klapperten. Schließlich schloss sich der Riss wieder, und sie wurden ruhig. Doch etwas hatte sich verändert. Als der Rauch, der von ihren Roben aufstieg, sich lichtete und Natalie in ihre Gesichter schauen konnte, schnappte sie entsetzt nach Luft. Ihr Blick war ohne jeden Fokus. Er erinnerte Natalie an das leere Starren ihres Vaters. Doch das war nicht alles. Als Natalie näher hinsah, erschrak sie erneut. Die Iris der Mystai waren verschwunden, als hätten sie jede Farbe verloren, sodass nur gruselig blasse Kreise zurückgeblieben waren. *Was ist mit ihnen passiert?*

»Seid gegrüßt, meine Freunde«, sagte Hekuba. »Sagt mir, wem ihr dient.«

Die beiden Mystai von Orpheus antworteten in tonloser Einheit. »Wir ehren und dienen unserer Herrin Eris. Möge das Chaos über diese und jede andere Welt regieren!«

»Ausgezeichnet«, sagte Hekuba. »Kommt, es gibt viel zu tun!«

Sie drehte sich um, und die beiden hirntoten Gestalten folgten ihr im Gleichschritt.

Ladon machte einen Schritt über den reglosen Körper von Lionel Thwaites hinweg. An der Tür angekommen, verharrte er noch einmal und sah sich um. Sein Blick wanderte in ihre Richtung.

»Was ist?«, fragte Hekuba.

»Ich spüre eine Anwesenheit«, sagte er. »Jemand sieht zu.«

Hekuba runzelte die Stirn. »Du bist paranoid, mein Freund.«

Ladon berührte den MindTouch-Knopf an seiner Schläfe. Dann richtete sich sein Blick direkt auf Natalie. »Nein«, sagte er. »Es ist das Mädchen. Sie ist hier.«

Mit weit ausholenden Schritten rannte er auf sie zu. Natalie wusste nicht, was sie tun sollte.

Mit einem Wimmern ließ sie den Himmelsstein fallen, und das Hotelzimmer verschwand. Sie und die anderen waren wieder in Averys Pensionszimmer.

»Wir müssen zu ihm!«, drängte Giles. »Lionel ist verletzt! Er könnte sogar … er hat sich nicht bewegt …«

»Wir können ihm nicht helfen«, sagte Elodie.

»Na, dann ruft die Polizei oder sonst was!«, rief Giles mit brüchiger Stimme.

»Das hat keinen Sinn«, entschied Natalies Großvater. »Wir schicken ihm einen Notarzt.« Natalie las seiner ernsten Miene ab, dass er – wie sie – unsicher war, ob Lionel überhaupt noch lebte.

»Und dann müssen wir nach Mailand fliegen«, sagte Giles. »Sofort.« Er eilte zur Tür. Die anderen rührten sich nicht vom Fleck. »Worauf wartet ihr?«

»Wir können nicht nach Mailand«, sagte Romain.

Giles trat auf ihn zu. »Doch, das können wir!« Er zeigte mit dem Finger auf die Brust des Franzosen. »Du gehorchst *meinem* Befehl, alles klar? Und ich sage, wir gehen nach Mailand.«

»Giles ...«, setzte Elodie an.

»Was?«, keifte er.

»In Mailand ist es nicht sicher – dort ist das Mysterium von Eris. Sie wissen, dass wir alles mit angesehen haben. Sie werden auf uns warten.«

»Mir doch egal«, sagte Giles. Er schien den Tränen nahe.

»Ich rufe jemanden an«, sagte Natalies Großvater leise. Dann verließ er das Zimmer in Richtung des öffentlichen Telefons.

Natalie trat neben Giles und legte den Arm um ihn. Zuerst wehrte er sich, doch dann ließ er zu, dass sie ihn drückte. »Lionel ist nicht gerade muskulös«, nuschelte er in ihre Schulter. »Er hat das nicht verdient.«

»Ich weiß«, antwortete sie. Ihre Kehle schnürte sich vor Schuldgefühlen zu, als sie sich die Geschehnisse von eben durch den Kopf gehen ließ. War es das, was die Vision vor dem Treffen mit Khalil, in der sie eine der gesichtslosen Gestalten in den Abgrund gestoßen hatte, ihr angekündigt hatte? War Thwaites das unschuldige Opfer ihrer Taten?

»Am besten können wir ihm helfen, indem wir die letzte Waffe finden«, sagte Elodie.

Giles schwieg, doch Natalie spürte, wie er nickte.

Wenige Minuten später kehrte Avery zurück. »Ein Rettungswagen ist auf dem Weg zu Lionels Hotel. Man wird ihn in ein Privatkrankenhaus bringen. Er bekommt die bestmögliche Versorgung, versprochen.«

Die unausgesprochene andere Möglichkeit hing im Raum. *Falls man noch etwas für ihn tun kann …*

Giles hatte sich nahezu erholt, auch wenn Tränen seine Wangen bedeckten. »Danke«, sagte er. Dann schniefte er und machte ein entschlossenes Gesicht. »Na schön. Holen wir uns dieses Schwert! Ich weiß schon, an wem wir es ausprobieren können.«

KAPITEL 17

XĪN XIÙ

Das Herz – eins der
Mondhäuser des Azurdrachen.
Mut ist gefragt.

Während sie am Flughafen auf den nächsten Flug nach Japan warteten, hielt Natalie Giles' Hand und gab sich Mühe, ihn zu trösten. Noch gab es vom Krankenhaus in Mailand nichts Neues, obwohl Avery regelmäßig dort anrief. Der Gedanke, ins Flugzeug zu steigen, ohne zu wissen, ob Thwaites am Leben war, schien unerträglich. Nie zuvor hatte Natalie ihren Freund so besorgt erlebt. Sicher machte auch ihr Großvater sich Sorgen, und zwar um Belinda – wenn das Mysterium von Eris Thwaites ausfindig gemacht hatte, warum nicht auch Belinda in Mexiko? Es fühlte sich an, als würde sich eine unsichtbare Schlinge um sie alle zuziehen.

Bevor sie zum Gate gingen, rief Romain ein letztes Mal mit einem Wegwerfhandy, das er am Flughafen gekauft hatte, im Krankenhaus an. Als Natalie das rare Lächeln des Leibwächters sah, wurde ihr leichter ums Herz.

»Er ist in Ordnung«, berichtete Romain und reichte Giles das Telefon.

Lange sprachen Giles und sein Vormund nicht miteinander, doch nachdem er aufgelegt hatte, grinste Giles von einem Ohr zum anderen. »Er meint, er hat eine Beule wie ein hart gekochtes Ei, aber er wird wieder«, erzählte er Natalie. »An viel kann er sich nicht erinnern, aber er glaubt, er hätte ordentlich Kontra gegeben. Ich hab ihn in dem Glauben gelassen.«

Natalie hatte Japan bereits besucht, mit etwa sieben Jahren, als sie ihren Großvater zu einer Konferenz begleitet hatte. Sie erinnerte sich an wenig, vor allem aber daran, dass Tokio sie schlicht überwältigt hatte.

Offenbar gehörte Japan zu den wenigen Ländern, für die Giles sich zu interessieren schien. Zu gerne teilte er seine Informationen mit den anderen, während sie am Flughafen von Kyoto auf ein Taxi warteten. Sie wollten auf direktem Weg zu Mr Saito, einem der ältesten Freunde ihres Großvaters und Experte für japanische Geschichte. Romain überraschte alle, indem er dem Taxifahrer in anscheinend makellosem Dialekt den Weg erklärte. »Ich war auch länger in Osaka«, erklärte er geheimnisvoll.

»Vor Tokio war Kyoto die Hauptstadt«, erzählte Giles. »Während des Boshinkriegs – so nennt man den Bürgerkrieg im neunzehnten Jahrhundert – haben die letzten Shogune …« Er machte eine Pause. »Das waren quasi Kriegsherren mit eigenen Privatarmeen. Also, die kämpften um die Kontrolle übers Land, und zwar gegen die Armeen des Kaisers. Auf beiden Seiten kämpften Samurai. Jedenfalls haben dic Krieger des Kaisers gewonnen und die letzten Shogune nach Norden Richtung Tokio vertrieben.«

»Du kennst dich echt aus«, staunte Natalie.

Giles wurde rot. »Lionel hat 'ne Menge japanischen Kram in seiner Sammlung: Waffen, Samurairüstungen und langweiliges Zeug, auf dem irgendwas geschrieben steht.«

Natalie grinste. »Kalligrafie?«

»Kann sein«, meinte Giles. »Ich hab aber auch ziemlich

viel aus den Zwischensequenzen von *Die Rückkehr des Ninja-Assassinen* gelernt.«

»Ist das ein Geschichtsbuch?«, fragte Elodie mit einem frechen Blick Richtung Natalie.

»Computerspiel«, antwortete Giles. »Aber historisch echt akkurat, es spielt während des Bürgerkriegs. Hab's in drei Tagen durchgezockt.«

»Erzähl mir mehr über Lionels Sammlung«, bat Elodie, und Natalie stellte auf Durchzug, während ihr Freund von der Schärfe und Stärke der verschiedenen Klingen berichtete. Er war ganz in seinem Element.

Das Taxi brachte sie durch den neueren Teil der Großstadt zum alten Kaiserzentrum, wo die modernen Gebäude wunderschönen alten buddhistischen Tempeln, Parks, Gärten und erhaltenen Häusern aus dem 18. und 19. Jahrhundert Platz machten. Es war unfassbar schön, vollkommen anders als die Türme und grellen Lichter Tokios.

Sie kamen in eine schmale Straße voller Buchläden und Stände, die Porzellan und Seidenkleidung verkauften. Vor einem prächtigen Gebäude mit sichtbaren Holzbalken, die aus der Fassade ragten und das gestaffelte Schindeldach stützten, ließ der Fahrer sie aussteigen. Auf einem Schild standen japanische Schriftzeichen und darunter eine Übersetzung.

MUSEUM DER SAMURAI.

Breite Stufen führten zu prächtigen Flügeltoren, hinter denen ein kleiner Mann in traditioneller Kleidung zum

Vorschein kam: schwarzer Kimono, langes graues Hemd und Sandalen. Als sie sich näherten, verneigte er sich, und Natalie tat es ihm gleich. Amüsiert blickte er sie nacheinander an und begann zu strahlen. »Avery! Wie schön, Sie zu sehen!« Er wandte sich den anderen zu. »Ich bin Mr Saito. Bitte, kommen Sie herein.«

»Es gibt viel zu besprechen«, sagte Professor Hardaker.

Drinnen schlüpften sie aus ihren Schuhen und zogen Besuchersandalen an. Dann brachte Mr Saito sie durch einen Gang in ein Vorzimmer mit Matten am Boden. Er schloss den Wandschirm.

»Hier sind wir ungestört. Bitte, setzen Sie sich. Wie kann ich Ihnen helfen, alter Freund? Und was ist so wichtig, dass man es nicht am Telefon besprechen konnte?«

Alle setzten sich im Schneidersitz auf die Schilfmatten.

»Natalie, bitte lies Mr Saito die Prophezeiung der Seherin vor«, bat ihr Großvater.

Natalie war überrascht, dass er so offen über ihre Mission sprach, was ihr wohl anzusehen war.

»Alles in Ordnung, Miss Hardaker«, sagte Mr Saito. Er griff an den Kragen seines Kimonos, schob ihn zur Seite und zeigte ihnen das kleine Tattoo einer Leier, das Symbol von Orpheus.

»Sie sind auch ein Kassander?«, fragte sie.

»Leider nein«, antwortete Mr Saito, »doch ich folge dem Gott des Friedens schon, seit ich ein kleiner Junge war. Wie Lionel Thwaites helfe ich, wo ich kann. Übrigens war er es, der mir erzählt hat, dass mein alter Freund

Avery Hardaker ebenfalls ein Anhänger von Orpheus geworden ist. Allerdings haben wir in Japan einen anderen Namen für Orpheus: Izanagi. Eine der sieben göttlichen Generationen vom Anbeginn allen Seins. Legenden haben viele Gesichter. Man findet dieselben Götter und Mythengestalten aus alter Zeit auf der ganzen Welt, nur in verschiedenen Erscheinungen. Es liegt daran, dass der Aither uns alle verbindet.«

Natalie nickte. Sie erinnerte sich an ihre Suche nach den Omentexten, bei der ihr deutlich geworden war, dass verschiedene Zivilisationen an parallele Gottheiten glaubten.

Natalie las die Worte vor, die man ihr in der Höhle unter dem Gletscher mit auf den Weg gegeben hatte. »*Folge dem Flug der Azurschlange aus ihrem natürlichen Heim im Unterschlupf der neuen Söldner, auf ihrem fliehenden Kurs gen Osten entlang der Schicksalsmündung. Das vergessene Schwert des Meisters, dem letzten Besitzer übergeben – eine Klinge, so scharf, dass sie selbst Geister durchtrennt –, ruht in seinem Element.*«

Mr Saito legte den Kopf schief. »Himmel, das ist eine Menge an Rätseln. Ich glaube, Sie haben recht. Der Flug des Azurdrachen deutet in aller Regel auf Kyoto hin. Lassen Sie mich nachdenken. Eine Schlange, die aus dem Unterschlupf der neuen Söldner flieht …« Er rieb sich das Kinn. »Interessant. Sehr interessant. Und wie lautete der letzte Teil? Euer Kurs wird euch entlang der Mündung des Schicksals führen. Ein Schwert, von einem Meister geschmiedet, das Geister schneiden kann. Untergebracht in seinem Element.« Er stutzte. »Dieser Meister ist sicherlich Masamune.«

»Dreizehntes Jahrhundert«, sagte Giles. »Hat die Tradition der Soshu-Schwertkunst perfektioniert. Er schuf das erste Schwert für die Shogune, die damals über Japan herrschten.«

Mr Saito lächelte. »In der Tat. Es heißt nicht nur, seine Schwerter könnten die Luft durchtrennen, sondern zudem ausschließlich Dinge, die es verdient hätten. Hält man sein Schwert in den Strom, werden sich weder Fische noch vorbeitreibende Blätter daran verletzen. Seine Schwerter sind heilige Waffen. Die Klingen sind für ihr ausgeprägtes Muster aus dunklerem Metall bekannt. Leider sind heutzutage die meisten verloren. Der Markt ist überflutet von Fälschungen – viele davon so überzeugend, dass nur wahre Experten sie erkennen.«

Kein guter Anfang, dachte Natalie. »Sagt Ihnen der Rest etwas?«, fragte sie. Mr Saito fasste sich mit dem Daumen an die Nase und runzelte die Stirn.

»Diese *neuen Söldner* könnten die Shinsengumi sein, was übersetzt ›neue Auswahl‹ bedeutet«, sagte er. »Sie waren loyale Soldaten, die die Shogune und deren Abgesandte beschützten, wenn sie in die Stadt kamen.«

»Und was genau war an ihnen *neu*?«, fragte Elodie.

»Ihr Name. Bevor sie in Kyoto so eine Art allgemeine Polizei wurden, nannte man sie *Mibu Rōshigumi*. Ursprünglich bestanden sie aus *ronin*. Abtrünnige Samurai ohne Herr.«

»Wie Hattori Masanara!«, warf Giles ein.

»Wer ist das?«, fragte Mr Saito. »Von ihm habe ich nie gehört.«

»Er ist die Hauptfigur aus … egal. Erzählen Sie weiter.«

»Die Shinsengumi flohen während des Boshinkriegs – nach Edo«, erklärte Mr Saito. »Ins alte Tokio.«

Romain setzte sich auf. »Wisst ihr, was ›Edo‹ bedeutet?«

Alle schüttelten perplex den Kopf, abgesehen von Mr Saito, der mit den Fingern schnippte. »Flussmündung!«

»Die Mündung des Schicksals?«, fragte Natalie. »Das heißt, das Schwert landete in Tokio.«

»Möglich«, antwortete Mr Saito. »Kommen Sie, ich muss Ihnen etwas zeigen.«

Sie folgten dem kleinen Mann aus dem Zimmer durch eine Reihe langer Räume mit Vitrinen. Darin befanden sich die prachtvollen Rüstungen von Samuraikriegern, gemacht aus Eisenplatten und Leder.

»Boah!«, rief Giles und betrachtete mit großen Augen die aufgereihten Rüstungen in den Galerien. »So cool! Hier könnte ich Stunden verbringen – dabei ist es ein *Museum*!«

Natalie sah sich die Rüstungen in den herrlichen Farben näher an. Sie fröstelte. Die Helme stellten gehörnte Grimassen oder breite traurige Münder dar. Von unten angestrahlt, schienen sie Natalie von der Wand aus finster anzugrinsen. Vor einer blieb Mr Saito abrupt stehen und öffnete sie behutsam. »Bitte.«

Natalie trat zu ihm. Auf der ledernen Brustplatte prangte ein blauer Drache, der sich um einen Baumstamm wickelte.

»Einer der letzten Anführer der Shinsengumi war ein Mann aus Aizu im Norden Japans, der Hayashi Kakuma hieß. Sein Regiment nannte sich *Azurdrache*, nach ihrem Schutzsymbol. Er bekämpfte die kaiserlichen Truppen selbst noch nach dem Fall Edos und starb nach einem letzten Gefecht.«

Natalie musterte die reich verzierte Rüstung. Sie war voller Kerben und Flecken. Es war nicht schwer, sich einen Menschen darin vorzustellen, der um sein Leben kämpfte, während der Feind unaufhaltsam näher rückte. Giles spähte auf die Seite des Anzugs, wo von einem Gürtel ein Schwert samt Hülle hing.

»Wow«, Giles war erfreut. »Ich hätte nicht gedacht, dass wir das Schwert hier finden. Das war einfach.«

»Ein Duplikat«, sagte Mr Saito bedauernd. »Leider hat man das echte nie entdeckt. Es war Brauch, sich des Schwerts eines Samurais zu bemächtigen, wenn man ihn getötet hatte. Auch die Hülle ist nur ein Duplikat.«

»Was hat der Baum zu bedeuten?«, wollte Natalie wissen.

»Jedes Schutzsymbol hat sein eigenes Element, und das des Azurdrachen ist Holz«, erklärte der Wissenschaftler.

»Vielleicht spielt *ruht in seinem Element* darauf an«, überlegte Elodie. »Das Schwert könnte von Holz eingeschlossen sein. Wo ist er gestorben?«

Mr Saito zuckte mit den Schultern. »Den genauen Ort kenne ich nicht, doch geben Sie mir einen Moment, dann sehe ich im Archiv nach. Wenn Sie mich entschuldigen würden.« Er ging und ließ sie mit der Rüstung allein.

»Also suchen wir nach einem Schwert irgendwo in Japan«, meinte Giles. »Klassischer Fall von Nadel im Heuhaufen.«

»Wir müssen dem Schicksal vertrauen«, sagte Elodie und sah zu Natalie. Natalie wandte sich ab. Sie merkte Giles an, dass er die Geduld verlor – auf das Schicksal zu vertrauen, war ihm kein großer Trost, solange Thwaites verwundet im Krankenhaus lag. Sie drückte seinen Ellbogen.

»Die übrigen Waffen haben wir auch gefunden«, sagte sie. »Wir kriegen das hin.«

Professor Hardaker presste die Nase gegen die Scheibe. Er schien den Helm zu inspizieren. Natalie folgte seinem Blick zu den leeren Augenhöhlen des Kopfteils. Sie schienen sich regelrecht in sie zu graben.

»Vielleicht gibt es einen weiteren Weg, herauszufinden, wo das Schwert steckt«, sagte sie und zeigte auf die Rüstung. »Wir könnten Hayashi Kakuma selbst fragen.«

»Mit dem Himmelsstein!«, sagte Giles. »Vielleicht ist er der Hüter.«

»Nein, das glaube ich nicht«, meinte Elodie. »Die anderen Hüter waren die jeweiligen Erschaffer der Waffe, die sie aufbewahrten. Khalil schuf die Maske, das Orakel von Pachamac fand den Himmelsstein, und die Priesterin von Ilmatar schnitzte den Sampo. Wahrscheinlicher ist, dass Masamune ein Seher und der Hüter war.«

»Ja, klingt logisch«, sagte Giles.

»Trotzdem könnten wir es schaffen, Kakumas Bewusstsein aus dem Aither zu holen, zumindest die Teile, die noch da sind.« Sie hatte den Stein bereits in der Hand. Er wisperte ihr zu, wie Hunderte Seufzer im Wind. Seine Macht kitzelte ihren Arm. Sie streckte die Hand aus und berührte ganz sanft den Azurdrachen im Zentrum des Brustpanzers.

Sofort verschwanden die Wände des Museums, und Natalie war nicht länger von hohlen Rüstungen umgeben, sondern von echten Soldaten, die darin steckten. Irgendwo fielen Schüsse, und Rauchschwaden hingen in der Luft. Noch nie hatte Natalie derart grauenhafte gurgelnde Schreie gehört. Sie torkelte rückwärts, während Schwerter die Luft durchschnitten, hin und her gestoßen von anderen Körpern. Als sie den Blick senkte, sah sie das Blut, das zwischen ihren Füßen floss – so viel, dass der Erdboden ganz aufgeweicht war.

Eine Stimme brüllte einen Befehl, den sie nicht verstand. Schon wurde sie vom Gedränge der Körper erfasst und die Stufen zu einem Tempel hinaufgetragen. Waren dies die Erlebnisse von Kakuma? Von hinten prallte etwas gegen sie, und sie fiel auf die Knie. Alles fühlte sich so real an! Zu allen Seiten das Stampfen von Füßen. In ihrer Brust herrschte blanke Panik. Sie versuchte aufzustehen. Doch ihre Beine gehorchten nicht. Natalie wollte nur noch fort.

Da griff eine Hand nach ihrer, und schlagartig war sie wieder in der Galerie in Kyoto, wo sie vor Hayashi Kakumas Rüstung kniete. Der Himmelsstein lag am Boden. Als sie sich umschaute, sah sie, dass auch die anderen in derselben Position auf dem Museumsboden knieten. Geisterhafte Fäden verbanden sie mit Natalie, wie ein Spinnennetz, in dessen Mitte sie saß. *Natürlich.* Sie holte den Sampo aus dem Rucksack. Das gegabelte Ende des hölzernen Spinnwerkzeugs war in ein gespenstisches Fadenknäuel gehüllt. »Der Sampo«, sagte sie. »Anscheinend verbindet er uns immer noch.«

»Was du nicht sagst«, nuschelte Giles. Schwankend kniete er am Boden und machte den Anschein, als müsste er sich jeden Moment übergeben. Elodie half ihm auf die Beine.

Ihr Großvater blickte Natalie ehrfürchtig an. »Ein Stück Geschichte. Erlebt durch meine eigenen Augen. Bemerkenswert.«

Mr Saito näherte sich und wurde langsamer. »Was tun Sie?«, fragte er. Offensichtlich konnte er die silbrigen Fäden, die sich allmählich wieder zu Natalie zurückzogen, nicht sehen. Dafür betrachtete er den Sampo. »Eine der vier verschollenen Waffen. Und dazu der Stein. Sie haben eine Vision geteilt.«

Natalie half ihrem Großvater hoch, während Romain und Elodie sich den Staub abklopften.

»Was haben wir erfahren?«, begann Natalie, noch immer etwas mitgenommen von der Schlacht. »Es war Kakumas Erinnerung an einen Kampf – den Kampf, in dem er starb. Vielleicht ist Masamunes Schwert noch auf dem Schlachtfeld, oder es wurde gestohlen – möglich, dass wir auf eine Spur stoßen.«

»Was das betrifft, kann ich vielleicht behilflich sein«, sagte Mr Saito. »In den Schriften steht, dass Kakuma in Ueno fiel – das ist ein Viertel in Tokio. Nichts deutet darauf hin, dass sein Schwert noch dort ist, doch an diesem Ort wurde es zuletzt dokumentiert.«

»Danke, Saito«, sagte Professor Hardaker und verneigte sich tief.

Saito erwiderte die Geste. »Möge Orpheus Ihnen den richtigen Weg weisen. Dürfte ich den Hochgeschwindigkeitszug empfehlen?« Er sah auf seine Armbanduhr. »Die nächste Abfahrt nach Tokio ist in genau zweiundvierzig Minuten.«

KAPITEL 18

SCORPIO

...scorpiocommand: 9111/
Tanaka-Riku/...run
program/13383920/protocol-initiate/

Das Telefon in Rikus Tasche piepste erneut. Nachdem er sich das Schmierfett von den Händen gewischt hatte, holte er es heraus und schaute auf den Bildschirm. Vor Wut ballte er die Faust. Schon wieder eine dieser Kreditfirmen. Diesmal boten sie ihm einen zinsfreien Kredit über 50 000 Yen an. Warum konnten sie ihn nicht einfach in Ruhe lassen?

»Riku?«, ertönte die Stimme über sein Walkie-Talkie. »Haben Sie alles überprüft?«

»Geben Sie mir zwei Minuten«, erwiderte Riku.

»Sie haben eine«, sagte sein Boss. »Sonst werden Sie am Wochenende Überstunden machen.«

Er ließ sich wieder unter den Waggon gleiten. Er musste nachsehen, ob die Stromleiter der magnetischen Unterseite des Zugs auch funktionierten. Die kräftigen Magnete waren das Einzige, was verhinderte, dass die superschnelle Schwebebahn aus den Schienen rutschte. Auf Teilen der Verkabelung waren leichte Ablagerungen, die nach Rost aussahen, aber nicht so viel, dass man sie austauschen müsste. Er tippte auf seinem Tablet auf das Kästchen mit »annehmbar« und arbeitete sich anschließend zum nächsten Leiterpaar am hinteren Fahrgestell vor.

Wieder piepste sein Handy. Diesmal war es eine Werbeanzeige.

Brauchen Sie auf die Schnelle eine Finanzspritze? Sind Sie ein Macher? Jemand, der die Dinge anpackt?

Er musste die Einstellungen seines Smartphones ändern, sobald er eine freie Minute dafür fand. Das Problem dabei, ein NiniaCorp-Handy zu haben, war, dass sie einfach alles über einen wussten. Angefangen bei den Gerichten, die er beim Lieferservice bestellte, über das Entertainmentsystem in seinem Haus bis dahin, wie viele Pushups er im Fitnessstudio schaffte. Und natürlich wussten sie von seinen Fehlinvestitionen.

Mit zusammengebissenen Zähnen überprüfte er die nächsten Leiter. Die Werbungen für schnelle Kredite machten ihn nervös und wütend, bis er am ganzen Körper regelrecht zitterte. Er konnte sich kaum noch konzentrieren. Er hakte die Stromleiter als »gut« ab.

»Riku!«, zischte sein Boss. »Das übrige Team ist fertig. Sollte dieser Zug Verspätung haben und wir Strafe zahlen müssen, ziehe ich es Ihnen vom Lohn ab! Ich brauche die Freigabe!«

»Noch ein letztes Paar«, sagte Riku.

Dann klingelte sein Handy. Es war sein Finanzberater Itsuki. Das konnte nichts Gutes bedeuten. Er ignorierte es.

Rikus Finger schwebten über seiner Anlagen- und Aktien-App. Dann öffnete er sie. Ihm wurde das Herz schwer vor Verzweiflung. NordGas, die angeblich sichere Anlage, in die er den Großteil seines Vermögens investiert hatte, war kurz vor dem Zusammenbruch. Nach dem Industrieunfall vor zwei Tagen hielt die norwegische Regierung sämtliche Fördermittel zurück, bis der Vorfall gründlich untersucht sein würde. Und das, nachdem die Immobilienfirma in New York nach einer Reihe von Bränden den Bach hinunterging. Wie hoch war die Wahrscheinlichkeit, dass gleich beide Anlagen, in die er all sein Geld gesetzt hatte, solche Katastrophen ereilten?

Riku schluckte. Es schnürte ihm die Kehle zu. Alles war futsch. Die Ersparnisse seines ganzen Lebens in nur wenigen Tagen ausgelöscht. Wie sollte er das seiner Frau beibringen?

»Riku!«, drängte sein Boss über das Walkie-Talkie.

Riku blickte zum Zug, doch sein Gehirn war voller Nebel. Alles, was er sah, war das Gesicht seiner Frau, als er ihr erzählte, dass sie ruiniert waren. Er konnte nicht mehr denken. Er konnte sich kaum noch bewegen … Sein Boss brüllte ihn durch das Funkgerät an, doch er verstand die Worte fast nicht. Schlagartig erschien alles so sinnlos. Er hatte keine Kraft mehr.

»Können wir abfahren, Riku?«

»Wie? Ja, alles bereit zum Abfahren.«

…scorpiocommand: 9111/
Tanaka-Riku/13383920/protocolterminate/

KAPITEL 19

LEPUS

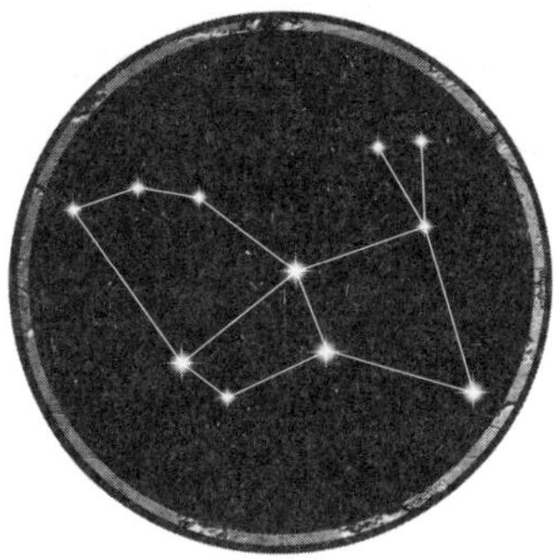

Der Hase, der vor dem Jäger flieht.
Flucht.

Während der Zug sich nahezu geräuschlos fortbewegte, lehnte Giles sich in seinem Sitz vor. »Dir ist klar, dass die Dinger praktisch schweben, oder? Vierhundert Kilometer pro Stunde, gehalten nur durch die Kraft von Magneten.«

Ihnen gegenüber klingelte ein Telefon, und Natalies Großvater sah in seinen Rucksack.

»Ich dachte, Handys sind tabu«, sagte Giles.

»Es ist Belinda«, sagte Natalies Großvater mit Blick auf das Display. Er wurde rot. »Ein Videoanruf.«

»Ist das klug?«, gab Elodie zu bedenken. »NiniaCorp könnte ihn zurückverfolgen.«

»Belinda würde das Risiko nicht eingehen, wäre es nicht wichtig«, entgegnete Avery.

Natalie und Giles setzten sich um, sodass auch sie auf den Bildschirm sehen konnten. Belinda war blass – verschreckt.

»Es tut mir leid, Avery«, begann sie. »Ich musste mit euch reden.«

»Was ist los?«, fragte Natalies Großvater. »Bist du in Gefahr?«

»Wir alle sind in Gefahr«, sagte Belinda. »Ich bin in die nächste Code-Ebene vorgedrungen, und ich glaube, ich weiß, was Scorpio ist: ein Quanten-Supercomputer. Er nutzt das Prinzip des Schmetterlingseffekts und berechnet winzige Inputs, die in geschlossenen Systemen massive Outputs ergeben. Natalie hatte recht. Indem er sich mit Anath verbindet, kann Scorpio den Aither auslesen und Quantenwahrscheinlichkeiten kalkulieren.«

»Und jetzt noch mal für alle«, bat Giles.

»Scorpio findet heraus, welche winzigen Veränderungen in der Gegenwart riesige Veränderungen in der Zukunft erzielen«, erklärte Elodie.

»Stell dir vor, jemand hätte 1963 einen Nagel auf die Straße geworfen und Lee Harvey Oswald hätte auf dem Weg nach Dallas einen Platten gehabt«, gab Avery ein Beispiel. »Er hätte John F. Kennedy nicht erschießen können.«

»War aber nicht so«, sagte Giles. »Er *hat* den Präsidenten erschossen.«

»Jedenfalls ist es so«, fuhr Belinda fort. »Scorpio verleiht Eris die Macht, zu wissen, wohin sie diese Nägel zu legen haben. Bisher haben sie reiche und einflussreiche Leute wie Politiker beeinflussen müssen, um weltweit etwas auszurichten. Wir konnten sie bekämpfen und mit vereinten Kräften ein Gleichgewicht erreichen. Schlimmes ist zwar trotzdem passiert, aber am Ende überwog dennoch eher der Frieden. Doch nun sind unsere Feinde uns weit voraus. Sie können die Welt in immerwährendes Chaos stürzen.«

»Und dazu nutzen sie die Ressourcen von NiniaCorp«, schlussfolgerte Avery. »Sie können Menschen lenken, deren kleinste Taten erhebliche Auswirkungen haben.«

»Dann muss es das sein, was wir im geheimen Labor bei CERN gefunden haben«, meinte Elodie. »Der Scorpio-Supercomputer.«

Natalie dachte an die riesige durchscheinende Kugel,

verborgen hinter den Regalen in Johann Schars Büro. Das Blitzen der Lichter darin hatte chaotisch gewirkt, vollkommen beliebig, doch wenn es quasi das Wirken des Schicksals ausdrückte, war das kein Wunder.

Damit haben sie die Zukunft buchstäblich in der Hand, dachte Natalie.

»Jetzt wundert es mich nicht mehr, dass sie ein Ratsmitglied nach dem anderen ausschalten konnten, obwohl der Orphische Rat sich so gut abgeschottet hat«, sagte Avery. Sein Gesicht war aschfahl. »Ich glaube, wir lagen mit unserem Verdacht richtig. Der Vulkanausbruch in Finnland, bei dem Natalie fast umgekommen ist, wurde von Eris herbeigeführt. Es war eine Kettenreaktion, ausgehend von der Katastrophe auf der Bohrinsel, die Scorpio irgendwie ausgelöst haben muss.«

»Sie haben es auf dich abgesehen, Natalie«, warnte Belinda. »Und ich weiß nicht, wie wir sie aufhalten können. Du musst dich verstecken. Ich beende das Gespräch jetzt. Sei vorsichtig, Avery. Gib auf dich acht.«

Ihr Gesicht verschwand. »Du auch«, sagte er, eine Winzigkeit zu spät.

Romain schnappte sich das Handy, nahm die SIM-Karte heraus und zermalmte sie zwischen den Zähnen, bevor er das Fenster einen Spaltbreit öffnete und sie nach draußen warf. »Wenn sie recht hat, können wir gar nicht vorsichtig genug sein«, sagte er.

Natalie schauderte, als ihr einfiel, was der Orphische Rat bei dem heimlichen Treffen im Restaurantkeller in

Mailand gesagt hatte. *Das Omen Scorpio überschattet alles. Vor allem dich, Natalie.*

Sie starrte auf die vorbeiziehende Landschaft. Die Getreidefelder und Weiden waren unter einer Schicht Schlammwasser begraben. Gebäude standen verlassen, halb verschwunden in den Fluten. Irgendwo hatte Natalie gelesen, dass nach einem der letzten Unwetter die Dämme gebrochen waren. Lag das auch an Scorpio? Hatte der Supercomputer eine Beschädigung der Dämme eingefädelt, oder konnte er das Wetter kontrollieren? Unmöglich war es nicht. Nicht, wenn man weltweit Milliarden von Menschen im Griff hatte. Man konnte beeinflussen, wie viel elektrische Hitze-Energie von Wohnhäusern und Industrie in die Atmosphäre freigesetzt wurde. Ein Anstieg an einer Stelle und ein Stromausfall an einer anderen könnten ausreichen, um Veränderungen in der Atmosphäre zu erzielen. Und das war nur der Anfang. Steuerte man erst Meeresströmungen, konnte man Hurrikans auslösen. Ein entsprechend starkes Erdbeben auf See konnte ganze Tsunamis in Gang setzen. Wie viele Millionen von Leben waren in ständiger Gefahr?

Pochend meldete sich Natalies Nous, während sie überlegte, wie viel Macht das Mysterium von Eris dadurch hatte. Plötzlich kam sie sich mehr als kein vor. Eine Ameise, die jeden Augenblick zerquetscht werden konnte. Der Aither sprach zu ihr, hämmerte gegen die Schwelle ihres Bewusstseins, und ihr wurde schwindelig.

»Natalie?«, fragte ihre Mutter an. »Was stimmt nicht?«

Natalie ließ den Aither in ihren Geist ein und sah in einer Reihe von hässlichen Ausschnitten, was die Zukunft bereithielt: Funken, die von magnetischen Schienen sprühten. Den Zugführer, der auf einen roten Knopf drückte, der mit »Notfallbremssystem« überschrieben war. Den Zug, der kippte und von den Schienen stürzte. Entsetzte Gesichter, als die Passagiere von ihren Sitzen geschleudert wurden. Glasscherben. Verbogenes Metall. Feuer. Tod.

Chaos.

Sie blinzelte. Die Vision war fort.

»Wir müssen aussteigen«, sagte sie leise, um die anderen Fahrgäste nicht zu erschrecken. »Der Zug wird einen Unfall haben.«

»Ha, ha«, machte Giles. »Japanische Züge sind die sichersten der Welt.«

Natalie hoffte, ihre Miene würde ihm klarmachen, dass sie es ernst meinte. »Es wird irgendeine Fehlfunktion geben«, erklärte sie. »Warum genau, weiß ich nicht, aber ich vermute mal, Scorpio steckt dahinter – genau wie bei dem Unglück auf der Bohrinsel.«

»Gibt es eine Notbremse?«, fragte Elodie.

»In einer Magnetschwebebahn, die mit über vierhundert Sachen durch die Gegend brettert?«, sagte Giles ungläubig. »Kann ich mir nicht vorstellen.«

»Das Bremssystem wird uns aus der Bahn werfen«, sagte Natalie. »Irgendwas stimmt nicht mit den Magneten. Wir müssen mit dem Fahrer sprechen.« Sie stand auf, doch ein plötzlicher Ruck ließ sie durch den Waggon stolpern. Einige andere Passagiere schrien, als Taschen aus den oberen Gepäckablagen schossen.

»Das hat sich nicht gut angefühlt«, sagte Giles. Der gesamte Waggon begann zu vibrieren.

»Es passiert schon«, hauchte Natalie. Sie hastete durch den Gang zur Tür, die ihren Wagen mit dem nächsten verband. Inzwischen schaukelte der gesamte Zug von links nach rechts. Fahrgäste hielten sich aneinander fest, jammerten und weinten. Kinder klammerten sich mit aufgerissenen Augen an ihre Eltern.

Natalie fing an zu rennen und hielt taumelnd aufs vordere Ende der Bahn zu. Sollte der Fahrer die Bremse aktivieren, bevor sie bei ihm war ... *Das darf nicht passieren! Der Kult von Eris will mich umbringen. Ich kann nicht zulassen, dass all die anderen Menschen hier auch sterben.*

Sie erreichte die Fahrerkabine und wollte die Tür öffnen, doch sie war verschlossen. Hektisch hämmerte sie mit der Faust dagegen.

»Lassen Sie mich rein!«

Von seinem Sitz aus wandte der Zugführer Natalie ein panisches Gesicht zu, sagte etwas auf Japanisch und schüttelte den Kopf. Seine Finger spielten auf dem komplizierten Kontrollpult, auf der mehrere rote Lichter aufleuchteten.

»Bitte!«, flehte Natalie.

»Lass mich mal.« Romain war hinter ihr. Natalie ging zur Seite. Der Bodyguard hatte einen Feuerlöscher in der

Hand, den er jetzt wie einen Rammbock einsetzte. Der erste Stoß ließ die Tür splittern. Überrascht sprang der Fahrer von seinem Sitz. Beim zweiten Schlag krachte die Tür aus den Angeln. Natalie wollte hinein, als ein Ruck durch den Zug ging und sie und Romain auf den Rücken warf. Der Fahrer wollte sich festhalten, knallte aber mit dem Kopf gegen den Türrahmen und brach zusammen.

»Ist er okay?«, fragte Natalie.

Romain fühlte den Puls des Mannes an dessen Hals. »Nur bewusstlos«, stellte er fest.

Nun kam auch Giles an, begleitet von Elodie und Avery.

Durch die Windschutzscheibe des Zugs sah man die Schienen vor ihnen. Die Bahn schaukelte bedrohlich. Auf einem Bildschirm in der Fahrerkabine blinkten in einem Diagramm des Zugs einige Lichter. »Scheint, als wären die Magnete auf der linken Seite instabil«, stellte Giles fest.

»Könnten wir sie abschalten?«, fragte Natalies Großvater.

»Dann würden wir entgleisen, Kräfteungleichgewicht und so«, sagte Giles. »Am besten reduzieren wir einfach Stück für Stück die Geschwindigkeit und hoffen, dass wir in der Spur bleiben.«

Auf den Monitoren zeigten die Überwachungskameras des Zugs die Passagiere in den einzelnen Waggons, die sich vor Angst aneinanderklammerten. Natalie schluckte schwer. *So viele Leben in Gefahr.*

Sie schloss die Augen und flehte ihren Nous an, ihr zu helfen. *Denk nach! Denk nach!*

Sofort flutete das Bild eines überschwemmten Felds ihren Geist. Sie sah, wie der Zug mitten hindurchpflügte und große Schlammwellen aufwarf. Eine Schiene war dort nicht. Langsam, aber sicher kam der Hochgeschwindigkeitszug zum Stehen. In der Hälfte war er abgeknickt, aber insgesamt nicht umgestürzt. Kein Feuer und auch keine Leichen.

Was zeigte der Aither ihr da? Eine alternative Zukunft? Und falls ja, wie könnte sie die herbeiführen?

Wieder ging ein heftiger Ruck durch den Zug. Prompt neigte er sich einige Grad weiter nach rechts, sodass alle zur Seite geworfen wurden. Der bewusstlose Fahrer rutschte auf dem Bauch über den Boden.

Elodie nahm Natalies Hand. Ihr Gesicht hatte alle Farbe verloren. »Wenn das jetzt das Ende ist, will ich, dass du weißt, wie stolz ich auf dich bin!«

Natalie schaute ihr in die Augen. »Noch steht unser Schicksal nicht fest. Vertrau mir.«

Dann hechtete sie auf den verlassenen Fahrersitz und ließ den Blick über die Kontrollen gleiten. »Leite mich, Orpheus«, sagte sie leise. »Zeig mir den Weg aus dem Chaos hin zur Ordnung.«

Vor ihr bewegten sich geisterhafte Bilder ihrer Hände, drückten auf Knöpfe, legten Schalter um. Ohne nachzudenken, ahmte sie alles nach.

»Was machst du da?«, rief Giles. »Du hast doch keine Ahnung, wie man einen Zug fährt!«

»Ich folge dem Aither«, antwortete sie. »Er zeigt mir die Zukunft, der wir folgen müssen.«

Sie sah sich selbst, wie sie an die Decke zu einer Glasabdeckung griff und sie einschlug.

Also tat sie genau das, zum Schrecken aller. Unter der Abdeckung waren Seite an Seite zwei Hebel. Als sie beide ergriff, erschien auf dem Bildschirm ein Hinweis auf Japanisch.

»Da steht, die Magnete während der Fahrt zu lösen, wird nicht empfohlen«, übersetzte Romain. »Dem würde ich zustimmen.«

»Spinnst du?«, rief Giles. »Wir werden von den Gleisen fliegen!«

»Das ist der Plan«, sagte Natalie gefasst. »Festhalten.«

Romain beugte sich vor und drückte den Knopf der Sprechanlage, bevor er auf Japanisch zweimal etwas ins Mikrofon blaffte. Auf den Überwachungsmonitoren sah man, wie die Fahrgäste den Kopf zwischen die Knie klemmten. Dann schlang Romain beide Arme beschützend um Giles. Elodie und Avery hielten sich aneinander fest.

Natalie schaute aus dem Fenster und sah, dass die Schiene bald um eine Kurve bog. Dahinter lag ein schlammbedecktes Feld. Sie war so gut wie sicher, dass es das aus ihrer Vision war.

Mit schwitzenden Fingern umklammerte sie die Hebel. *Sollte das nicht funktionieren, werde ich es wohl nie erfahren.*

Kurz bevor die Gleise abknickten, riss sie beide Hebel nach unten. Mit einer Reihe von klackenden Lauten sausten sie von den Schienen.

KAPITEL 20

ALNASL

Der Stern, der auf Arabisch »Klinge« heißt.
Die Waffe des Kriegers ist gefunden.

Einen Herzschlag lang schienen sie zu schweben, während der Zug dank seines Schwungs der Schwerkraft trotzte. Doch dann kippte die Schnauze der Hochgeschwindigkeitsbahn allmählich abwärts, und Natalie überlegte, was sie da getan hatte und wie sie das je für eine gute Idee hatte halten können. *Wir werden alle sterben …*

Das überflutete Feld kam auf sie zu, und als sie aufschlugen, presste die Druckwelle Natalie in ihren Sitz. Matsch klatschte gegen die Scheibe, bis man nichts mehr sehen konnte. In der Kabine stoben Funken auf, und Natalie hob schützend die Hände vor die Augen. Unmenschliche Laute – kreischendes Metall, Schläge, platzendes Glas – verbanden sich zu einem grauenhaften Krach, als würde der Zug sich selbst zerfleischen. Natalie wurde aus ihrem Sitz gehoben, während die Bahn unsanft vorwärtshopste. Der Länge nach landete sie auf dem Kontrollpult. Ihre Mutter rief nach ihr.

Und dann, ganz plötzlich, war alles still. Das einzige Geräusch war ein hydraulisches Zischen – und eine Stimme in der Sprechanlage, die auf Japanisch eindringlich mit ihnen redete.

Natalie rollte von der Konsole und schaute zu den anderen. Giles und Romain kauerten am Boden, während Elodie und ihr Großvater anscheinend durch die Tür gefallen und wie ein verwirrtes Knäuel aus Armen und Beinen liegen geblieben waren. Doch beide bewegten sich. Ihre Mutter fand als Erste die Sprache wieder.

»Du hast es geschafft«, sagte sie, als könnte sie es selbst

nicht glauben. Natalie warf einen Blick in die anderen Waggons, wo die Passagiere wieder auf ihre Sitze kletterten. Sicher hatte es Verletzungen gegeben, doch hoffentlich nichts Ernstes und sicher weit weniger schlimm, als es sonst gekommen wäre.

Noch einmal meldete sich die Stimme aus dem Funkgerät.

»Das ist die Betriebsleitzentrale«, sagte Romain. »Er will wissen, was passiert ist.«

Natalies Großvater wirkte stark mitgenommen und schwächer denn je. Elodie half ihm hoch. »Wir sollten hier raus«, sagte sie. »Sobald die Rettungskräfte anrücken, wird man uns mitnehmen, wir werden in allen Nachrichten erscheinen.«

Romain stemmte eine Tür zum durchnässten Feld unter ihnen auf und half den anderen heraus. Natalie schaute sich das Zugwrack an: Alle Waggons waren aufrecht stehen geblieben. Die Menschen stiegen verdattert und unterschiedlich schockiert aus. Eine Frau wiegte ein Baby an ihrer Brust. Ein breiter Graben aus Schlick und Matsch führte zurück zu der Stelle, an der sie entgleist waren. Von einer Scheune war nur noch eine einzige Holzwand übrig geblieben, während es den Rest des Bauwerks bei der Kollision mit der Bahn in seine Einzelteile zerlegt hatte.

Aus einer der Türen starrte ein Geschäftsmann, der ein Smartphone in ihre Richtung hielt.

»Verschwinden wir«, beschloss Natalie.

Sie wateten durch kniehohen Schlick bis zum Rand

des Felds, wo neben einer Schotterstraße einige wenige schlichte Gebäude standen. Als sie wieder trockenen Boden unter den Füßen hatten, näherten sich die ersten beiden Rettungshubschrauber. Sicher würden auch Polizei und Feuerwehr nicht lange auf sich warten lassen.

»Wir brauchen ein Fahrzeug«, sagte Elodie. »Hier draußen sind wir sämtlichen Blicken ausgeliefert.«

Romain zog bereits eine Abdeckung beiseite, hinter der Natalie einen uralten Bauernhof-Laster mit offener Ladefläche erspähte.

»Gibt es dazu einen Schlüssel?«, fragte ihr Großvater.

Romain steckte den Ellbogen durchs Fenster und entriegelte die Tür.

»Wenn Natalie im Alleingang einen wild gewordenen Hochgeschwindigkeitszug stoppen kann«, meinte Giles, »wird Romain es wohl hinkriegen, einen alten Laster kurzzuschließen.«

Zwei Stunden später fuhren sie den pfeifenden Truck in die Vororte von Tokio, und wegen des starken Stadtverkehrs brauchten sie eine weitere Stunde, bis sie den Ueno-Park erreichten. Während der gesamten Fahrt war Natalie in höchster Alarmbereitschaft, weil ihr die Macht von Scorpio nicht aus dem Kopf gehen wollte. Sollte das Mysterium von Eris sie nun verfolgen, stellten nicht nur seine Mystai eine Bedrohung dar. Scorpio könnte alles und jedes manipulieren, um Natalie zu schaden, einen Autounfall auslösen oder vielleicht sogar die Motoren eines Flugzeugs abkoppeln, sodass es vom Himmel und direkt auf ihre Köpfe stürzen würde. Bei jedem Hupen, jedem Ruf, jeder aufblitzenden Werbeanzeige schrak Natalie nervös auf. Und da sich überall Überwachungskameras befanden, brauchte nur eine einzige davon eine Aufnahme von ihrem Gesicht zu machen – die Wahrscheinlichkeit war gegeben, dass sie ihren Weg zu Johann Schar und Anath finden würde.

Natalie hatte keinerlei Vorstellung vom Ueno-Park und war schwer enttäuscht, als sie sah, wie gewaltig er war: mehrere Wohnblöcke weit und lang. Eine Vielzahl von Straßen und Wegen durchkreuzte ihn, dazu gab es kleine Ansammlungen von Bäumen, Spielplätze, Cafés, mehrere Museen und Schreine. Natalie erspähte Seen und Zierteiche, sogar einen Zoo! Und obwohl es bereits dunkel war, tummelten sich dort noch immer zahlreiche Menschen.

Auf einer Schautafel mit einer Karte des Parks zeigte Natalie auf eins der Museen. »Ich finde, wir sollten dort anfangen«, beschloss sie. »Am wahrscheinlichsten ist es doch, dass ein Samuraischwert in einer Ausstellung landet.«

»Eine Sackgasse, wenn du mich fragst«, wandte ihr Großvater ein. »Befände sich Kakumas Schwert in einem Museum, hätte Saito davon gewusst.«

»Aber wo sonst?«, fragte Giles und sah sich die Karte an. »Das Löwengehege im Ueno-Zoo?«

»Uns läuft die Zeit davon«, sagte Elodie. »Solange Scorpio uns auf den Fersen ist, sollten wir uns nicht zu lange am selben Fleck aufhalten.«

»Vielleicht ist das die Antwort«, warf Romain ein. »Manchmal ist Angriff die beste Verteidigung. Wenn wir Scorpio vernichten können, haben wir ihnen ihre mächtigste Waffe genommen.«

»Dafür ist keine Zeit«, meinte Avery. »Der Scorpio-Zentralrechner befindet sich in der Schweiz. Und etwas sagt mir, dass ein Flugzeug mit uns darin nie dort ankommen würde.«

»Wir haben die anderen Waffen gefunden«, sagte Natalie voller Hoffnung. »Also können wir auch diese finden, wenn wir nur zusammenhalten.« Sie holte den Sampo und den Himmelsstein aus ihrem Rucksack. »Bereit, die Vergangenheit zu durchkämmen?«

Giles rieb sich die Hände. »Los geht's!«

Die anderen mit dem Rocken zu berühren, war nicht nötig. Sobald sie die kalte Oberfläche des funkelnden Himmelssteins umklammerte und spürte, wie der Aither sie einhüllte, breiteten sich die leuchtenden Fäden des Rockens von ganz allein von ihrem Herzen aus und verbanden sie mit den anderen. Ein Teil von ihr hatte Angst – ihre letzte Vision von der tödlichen Schlacht des Samuraikriegers war wirklich entsetzlich gewesen. Die Schreie derer, die im Gefecht ihr Leben verloren, hatten Natalie das Blut in den Adern gefrieren lassen. Doch wenn sie herausfinden wollten, wo das Schwert von Hayashi Kakuma war, mussten sie herausfinden, wo genau er es verloren hatte.

Vor ihren Augen veränderte sich der Park. Die geteerten Wege, die Gebäude und die Menschen blieben, doch darüber legte sich ein geisterhaftes Bild, das von Sekunde zu Sekunde deutlicher wurde. Natalie musste an eine Fotografie denken, die auf einem Stück Papier entwickelt wurde: Die Umrisse wurden klarer, die Farben satter. Als die Vergangenheit in den Vordergrund trat und die Gegenwart zu nichts verblich, war der Ueno-Park fort. An seiner Stelle breitete sich nichts als dichter Wald aus, in dem zwischen riesig aufragenden Stämmen wild Pflanzen und Unterholz wucherten. Der dunkelgraue, tief hängende Himmel wirkte bedrohlich und voll schlummernder Energie, als braue sich ein Sturm zusammen.

In der Ferne donnerte es. Dann explodierte wenige Meter weiter ein Baumstamm, sodass es Rindenstücke regnete. *Kanonen!* Menschen in schwerer Samurairüstung rannten zwischen den Bäumen hindurch – eine kleine Gruppe aus neun oder zehn mit hochgereckten Schwertern. Einer drehte sich im Laufen um, nur um von Gewehrfeuer hingestreckt zu werden.

Der letzte der Männer, der erschien, war Kakuma. Der blaue Drache auf seinem Brustschild war mit dunklem Blut befleckt.

»Rückzug!«, brüllte er. Obwohl er japanisch redete, verstand Natalie jedes Wort. Als wäre es ganz normal, erschien die Bedeutung in ihrem Geist, so wie bei ihren Gesprächen mit den Hütern im Aither.

Ein weiterer Schuss erklang, und zwischen den Bäumen stieg Rauch auf. Kakuma schrie auf und hielt sich das Bein.

»Er ist getroffen!«, sagte Elodie.

Kakuma hielt inne und stützte sich schwer gegen einen Stamm. Einer seiner Männer eilte auf ihn zu und wollte ihm weiterhelfen. »Nein!«, befahl Kakuma. »Diese Schlacht haben wir verloren. Ihr müsst fliehen, während ich sie möglichst lange hinhalte.«

Der Soldat ließ seinen Anführer zurück und rannte durch die Bäume davon, vorbei an Natalie und ihren Freunden. Kakuma atmete schwer, während drei Männer in dunklen Uniformen und mit Gewehren im Anschlag leise auf ihn zuschlichen. Er war in der Unterzahl. Sie hatten Schusswaffen.

Er hat keine Chance.

Doch noch hatten sie ihn nicht in Aktion erlebt. Kakuma riss sich den Helm vom Kopf, wobei ein Gesicht zum Vorschein kam, das älter war, als Natalie erwartet hatte. Sein Haar war völlig weiß. Ein Auge war nur noch eine runzlige Narbe, trotzdem war er ein gut aussehender Mann mit prägnantem Kinn. Kakuma schleuderte seinen Helm in die Zweige eines Baums. Die Angreifer richteten ihre Gewehre in Richtung des fallenden Helms.

Mit einem Kampfschrei platzte Kakuma aus seinem Versteck. Trotz des Zwielichts glänzte sein Schwert. Drei Mal stieß er damit zu, präzise und kraftvoll. Natalie war sicher, die Luft zischen gehört zu haben, als hätte man sie zerschnitten. Zwei Schreie und ein Gurgeln ertönten, dann fielen die drei Männer zu Boden, tot.

Giles, der neben Natalie stand, war wie verzaubert.

Kakuma strauchelte weiter und folgte den Spuren seiner Männer durchs Unterholz. Natalie und ihre Freunde gingen ihm nach, verbunden durch die Macht des Sampo. In ihrer Hand wickelte sich das Knäuel aus silbrigen Fäden um das Ende des Rockens. Natalie sah, wie das Blut aus Kakumas Wunde an seinem Bein hinabrann. Bei jedem Schritt verzog er das Gesicht. Irgendwo zwischen den Bäumen fielen weitere Schüsse, die Rinde abplatzen ließen. Sie kamen an einem brennenden Tempel vorbei und wetzten durch die dicken Rauchschwaden. Kakuma riss einen Streifen Stoff von seiner Tunika und bedeckte sich damit den Mund. Auf dem Boden lagen Tote, Bauern und Soldaten, allesamt von hässlichen Wunden gezeichnet, doch Kakuma beachtete sie nicht. Trotz seiner Verletzung bewegte er sich schnell und hackte sich mit dem Schwert hin und wieder einen Weg durchs Dickicht. Natalie merkte ihm an, dass seine Kräfte nachließen.

Als sie aus dem Wald traten, stießen sie an ein Flussufer. Das Wasser schäumte und spritzte, während es mit hoher Geschwindigkeit einen Berg hinabfloss. Eine Reihe von Trittsteinen, von denen einige überschwemmt waren, bildeten einen Weg ans andere Ufer. Natalie sah keine Möglichkeit, wie Kakuma mit seiner schweren Rüstung von einem zum anderen hüpften könnte. Allein das Stehen fiel ihm schwer. Doch er sprang zum ersten, was er tatsächlich schaffte, wenn auch knapp. Natalie selbst blieb stehen und sah zu. Kakuma betrat den nächsten Stein, wo das Wasser seine Knöchel umschwappte. Er suchte nach festem Stand, während die Strömung immer stärker zu werden schien. Das Wasser trat über die Ufer. Als Natalie bergab schaute, sah sie, dass der Fluss sich zu Hunderten kleiner Ströme gabelte.

Fast hatte Kakuma die andere Seite erreicht, wo das Wurzelwerk eines Baums halb aus der Erde herausragte und über dem Wasser hing. Sollte er es bis dorthin schaffen, wäre er in Sicherheit. Er sprang, rutschte auf dem Stein aus, schlang aber gerade noch rechtzeitig die Arme um den schief gewachsenen Stamm. Die tief hängenden Äste schirmten Kakuma vor allen Blicken ab. »Was ist los?«, fragte Giles. »Ist er okay?«

Natalie ging ein Stück am Ufer entlang, um besser sehen zu können. Einen Moment lang hing Kakuma am Baum und versuchte, sich in die sichere Höhe zu ziehen, während der Fluss immer weiter anschwoll. Verzweifelt sah Natalie zu. Zu gerne hätte sie geholfen und konnte es kaum ertragen, Kakumas vergeblichem Kampf zuzuschauen. Sie wusste instinktiv, dass er sich nicht länger halten konnte.

Das Wasser riss ihn davon. Er wurde zwischen den Felsen hin und her geschleudert und gnadenlos zerquetscht, bis die gurgelnden Fluten ihn verschluckten. Starr vor Entsetzen blickten sie ihm nach.

»Er ist einen ehrenhaften Tod gestorben«, sagte Romain schließlich.

»Vielleicht ist das Schwert in den Fluss gefallen«, überlegte Natalie.

»Vielleicht ist es noch da!«, sagte Giles. Bevor sie oder Romain ihn aufhalten konnte, sprang Giles auf den ersten Stein. Um ein Haar wäre er gestolpert, fand aber mit rudernden Armen sein Gleichgewicht.

»Giles, komm zurück!«, rief Natalie. »Es ist zu gefährlich!«

»Keine Sorge!«, sagte er. »Ich krieg das hin.«

Er holte Schwung und hüpfte zum nächsten Stein, schaffte es aber nicht einmal annähernd. Angst trat in seinen Blick, als er im schnell fließenden Strom unterging. Kurz tauchte er noch einmal prustend auf, bevor er erneut in die Tiefe gezogen wurde.

KAPITEL 21

CENTAURUS

Der Zentaur.
Wahre Weisheit offenbart sich.

Lass den Stein los!«, rief Elodie und schlug ihn aus Natalies Hand. Sobald er in der Luft war, verschwand die Vision, und sie standen im Park, in einem dichten Wäldchen. Etwa dreißig Meter weiter lag Giles am Boden, genau an der Stelle, wo Natalie ihn in der Vision zuletzt gesehen hatte. Er schlug brüllend um sich. Doch dort war kein Fluss mehr. Der Boden war trocken. Natalie und Romain rannten zu ihm.

»Alles okay«, sagte sie zu ihm. »Du bist in Sicherheit.«

Giles brauchte einen Moment, bis sein Blick sich klärte und er sie erkannte. Gierig saugte er die Luft ein. »Das fühlte sich so echt an. Ich dachte, ich ertrinke.«

»Es *war* echt«, sagte Elodie traurig. »Denk dran: Wenn du im Aither verloren gehst, stirbt dein Geist dort.«

Natalie war klar, dass ihre Mutter nicht nur von Giles sprach, sondern auch von ihrem Mann Matthew.

»Wenn wir mithilfe des Sampo gemeinsam in die Vergangenheit reisen, müssen wir vorsichtiger sein«, ermahnte Avery.

»Was ist mit dem Schwert?«, fragte Giles und guckte sich suchend um. »Der Fluss war genau hier, oder nicht?«

Natalie lief ein paar Schritte weit durch das Wäldchen, doch es war lächerlich, zu hoffen, das Schwert könnte noch dort sein, wo Kakuma es hatte fallen lassen. Im Lauf der Jahre hatte die Landschaft sich völlig verändert, während Tokio von einer Kleinstadt zu einer Megacity angewachsen war. Den Fluss gab es nicht mehr. Nichts aus der Vergangenheit konnte noch hier sein.

»Jemand muss es nach der Schlacht mitgenommen haben«, vermutete Elodie. »Ich fürchte, wir fangen wieder bei null an.«

Natalies Blick wurde nach oben gezogen – zu einem Baum mit einem krummen Stamm. »Da wäre ich mir nicht so sicher …«, sagte sie. »Ich glaube, das hier ist der Baum. Der, an dem er sich festgehalten hat, bevor …«

Alle sahen in die Höhe. »Meinst du echt?«, fragte Giles. »Na ja. Könnte schon sein. Ist immerhin hundertfünfzig Jahre her … Wäre nur logisch, dass er ein bisschen gewachsen ist.«

Natalies Puls beschleunigte sich. »Denkt an den Hinweis! Das Schwert ist in *seinem Element* versteckt … Was, wenn es das war, was Kakuma gemacht hat, als wir ihn nicht sehen konnten? Als Krieger des Azurdrachen, der sein Schwert dahin zurücklegt, wo es hingehört: in sein natürliches Element, nämlich Holz, außer Reichweite seiner Feinde.«

Romain lief zum Stamm und ging in die Hocke. »Ich glaube, der Boden ist im Lauf der Jahre höher geworden. Jedenfalls kann man die Wurzeln nicht mehr sehen.«

Romain begann, mit den Händen zu graben, bis er eine der flachen Wurzeln sehen konnte, an denen Kakuma sich einst, vor so langer Zeit, festgeklammert hatte. Knapp oberhalb der Wurzel befand sich ein großer Knoten mit einer senkrechten Spalte in der Mitte, völlig von Moos überwuchert. Wie von einem Magneten zum Boden gezogen, kauerte Natalie sich neben Romain und wischte das Moos fort. Eine Öffnung, so groß wie ein Briefkastenschlitz, kam zum Vorschein.

»Du glaubst, ein siebenhundert Jahre altes Schwert, das vor eineinhalb Jahrhunderten verloren gegangen ist, steckt noch immer in einem Baum?«, fragte Giles spöttisch.

Natalie ignorierte ihn. Sie schmiegte sich gegen den Stamm und streckte die Fingerspitzen in das Loch. Ein kleines Kind, das in der Nähe mit seinen Eltern und einem Hund spazieren ging, blieb stehen und schaute zu. Doch schnell trieben die Erwachsenen es wieder zur Eile an.

Natalie verzog das Gesicht, als sie mit den Fingern gegen glitschige Pilze stieß. Sie fühlte Feuchtigkeit. Und dann: etwas Festes. Sie schloss die Finger darum und zog. Der Gegenstand, den sie ans Tageslicht beförderte, war dreckig, doch unverkennbar ein Schwert. Schwer lag es in ihrer Hand, etwa einen halben Meter lang und leicht gebogen. Grinsend hielt sie es hoch.

»Okay, ich nehm alles zurück!«, meinte Giles.

Natalie stand auf und betrachtete die schlammverschmierte Waffe in ihren Händen, die der glänzenden Klinge Kakumas so gar nicht ähnelte. Trotzdem spürte Natalie, dass sie etwas ausstrahlte … eine Macht. Es fühlte sich *richtig* an.

»Vorsicht«, sagte Giles. »Samuraischwerter sind so scharf, dass man sich damit die Hand abschneiden kann, wenn man nicht aufpasst. Lass es bloß nicht fallen, okay?«

Professor Hardaker zückte ein Taschentuch und wischte

behutsam etwas von dem Schmutz ab. Auf dem Griff prangte ein aufwendig eingraviertes, aber verblasstes Muster aus ineinander verschlungenen Drachen. »Prachtvoll«, flüsterte er.

»Darf ich?«, bat Giles. Er nahm es und zog es langsam aus der dreckigen Hülle. Die kalte, silberne Klinge war makellos und schimmerte weiß. Giles schwang das Schwert einige Male, woraufhin jeder, außer Romain, sofort zurückwich. »Hey, alles in Butter. Ich habe so viele Computerspiele gezockt, dass ich praktisch Experte für die Dinger hier bin.«

Natalie sah ihn kopfschüttelnd an, merkte aber, wie sich ein Lächeln auf ihre Lippen schlich.

»Lionel würde mich seine Katanas nie anfassen lassen«, meinte Giles und steckte die Klinge zurück in die Scheide.

»Das ist kein Katana!«, ertönte eine wütende Stimme.

»Ahhh!« Giles erschrak und hätte das Schwert um ein Haar fallen lassen. Alle tauschten fragende Blicke, denn wer da so laut gesprochen hatte, war nicht klar. Dann zeigte Giles mit dem Schwert auf etwas hinter ihnen, wobei sein Arm leicht zitterte. Als die anderen sich umdrehten, entdeckten sie einen alten Mann, der auf sie zukam. Er trug einen konischen Hut, der mit einem Riemen unter dem Kinn befestigt war, und traditionelle japanische Kleidung. Obwohl seine Füße in Sandalen steckten, schien er in winzigen Trippelschrittchen über den Waldboden zu gleiten. Beinahe sofort bemerkte Natalie, dass an ihm etwas nicht *stimmte*. Seine Füße wühlten die Laubreste am

Grund nicht auf, und die Farben seiner Roben und seiner Haut waren irgendwie gedämpft, als wäre seine gesamte Erscheinung ausgewaschen.

Er ist ein Wächter!

»Das Schwert nennt man ein *Tachi*«, erklärte der Neuankömmling. »Ein Katana ist für zeremonielle oder reine Zweikämpfe gedacht, wohingegen diese Waffe etwas völlig anderes ist. Eine Stichwaffe für den Kampf auf engem Raum gegen mehrere Gegner gleichzeitig.«

»Wer sind Sie?«, fragte Giles.

»Mein Name ist Gorō Nyūdō Masamune, und in Euren Händen haltet Ihr mein Meisterwerk. Noch dazu recht schludrig, wenn ich mir die Bemerkung erlauben darf.«

»Masamune, der Schwertschmied!«, sagte Natalies Großvater.

Masamune verneigte sich. Als er nun sprach, war sein Tonfall sanfter. »Die Anhänger von Izanagi haben mich als kleinen Jungen in der Kunst der Vorhersehung unterwiesen, und lange Zeit habe ich sie zugunsten meiner anderen Berufung – das Schmieden von Metall – vernachlässigt. Doch meine Visionen wurden immer mächtiger, bis ich sie nicht länger verleugnen konnte. Ich schuf ein Schwert – jene Klinge, die der Junge in seinen Händen hält –, denn ich wusste, eines Tages würde sich ein Krieg entfachen zwischen den Kräften des Chaos und der Ordnung. Und so übergebe ich es nun Euch, Natalie.«

Giles schien den Wink zu verstehen, denn er reichte Natalie das Schwert. Auf einmal bekam sie bei dem Gewicht in ihren Händen ein mulmiges Gefühl. »Habt Dank, Masamune. Nur leider habe ich von Schwertkampf auch keine Ahnung.«

Der Geist des Hüters lächelte. »Dies ist keine gewöhnliche Klinge«, sagte er. »Das Metall wurde im Strom des Schicksals abgekühlt. Der Stahl besteht aus tausendfach gefalzter Bestimmung. Damit durchtrennt man nicht nur Fleisch in unserer Welt, sondern auch im Aither.«

Natalie betrachtete die Waffe und erahnte seine Macht. »Ihr meint, es tötet Geister?« *Wie Anath.*

Der Waffenschmied nickte. »Nutzt es weise, Kind.« Er wandte sich nicht ab, schwebte aber rückwärts auf die Bäume zu.

»Wartet!«, rief Natalie ein wenig verzweifelt. »Ist das alles? Keine Prophezeiung? Kein Hinweis?«

Masamune hob die Hand zum Abschied. »Die Zeit der Prophezeiungen neigt sich dem Ende zu. Ihr müsst nun in der Gegenwart leben. Habt Vertrauen in Euren Instinkt, Natalie Hardaker. Habt Vertrauen in Euch selbst.«

Die Schatten der Bäume verschluckten ihn.

KAPITEL 22

ARA

Der Altar.
Ein Opfer wird gefordert.

Lustlos stocherte Natalie mit ihren Essstäbchen in der Schale Nudeln herum. Es war nach Mitternacht, doch Tokio war noch immer voller Leben, zumindest in den heruntergekommenen engen Straßen, in denen sie zu Abend hatten essen wollen. Als einzige Gäste kauerten sie um einen runden Tisch in einer Nudelbar, die rund um die Uhr geöffnet hatte. Draußen regnete es Bindfäden. Das Wasser prasselte auf das Vordach des Restaurants und verwandelte den Gehsteig davor in einen glitzernden Spiegel, in dem sich das Neonlicht der Straßenschilder brach. Hin und wieder huschte jemand vorbei, den Kopf tief in den hochgeschlagenen Kragen gezogen oder einen Regenschirm wie einen Schild in der Hand zum Schutz gegen die schwungvollen Regengüsse.

Nur Giles schien wirklich Appetit zu haben. Er schaufelte sein Reisgericht förmlich in sich hinein und bestellte dann das nächste.

Elodie starrte aus dem Fenster und rührte ihre Schale mit dampfenden Ramen kaum an. In ihrem Blick lag eine gewisse Härte – die distanzierte Weisheit der Gesichtslosen –, die in Natalie Staunen darüber auslöste, dass diese Frau ihre Mutter war. Gleichzeitig machte es Natalie aber auch skeptisch. Es erinnerte sie an das schimmernde Schwert von Masamune – gewissermaßen waren beide vom Aither geschmiedet worden, dachte Natalie.

»Was wir brauchen, ist eine Falle«, sagte Elodie, den Blick nach draußen gerichtet. »Wenn wir es schaffen, Anath zu uns zu locken, können wir Masamunes

Schwert einsetzen. Im Augenblick sind wir im Vorteil. Sie weiß nicht, dass wir die einzige Waffe besitzen, die sie töten kann.«

»Nur wüsste ich nicht, wie wir sie hereinlegen könnten«, sagte Avery, dessen Haut im grellen Neonlicht ganz wächsern erschien. »Sobald Natalie sich zeigt, wird Anath die geballte Macht Scorpios entfesseln. Wir werden keine Chance haben.«

Natalie schob ihre Schale von sich. Sie presste das Bein gegen ihren Rucksack unter dem Tisch und fühlte, was darin war: der Himmelsstein, der Sampo, ihre Janusmaske und nun auch das Tachi des größten Schwertschmieds aller Zeiten, sicher aufgehoben in seiner Hülle. Sie hatte alle vier Waffen gefunden, von denen Khalil gesprochen hatte, doch der Sieg schien noch immer unerreichbar fern. In den japanischen Nachrichten drehte sich alles um die einbrechenden Fischaktien: Eine neue Seuche schien alles Leben im Meer zu vernichten. Noch mehr Tod. Noch mehr Chaos. Nach einer Reihe von Krawallen in den Straßen steckte Belinda Estevez in Mexiko City fest – es gab einen Aufstand gegen die Regierung wegen der Knappheit an Nahrung und Energie.

Kein Zweifel, Eris gewann. Ihr Einfluss legte sich wie eine eiserne Faust um die Erde, und Natalie fühlte, wie sie davon erstickt wurde.

Plötzlich stellten sich die Härchen in ihrem Nacken auf – der Nous kitzelte sie. Natalie blickte auf und bemerkte, dass jemand sie durchs Fenster des Restaurants beobachtete. Das Gesicht des Fremden konnte sie kaum erkennen, da er einen Regenmantel mit tief hängender Kapuze trug und sich schnell abwandte. Seine Statur kam ihr allerdings vertraut vor. Erst schob sie es auf ihre Müdigkeit und meinte, dass ihre Augen ihr einen Streich spielten.

Das kann nicht sein …

»Du siehst aus, als hättest du einen Geist gesehen«, stellte ihr Großvater fest.

»Ich habe auch etwas gespürt«, sagte Elodie.

»Scorpio?«, fragte Giles.

»Nein …« Mehr brachte Natalie nicht heraus. Sie starrte nach draußen. Die Gestalt war fort. Nur ein gelbes Leuchten weiter hinten in der Straße erhaschte sie noch. Taumelnd stand Natalie auf.

»Ich muss an die frische Luft«, sagte sie. Der Blick ihrer Mutter folgte ihr, nachdenklich und forschend, doch Natalie wich ihm aus – warum genau, wusste sie selbst nicht. Wahrscheinlich wollte sie ihr nicht unnötig wehtun.

Draußen prasselte der Regen in tiefe Pfützen. Die meisten Menschen setzten bei diesem Wetter keinen Fuß vor die Tür, nur wenige huschten unter Regenschirmen umher, die Augen auf den Boden gerichtet. Der Mann im gelben Mantel bog in eine Gasse. Natalie hatte ihre Jacke liegen lassen, wie von einem unsichtbaren Seil gezogen, folgte sie ihm trotzdem, trat unter dem Vordach hervor und in den strömenden Regen hinein. Es war völlig unlogisch, dennoch war sie sicher, dass er es war.

Ihr Vater, Matthew Hardaker.

Ihre Füße trugen sie zu ihm, obwohl eine Stimme ihr sagte, dass es unmöglich war. Dass ihr Dad nicht auf einmal der Psychiatrie in Nordamerika entkommen und um die halbe Welt nach Japan gereist sein konnte.

Sie fing an zu rennen, platschte durch Pfützen und wich Fußgängern aus. Der Mann überquerte die Straße, doch als sie dieselbe Stelle erreichte, hatte der Verkehr sich wieder in Bewegung gesetzt und versperrte ihr den Weg. Nass bis auf die Knochen folgte sie ihm auf ihrer Seite der Straße. Warum wartete er nicht? Warum war er so in Eile?

Als sie zwischen den Autos eine Lücke erspähte, flitzte sie hinüber. Kurz wurde sie panisch, weil sie dachte, ihn verloren zu haben. Aber dann entdeckte sie ein gelbes Leuchten fünfzig Meter eine Nebenstraße hinauf.

»Warte!«, rief sie.

Er blieb stehen, drehte ihr aber nur den Kopf zu. Ein Neonlicht fiel auf sein Gesicht: das schlaff herabhängende Haar, die breit stehenden blassen Augen. *Ja!* Es war wirklich ihr Dad.

Lange wartete er nicht. Schon betrat er das Gebäude neben ihm. Natalie überlegte, ob die anderen überhaupt bemerkt hatten, dass sie weggelaufen war. Inzwischen musste ihnen aufgefallen sein, dass sie fort war. Sie würden sich Sorgen machen. Aber sie konnte nicht einfach so umkehren.

Als sie selbst den Eingang erreichte, sah sie, dass die Tür

einen Spaltbreit offen stand. Dahinter lag die Eingangshalle eines Wohnblocks, in dem sich die Briefkästen der verschiedenen Bewohner befanden. Eine Innentür fiel gerade zu. Natalie hechtete darauf zu und erwischte sie, bevor sie einrasten konnte. Auf den Stufen dahinter waren Fußabdrücke.

»Dad?« Ihre Stimme hallte durchs Treppenhaus.

Vom Rennen war sie ziemlich außer Puste, trotzdem packte sie entschlossen das Geländer und eilte hastig die Stufen hoch. Sie zählte sieben Stockwerke, bevor sie eine letzte Tür erreichte: einen Notausgang, der aufs Dach führte. Auch er stand offen.

Vielleicht wollte ihr Vater nur sichergehen, dass sie wirklich unbeobachtet waren. Natalie trat in die verregnete Nacht hinaus.

Er wartete auf sie, mitten auf dem Dach. Die Kapuze hatte er abgenommen, und sein Haar klebte an der Stirn.

»Danke, dass du gekommen bist«, sagte er.

Natalies ganzes Leben lang hatte ihr Vater geschwiegen, abgesehen von dem zusammenhanglosen Gebrabbel in der Anstalt. Trotzdem kam ihr der Akzent komisch vor. Er sprach so betont und deutlich, ganz anders als in der Erinnerung an Paris, die Natalie dank des Himmelssteins miterlebt hatte. Die Stimme, mit der Matthew Hardaker seine Elodie begrüßt hatte, war voller Wärme gewesen.

»Dad, was ist los? Wie kommst du hierher?«

Er lächelte. »Ich wusste, du würdest ihm folgen.«

Ihm?

Natalie wich zurück. Sie hatte einen Fehler gemacht. Obwohl der Körper vor ihr eindeutig zu ihrem Vater gehörte, steckte offenbar etwas völlig anderes in ihm. Sobald Natalie es durchschaut hatte, übernahm ihr Nous die Führung, und das Antlitz ihres Vaters flackerte. Die Gesichtszüge schmolzen und formten sich zu denen von Anath, bevor sie sich zurückveränderten.

»Nicht weglaufen, Natalie«, sagte die seltsam monotone Stimme. »Hätte ich dich töten wollen, hätte ich es hundertfach gekonnt.«

»Im Zug haben Sie es versucht«, sagte Natalie. Sie fragte sich, was Anath wohl tun würde, sollte sie sich umdrehen und wegrennen. War sie bewaffnet?

»Nur ein Test«, meinte Anath. »Den du zu meiner Freude bestanden hast.«

Natalie unterdrückte den Drang, zu fliehen. Anath sagte sicherlich die Wahrheit – zumindest teilweise. Sie hatte Natalie nicht getötet, und dafür musste es einen Grund geben. Natalic versetzte sich einen geistigen Tritt dafür, Masamunes Schwert in der Nudelbar gelassen zu haben. Doch als sie den Körper ihres Vaters betrachtete, überkamen sie Zweifel, ob sie es überhaupt hätte einsetzen können. Könnte sie ihren eigenen Dad erstechen?

»Wie machen Sie das, Anath?«

»Anath?«, wiederholte ihr Vater. »Ich bin inzwischen viel mehr als nur Anath. Durch Scorpio bin ich eine Göttin, reine Energie des Chaos, die fleischgewordene Eris. Mein Geist wandert zwischen menschlichen Hüllen: Ninia Kane, Matthew Hardaker – jedem, dessen Geist ich dem Aither geöffnet habe.«

»Lassen Sie meinen Dad in Ruhe! Sie haben schon genug angerichtet!«

»Und da ist sie wieder …«, sagte Anath und legte fasziniert den Kopf schief. »Die Hoffnung, die du noch immer hegst, obwohl alles dagegenspricht. Ihr Sterblichen seid doch alle gleich – daran hat sich seit Anbeginn der Zeit nichts geändert. Ihr glaubt, Liebe könnte euch retten. Dabei ist Liebe nichts als ein unbedeutendes Gefühl, das einen blind macht für die Wahrheit.« In ihren Augen lag ein Flackern. »Er liebt dich auch, weißt du? Ich habe die Bruchstücke seines zerstörten Geists im Aither gelesen. Er liebt dich so sehr, dass es direkt traurig ist.«

Natalie ballte die Hände zu Fäusten. Tränen brannten in ihren Augen. »Was wollen Sie? Oder wollen Sie sich nur über mich lustig machen?« Natalie trat einen Schritt vor, schäumend vor Wut.

»So viel Wut«, sagte Anath und machte einen Schritt rückwärts. »Himmel, was hast du vor, Kind? Den angreifen, der dir am wichtigsten ist, nur um mir eins auszuwischen? Ich werde mir einfach einen anderen Körper suchen.«

Natalie war ratlos. Das Gesicht ihres Vaters grinste unnatürlich, was so überhaupt nicht zu ihm passte. Am liebsten hätte Natalie laut geschrien.

»Ich weiß, du bist auf der Suche nach vier Waffen«, sagte Anath. »Ich habe die zersprengten Gedanken der

Orphischen Mystai im Aither gelesen – auch sie sind zu meinen Hüllen geworden. Drei dieser Waffen hast du bereits, auch das weiß ich: die Maske, den Stein und den Rocken. Wo ist die vierte, das Schwert von Masamune?«

Natalie bemühte sich um eine steinerne Miene. »Als ob ich es Ihnen verraten würde.«

»Ich dachte mir, dass du so reagieren würdest«, sagte Anath. »Wie wäre es dann mit einem Geschäft?«

»Können Sie vergessen«, sagte Natalie.

»Du hast dir mein Angebot noch gar nicht angehört. Schlag es nicht aus, ohne es gründlich überdacht zu haben.«

»Sie haben nichts, was ich will«, entgegnete Natalie.

Anath lachte. »Ich habe *alles*. Die Zukunft von jedem, der dir am Herzen liegt. *Das* musst du begreifen. Elodie, dein Großvater, Giles … Wenn ich es wünsche, kann ich sie mit einem Fingerschnippen auslöschen. Oder noch besser, sie zu meinen Sklaven machen. Wie kannst du noch daran zweifeln, wenn du den Beweis doch direkt vor der Nase hast – die leere Hülle deines Vaters? Er bedeutet mir so wenig wie ein Schmetterlingskokon. Wenn die Zeit reif ist, werde ich mich seiner entledigen.«

Natalie konnte es kaum mit anhören. Doch sie zwang sich, ruhig zu bleiben. Sie traute Anath nicht über den Weg, aber sie sah ein, dass sie recht hatte. *Ich muss Zeit gewinnen, damit ich in Ruhe nachdenken kann.* »Was wollen Sie?«, fragte sie. »Was soll das für ein Geschäft sein?«

Anath machte einen weiteren Schritt zurück, näher heran an die Dachkante. »Vorsicht!«, rutschte es Natalie heraus. Sie wusste, dass sie nicht wirklich ihren Vater vor sich hatte, trotzdem war es noch immer sein Körper.

»Bring mir das Schwert«, forderte Anath. »Bring es zu mir nach Hause, und ich schwöre bei allen Göttern, denen, die dir nahestehen, keinen Schaden zuzufügen.«

»Warum sollte ich Ihnen trauen?«, fragte Natalie.

»Weil du mir nichts bedeutest, Natalie. Keiner von euch bedeutet mir etwas. Ihr seid alle nur Blätter, die in den Strom des Schicksals fallen, mitgerissen werden und als Spielball dienen.«

Donnernde Schritte erklangen auf der Treppe, dann platzte Elodie aufs Dach. Sie musste Natalie mithilfe des Aithers gefolgt sein. Als Elodie ihren Mann erblickte, wurde sie kreidebleich.

»Matthew?«, wisperte sie.

»Er ist es nicht«, sagte Natalie. »Das ist Anath.«

»Matthew?« Elodie trat vor und streckte die Hand aus. »Du bist noch immer dort drin. Komm vom Rand weg.«

Natalie stellte sich ihr in den Weg. »Hör mir zu! Das ist *nicht* Dad.«

Anath schaute von einer zur anderen. »Vergiss nicht, was ich gesagt habe, Natalie. Und ehre die Abmachung, die ich dir vorschlage. Ich habe die unzähligen Wege gesehen, die das Schicksal nehmen kann, und es gibt nur einen einzigen, der für dich glücklich endet. Bring mir, was ich will, sonst folgen alle anderen dem Beispiel deines Vaters. Eris hat keine Zeit für deine lächerlichen Hoffnungen.«

Ob es am Nous lag oder nur an ihrem Instinkt, Natalie wusste genau, was geschehen würde. Ein plötzlicher Blitz zuckte vor ihren Augen. Wieder war sie im Aither, und die Schemen der Menschen, die sie liebte, standen vor ihr. Mit ihren eigenen Händen stieß sie einen davon in den Abgrund. Während er in die Tiefe trudelte, konnte Natalie das vertraute Gesicht erkennen. Sie ließ ihre Mutter stehen und warf sich ihrem Vater entgegen.

Plötzlich wurden seine Augen leer und weiß, als Anaths Geist ihn verließ. Rückwärts fiel er vom Dach.

In Natalies Ohren gellten die Schreie ihrer Mutter.

KAPITEL 23

HELLEWAGEN

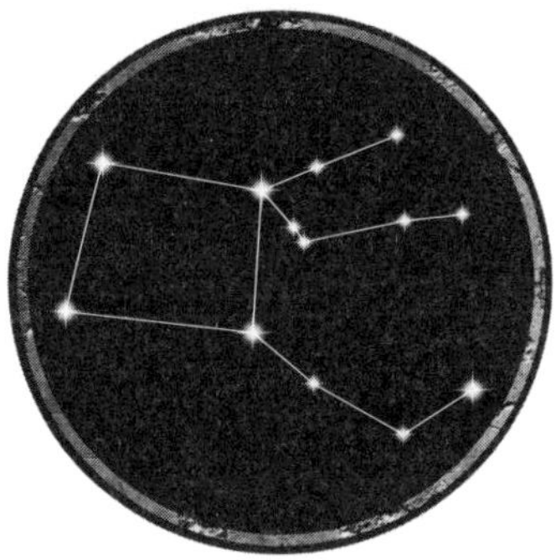

Der Wagen der Toten.
Seelen werden nach Hel gebracht,
der nordischen Unterwelt.

So etwas wie Wunder gab es nicht, auch keine Möglichkeit, den Lauf des Schicksals umzukehren. Ein Sturz aus dem achten Stockwerk hatte nur ein Ergebnis zur Folge, und das war unabänderlich.

Wie betäubt saß Natalie mit Romain und Giles im Warteraum der Polizei. Man hatte sie getrennt voneinander befragt, doch sie hatten sich an dieselbe Geschichte gehalten: Irgendwie war es Matthew Hardaker, einem psychisch Kranken, gelungen, aus seiner gesicherten Anstalt zu entkommen und nach Japan zu reisen, wo er Selbstmord begangen hatte. Angesichts dessen, was im Land gerade los war, hatten die japanischen Behörden anderes zu tun. Zu gerne vermieden sie zusätzlichen Papierkram, der mit dem Unglück irgendwelcher Touristen zu tun hatte.

Wie weggetreten kam Natalies Mutter ins Zimmer, starrte ins Leere und spielte mit dem Schlüsselanhänger der Boston Celtics. Natalie konnte es kaum ertragen, ihn anzusehen. Erst vor wenigen Tagen hatten sie vor dem Andachtsraum im Flughafen darüber geredet, wie sie mit dem Himmelsstein die Einzelteile von Matthew Hardakers Geist vielleicht wieder vereinen und zurück in seinen Körper holen könnten. Jetzt war es sein Körper, der zerstört war. Und anders als bei seinem Geist war es völlig ausgeschlossen, dass er je wieder heilen konnte.

Natalie hatte mehrfach versucht, ihrer Mutter zu erklären, was auf dem Dach geschehen war. Dass der Mann, der wie ihr Vater ausgesehen hatte, eigentlich nur eine Hülle gewesen war. Doch als neben anderen Dokumenten auch der Totenschein ausgestellt worden war, geriet sie ins Zweifeln. Anath mochte nicht alles getötet haben, was von ihrem Dad übrig gewesen war, trotzdem war es gewissermaßen Mord, kaltherzig und berechnend, ohne eine Spur von Mitgefühl.

Schließlich schien ihre Mutter sie zu bemerken und kam zu ihr, um die Arme um Natalie zu schlingen. So fest sie Natalie drückte, war klar, dass sie nicht nur ihre Tochter tröstete, sondern auch selbst Halt suchte. Die Härte in ihrem Blick war verschwunden. Zurückgeblieben war ein gequälter Ausdruck, wie bei einem Kind, das nicht wusste, was es tun sollte. Wie sollte Natalie klarkommen, ohne die Kraft ihrer Mutter? Und wie konnte sie Elodie beichten, dass der Tod ihres Vaters ihre Schuld war? Während sie sich umarmten, dachte Natalie an die Vision von Idris Khalil in der Wüste und an die Gestalt, die sie darin von einer Steilküste gestoßen hatte. Khalil hatte gesagt, sie würde jemanden verlieren müssen, der ihr wichtig war.

Er muss damals schon Dad gemeint haben …

»Es tut mir leid«, nuschelte Natalie. »Es ist meine Schuld.«

Ihre Mutter setzte sich aufrecht und wischte sich über die Augen. »Nein!«, sagte sie unerwartet heftig. »Ich lasse nicht zu, dass du so etwas sagst. Anath und niemand sonst hat das angerichtet.«

»Außerdem haben wir noch immer das Schwert, schon vergessen?«, versuchte Giles, sie zu trösten.

»Noch«, sagte Natalie.

»Wie meinst du das?«, fragte Elodie alarmiert.

»Anath will es haben«, antwortete Natalie.

»Nur über meine Leiche«, sagte Giles entschlossen.

Natalie holte tief Luft. »Sie meinte, wenn ich es ihr nicht bringe, wird sie euch alle töten.«

»Kann sie vergessen! Wenn sie mich töten will, soll sie das erst mal versuchen!«

»Wir können ihr nicht trauen«, fügte Elodie hinzu.

Romain schwieg, doch so, wie er seine Knöchel knacken ließ und auf seine Hände starrte, vermutete Natalie, dass seine Gedanken bestimmt gewalttätig waren.

Sie bewunderte den Mut ihrer Freunde, doch in ihrem Herzen wusste sie, dass es keinen Sinn hatte. Sie hegte keinerlei Zweifel, dass Anath sie mit der Hilfe von Scorpio tatsächlich umbringen würde – und all ihr Mut würde daran nichts ändern. Insgeheim hatte Natalie längst die Entscheidung getroffen, auf Anaths Angebot einzugehen. Nun musste sie die anderen nur noch davon überzeugen, dass es keinen Ausweg gab.

Begleitet von einem Beamten betrat ihr Großvater das Zimmer. Sein Gang war steif und seine Augen blutunterlaufen. Sie alle hatten an diesem Tag jemanden verloren: Natalie einen Vater, den sie kaum kennengelernt hatte; Elodie den jungen Mann, in den sie sich verliebt hatte. Doch als Natalie ihren Großvater ansah, begriff sie, dass sein Schmerz bei Weitem der größte war. Er hatte seinen einzigen Sohn verloren, den Jungen, den er aufgezogen hatte.

»Ich muss einiges veranlassen«, sagte er abgehackt. »Matthew in die Staaten überführen lassen. Das wird eine Weile dauern. Jede Menge Papierkram.«

Langsam ging Natalie zu ihm und schlang die Arme um ihn. Nach einer kurzen Weile legte er die Hände auf ihren Rücken, und sie hielten sich schweigend aneinander fest. Erst als der Polizist schon lange wieder fort war, ließen sie sich los. Es schien nicht der richtige Augenblick, Anaths Angebot noch einmal auf den Tisch zu bringen, doch besser würde die Gelegenheit nicht werden.

»Ich glaube, wir müssen auf Anaths Geschäft eingehen«, sagte sie leise.

»Nein!«, erwiderten alle wie aus einem Mund.

»Welches Geschäft?«, wollte Avery wissen.

Natalie erklärte, was sie den anderen bereits berichtet hatte, und sah, wie die Miene ihres Großvaters entschlossen wurde. »Das kommt nicht infrage«, sagte er knapp.

Am wütendsten von allen wirkte Giles. »Wir brauchen einen besseren Plan. Am besten einen, bei dem wir Anath mit dem Schwert von Masamune in kleine Streifen schneiden.«

»Sie wird uns nicht dicht genug an sich ranlassen«, gab Natalie zu bedenken. »Wer weiß, wie viel NiniaCorp-Leibwächter sie hat? Mal ganz abgesehen von den Eris-Mystai. Sie ist auf alles vorbereitet.«

»Wenn wir auf ihren Vorschlag eingehen«, sagte Avery, »lässt sie uns vielleicht am Leben. Dafür wird Eris in alle Ewigkeit regieren … eine Herrschaft des totalen Chaos.

Damit hätten wir alles verraten, wofür wir je gekämpft haben. Jeden Mystai und Freund von Orpheus. Wir können das Schwert nicht aushändigen.«

»Dann wird sie uns alle töten«, sagte Natalie nur. »Und sich das Schwert einfach nehmen. Seht ihr denn nicht, dass wir keine Wahl haben? Sie will das Schwert, weil es die einzige Waffe ist, die ihr etwas anhaben kann.«

Plötzlich sprang Giles auf.

»Was ist los?«, fragte Elodie.

Er lächelte. »Ich hatte gerade eine bessere Idee.« Er machte eine Pause.

»Und?«, hakte Romain nach.

»Na ja, was, wenn wir Anath das Schwert geben *und* sie damit umbringen?«

»Wie soll das denn funktionieren?«, fragte Natalie.

Giles sah Natalies Großvater mit leuchtenden Augen an. »Haben Sie Mr Saitos Nummer da?«

»Natürlich«, antwortete Professor Hardaker. »Aber ich wüsste nicht, was er tun kann. Noch so viele Katanas können uns nicht helfen.«

Giles grinste. Er hatte eindeutig seinen Spaß daran, sie auf die Folter zu spannen. »Das hat man davon, wenn man nie *Die Rückkehr des Ninja-Assassinen* gespielt hat. Im zweiten Kapitel muss man den Schatz des Shoguns klauen und durch eine Attrappe ersetzen.«

»Schön für dich«, meinte Elodie. »Aber wie soll uns das …« Sie verstummte und riss die Augen auf. Auch bei Natalie fiel der Groschen.

»Wir tauschen das Schwert gegen eine Kopie aus!«, sagte sie.

»Für einen Haufen Superhirne stellt ihr euch manchmal ganz schön blöd an«, meinte Giles. »Saito hat doch erzählt, dass einige Fälschungen ziemlich gut sind, oder? Also besorgen wir so eine, geben sie Anath, und solange sie ihren Sieg feiert …«

»Schlagen wir mit dem echten Schwert zu«, schlussfolgerte Natalie grimmig.

Ihre Freunde nickten zustimmend.

»Wir müssen wirklich dicht an sie ran«, sagte Romain.

»Und wir müssen unseren Plan vor ihr im Aither verbergen«, sagte Elodie. »Die Janusmaske sollte uns ein Stück weit helfen, doch Scorpio ist mächtig. Anath könnte uns auf die Schliche kommen, wenn wir nicht aufpassen.«

»Details, Details …«, meinte Giles wegwerfend. »Aber ihr müsst zugeben, im Großen und Ganzen ist der Plan genial!«

Natalie lächelte. Vielleicht könnte sie für ihren Vater zumindest noch Rache nehmen und gleichzeitig die Ordnung wiederherstellen. Sie stand auf und drückte Giles einen Kuss auf die Wange. Er wurde so rot, wie sie es bei ihm noch nie erlebt hatte.

»*Du* bist genial!«, sagte sie.

Und zumindest für den Augenblick ließ der eiserne Griff von Eris ein wenig locker.

KAPITEL 24

DER GEIST 鬼宿

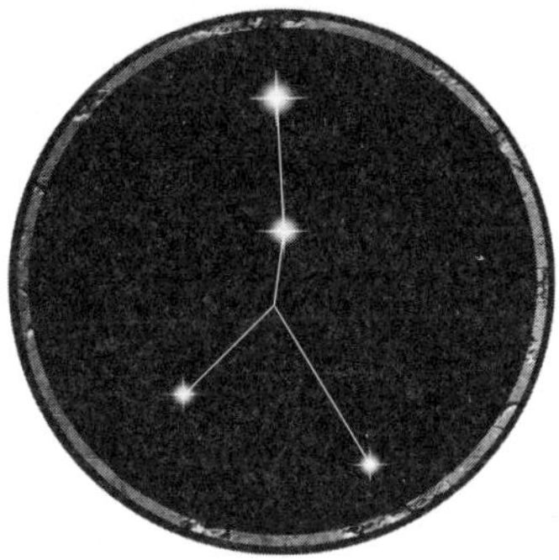

Chinesisches Sternbild.
Geister erwachen.

Diesmal gab es keinen Grund, sich im Aither zu verstecken, daher verzichtete Natalie auf die Janusmaske. Diesmal wollte sie gefunden werden.

Die anderen saßen um sie herum in Mr Saitos Büro.

»Bist du dir auch wirklich sicher?«, fragte ihre Mutter.

»Ich muss mit Anath reden«, sagte Natalie. »Hätte sie mich töten wollen, hätte sie es durch Scorpio längst erledigen können.«

»Genau das macht mir Sorge«, sagte Elodie. »Wir haben keine Ahnung, was sie im Schilde führt.«

Natalie berührte das Gesicht ihrer Mutter. »Hab keine Angst um mich. Ich muss das tun.«

Elodie nickte.

»Viel Glück«, sagte Giles. »Nicht dass du das nötig hättest. Immerhin bist du Natalie Hardaker.«

Sie lächelte Giles kurz an und konzentrierte sich. Der Sampo konnte die anderen vor dem Aither beschützen, trotzdem wollte Natalie alleine gehen. Sie aktivierte den Sampo und löste die Verbindung zu den anderen, indem sie die geisterhaften Fäden wieder auf den Rocken zurückholte. Dann öffnete Natalie einen Zugang zum Aither, einen Riss, der in der Mitte des Büros so hell wie eine Sonne strahlte, und trat hindurch. Zuerst war es auf der anderen Seite dunkel, und ihr Herz machte einen aufgeregten Satz. Mit ausgestreckten Armen tastete sie sich durch die Dunkelheit, während ihre Haut kribbelte, als ein Hauch von Klaustrophobie sie umfing. Die Luft war kühl und etwas feucht. »Hallo?«, sagte sie. »Ich bin hier!«

Zur Antwort ertönte keine Stimme, dafür das Läuten von Glocken, schön, aber ohne erkennbaren Rhythmus oder Harmonie. Schritt für Schritt folgte sie dem Geräusch nach links. Auch Gerüche stellten sich ein: Jasmin und Lavendel. Gleichzeitig wurde es wärmer und heller. Unter den Füßen spürte Natalie unebenen Boden. Als sie weiterlief, wurde sie plötzlich von Tageslicht überflutet.

Der Ort, an dem sie sich wiederfand, war ihr vertraut, allerdings wusste sie nicht genau, warum. Es war ein Tempel mit breiten dorischen Säulen, bemalt mit Rot und Gold. Am oberen Ende der Treppe wartete Anath, gekleidet in die Roben einer antiken griechischen Priesterin. Es war die Anath von früher, mit geschorenem Kopf und bedeckt von Tätowierungen, nicht Ninia Kane oder sonst ein Körper, den sie hin und wieder nutzte.

»Es ist mutig von dir, mich hier aufzusuchen«, sagte sie. »Meine Kräfte im Aither sind ohnegleichen.«

»Ich habe die Waffe, die Sie wollen – in meiner Welt«, sagte Natalie. »Aber ich traue Ihnen noch immer nicht. Woher weiß ich, dass Sie meine Freunde und meine Familie nicht doch einfach umbringen, wenn Sie das Schwert erst haben?«

Anath zuckte mit den Schultern. »Ich bin keine Rachegöttin«, sagte sie. »Mein Ziel ist das Chaos und der milliardenfache Tod, den es mit sich bringt. Ein halbes Dutzend Leben zu verschonen, ist nichts dagegen. Ich werde ihnen kein Leid zufügen.«

»Das beantwortet aber nicht meine Frage«, sagte Natalie. »Ich glaube, ich brauche noch irgendeine Sicherheit, etwas, das mir zeigt, dass Sie es wirklich ernst meinen.«

Gespannt wartete sie ab, wie Anath reagieren würde. Ihr war klar, dass Anath Verdacht schöpfen würde, sollte alles zu leicht über die Bühne gehen. Der Schlüssel zum Erfolg ihres Plans war es, Anath in Sicherheit zu wiegen, und dazu musste Natalie verletzlich und verzweifelt wirken.

Anaths Gesicht verfinsterte sich, und Natalie erkannte ihre alte boshafte und erbitterte Feindin in dieser selbst ernannten Göttin. »Von mir aus«, sagte sie. »Vielleicht ist dies das Richtige.«

Sie trat zur Seite. Aus dem Innern des Tempels trat ein Mann, den Natalie erst wenige Stunden vorher gesehen hatte, allerdings verändert. Matthew Hardaker trug einen zerknitterten Anzug und ein offenes Hemd. Auf der Nase saß seine Brille.

»Natalie!«, sagte er.

Natalie war unsicher, ob es nicht nur ein weiterer Trick war. Sie wagte kaum zu hoffen.

»Dad?«

Er eilte die Stufen herunter. In diesem Moment wollte Natalie nichts anderes als ihn festhalten. Als er sie in seine Arme nahm und sie seine Haut roch und seine kratzigen Bartstoppel fühlte, glaubte sie, dass es keine Täuschung war. Ihr Nous und ihr Herz sagten ihr, dass es wirklich ihr Vater war.

»Ich habe dir ja gesagt, meine Macht hier ist groß«, sagte Anath. »Für mich war es leicht, die einzelnen Teile von

Matthew Hardaker zu finden und ihn zu heilen. Hier existiert er, und mit meinem Segen wird er es immer tun. Gib mir, was ich will: das Schwert von Masamune. Dann erlaube ich dir, jederzeit hierherzukommen und Zeit mit ihm zu verbringen. Deiner Mutter und deinem Großvater auch. Der Aither wird deine Familie wieder ganz machen.«

»Natalie«, sagte ihr Vater. »Schau dich an – du bist so groß geworden! Ich begreife nicht, was passiert. Geht es Elodie gut? Und Dad?«

»Ihnen geht es gut«, antwortete Natalie, während sich in ihren Augen Tränen bildeten. Sie wünschte, die beiden könnten jetzt hier sein, doch später wäre dafür noch genug Gelegenheit. Wenn alles vorbei war.

»Und?«, sagte Anath. »Haben wir eine Abmachung?«

»Ja! Ja!«, sagte Natalie und riss sich zusammen. Sie hielt noch immer die Hand ihres Vaters, nicht bereit loszulassen. »Sagen Sie mir einfach, wohin ich das Schwert bringen soll.«

»Genau hierher«, antwortete Anath. »Erkennst du nicht, wo wir sind?«

Natalie betrachtete den Tempel. Sie *hatte* ihn schon einmal gesehen, nur wo? Es war nicht so sehr die genaue Architektur, an die sie sich erinnerte, sondern das Gefühl von Wärme auf der Haut, der Duft der Blumen. Und dieses schon fast melodische Läuten in der Ferne …

Natürlich! Ziegenglocken!

»Jetzt weiß ich«, sagte sie, als es ihr einfiel. »Ich komme, so schnell ich kann.«

Anath nickte, und der Druck in Natalies Hand verschwand. Als sie sich umdrehte, war ihr Vater nicht mehr da.

»Dad?«

»Er wird dich im Aither erwarten«, sagte Anath. »So wie ich. Und keine Tricks, Natalie. Meine Güte hängt von deinem guten Benehmen ab. Wenn du mich verärgerst, das schwöre ich bei allen Sternen, die dir lieb sind, erwartet euch alle ein langsamer Tod.«

Als Natalie die Augen öffnete, lag sie auf einer Couch in Mr Saitos Büro. Mit verbundenen Augen, damit sie vor dem Gleißen des Aithers geschützt waren, warteten ihr Großvater, Elodie, Giles und Romain auf sie.

»Ich bin zurück«, sagte sie.

»Und?«, fragte ihre Mutter, während sie die Binde abnahm. Die anderen taten es ihr nach.

Natalie betrachtete ihre Hand – fast konnte sie noch immer die Berührung ihres Vaters spüren.

»Was stimmt nicht, Liebes? Geht es dir gut?«, fragte Avery.

Sie blickte von seinem besorgten Gesicht in das ihrer Mutter. In diesem Moment beschloss sie, es ihnen nicht zu sagen. Sie brauchten nicht zu wissen, was auf dem Spiel stand. Es gab schon genug, worüber sie sich den Kopf zerbrechen mussten. Außerdem konnte sie ihnen nicht antun, was sie gefühlt hatte – den Schmerz und die Sehnsucht.

»Ja, alles in Ordnung. Ich glaube, sie ist darauf reingefallen«, sagte sie. »Und ich weiß, wo sie ist: Kavala.«

»In Griechenland, wo wir schon mal waren?«, fragte Giles. »Das waren doch nur Ruinen, oder?«

Natalie nickte. Mithilfe ihrer Freundin Mariella waren sie dort gewesen, in der abgelegenen Sehenswürdigkeit hoch oben in der Nestorschlucht – bevor sie von der Existenz der Mysterien von Orpheus und Eris gewusst hatten. Damals hatte sie Giles noch für eine Nervensäge gehalten, nicht für einen guten Freund. Erinnerungen überfluteten sie. *Ist das wirklich erst ein halbes Jahr her?*

»Dort hat der Eriskult das Orphische Mysterium angegriffen, ungefähr 800 vor Christus«, erklärte Natalies Großvater. »Ich habe gehört, dass man die Anlage aus Sicherheitsgründen vor Kurzem geschlossen hat.«

»Klingt nach einer Tarnung«, meinte Elodie. »Der Ort muss für Anath irgendeinen sentimentalen Wert haben.«

»Sie nennt sich jetzt Eris«, berichtete Natalie. »Sie meint, Anath sei tot.«

»Ergibt durchaus Sinn«, sagte ihre Mutter. »In einigen Versionen der griechischen Mythologie hat ein Skorpion den Jäger Orion getötet – und im Endeffekt hat Scorpio Anath ermordet. Sie ist viel mehr geworden.«

»Wie ein Schmetterling, der aus einem Kokon gekrochen ist«, stimmte Avery ihr zu.

»Oder ein außerirdischer Parasit, der aus einem fremden Körper platzt«, fand Giles.

Professor Hardaker schnaubte abfällig. »Größenwahn.

In allen Zeitaltern haben sich die Mächtigen gerne als Gottheit gesehen. In jeder Zivilisation kommt es vor – für gewöhnlich direkt vor deren Untergang.«

Mr Saito klopfte an und glitt durch die Tür. »Ich habe, was Sie brauchen.« Er setzte einen Koffer auf dem Boden ab. Nachdem er die Verschlüsse geöffnet hatte, klappte er den Deckel hoch. Zum Vorschein kam das beträchtlich gesäuberte Schwert von Masamune. Die Klinge war an manchen Stellen noch befleckt, dafür sah es sehr scharf aus, und die Markierungen auf dem Griff waren frei von Schmutz.

»Wie finden Sie es?«, fragte er.

»Sie haben großartige Arbeit geleistet, Saito«, antwortete Avery. »Wie stehen die Chancen, dass Sie eine Fälschung finden können, die ihm ähnlich sieht?«

Mr Saito strahlte. »Ah, mein Freund – dies *ist* die Fälschung. Eine Nachahmung aus den Vierzigerjahren des zwanzigsten Jahrhunderts, dem Bild in einem Manuskript nachempfunden. Mehrere Hundert Dollar wert, doch das Original ist unbezahlbar.« Er nahm die obere Ebene des Koffers heraus, unter der sich ein zweites Schwert versteckte. Er legte die beiden Klingen nebeneinander.

»Ich sehe keinen Unterschied«, gab Giles zu.

»Aber man spürt ihn«, sagte Mr Saito und hielt beide hoch. »Das echte ist schwerer – und sehen Sie …« Er legte den Finger direkt unter die Klinge, dort, wo sie auf den Griff traf. Das Schwert blieb waagerecht liegen. »Perfekt ausbalanciert.«

»Hoffen wir, dass Anath es uns abkauft«, meinte Elodie.

Natalie lächelte nervös beim Gedanken an die Drohung, die ihre Feindin ihr zum Abschied im Aither mitgegeben hatte. Sie überlegte, ob ihre Mutter den Plan noch immer gutheißen würde, wüsste sie, dass auch die Wesensessenz von Matthew Hardaker auf dem Spiel stand.

»Du bist dir wirklich sicher, Natalie?«, fragte ihr Großvater. »Ich kann dich diesmal nicht begleiten. Jemand muss hierbleiben und sich um Matthews sterbliche Überreste kümmern.«

»Ich bin sicher«, antwortete sie.

Ihr Großvater küsste sie auf die Stirn. »Ich bin so stolz auf dich«, sagte er. »Und dein Dad wäre es auch.«

Vorsichtig legte Natalie die beiden Schwerter in den Koffer zurück, während Romain sich daranmachte, Flüge nach Griechenland zu organisieren. Die Strömungen des Schicksals hatten sie erfasst und trieben sie ihrer Bestimmung entgegen. Natalie hoffte nur, dass sie sich auf dem richtigen Kurs befanden.

KAPITEL 25

ARIES

Der Widder.
Loyalität und Stärke

Ihr Flug nach Athen verlief ohne besondere Ereignisse, abgesehen von einer Verspätung, weil das Personal am Flughafen von Tokio streikte. Die Maschine hatte keine plötzliche Panne, es gab keinen Zusammenstoß in der Luft und auch keinen unerwarteten Druckabfall in der Kabine. Selbst die Landung verlief reibungslos. Den gesamten Flug über waren Giles' Nerven zum Zerreißen gespannt gewesen, weil er fest damit gerechnet hatte, dass sie jede Sekunde abstürzen würden. Natalie konnte es ihm nicht übel nehmen – der Gedanke, dass Scorpio die Maschine aus der Luft holen könnte, war grauenhaft. Beim Versuch, ihn zu beruhigen, hatte sie ihm erklärt, dass sie ohnehin nichts unternehmen könnten und es daher völlig sinnlos war, sich Sorgen zu machen. Doch er hatte sie nur verständnislos angestarrt. »Lass gut sein.«

Falls Anath sie observierte, ließ sie die Freunde jedenfalls gewähren. Verblüfft stellte Natalie fest, dass sie den Flug über vollkommen gelassen war. Was brachte es schon, sich den Kopf zu zerbrechen, wenn sie ihr Schicksal ohnehin nicht in der Hand hatten?

Im Anschluss flogen sie Richtung Norden nach Kavala, ein Katzensprung, für den sie weniger als eine Stunde brauchten. Der winzige Flugplatz dort war so gut wie verlassen, und man winkte sie und ihr Gepäck ohne Kontrollen durch. Natalie fragte sich, was sie von ihrer merkwürdigen und herrlichen Sammlung von Artefakten gehalten hätten, hätte man ihre Taschen durchsucht.

Während sie in einem Mietwagen weiter in den Norden zur Nestorschlucht fuhren, diskutierten sie den endgültigen Plan. Elodie wollte, dass sie zusammenblieben, doch Natalie hielt es für besser, wenn sie allein ging. Sie musste Anath nur das gefälschte Schwert übergeben und ihr vorgaukeln, dass alles in Ordnung war. Und dann – irgendwie – das echte Schwert einsetzen.

Doch wie es der Zufall wollte, wurde ihnen die Entscheidung abgenommen. Kaum befanden sie sich auf der einsamen Straße, die am verlassenen Haus ihrer Freundin Mariella vorbei zu der Ausgrabungsstätte führte, hielt Romain abrupt an und schaltete das Licht aus.

»Da vorne ist eine Art Straßenblockade«, sagte er. »Das gefällt mir nicht.«

Natalie spähte zur Windschutzscheibe hinaus. Romain hatte recht – etwa fünfhundert Meter vor ihnen erkannte sie Lichter auf der Straße, die durch die Schlucht führte.

»Kommt man auch irgendwie anders hin?«, fragte Giles.

»Vielleicht querfeldein«, antwortete Romain, »aber wir wissen nicht, was es sonst noch für Sicherheitsmaßnahmen gibt.«

Natalie schulterte ihren Rucksack. Darin befanden sich der Spinnrocken und der Himmelsstein, ihre Janusmaske und das gefälschte Schwert. »Ich gehe zu Fuß weiter und schaue mich um«, entschied sie. Die Maske hängte sie sich an der Kordel um den Hals. Sie wollte sich so gut wie möglich tarnen, außerdem wollte sie Khalils Waffe nah bei sich.

»Ich begleite dich«, beschloss ihre Mutter. Sie trug das

echte Schwert von Masamune unter einem dicken Mantel in einer Hülle auf dem Rücken.

Natalie schüttelte den Kopf. »Mein Nous ist der stärkste. Und falls sie dich erwischen, durchsuchen sie dich. Ich klettere nur den nächsten Abhang hoch, um nachzusehen, was da los ist. Sollte ich in einer Stunde nicht zurück sein, kommt ihr mich suchen. Sorgt dafür, dass das Schwert in Sicherheit ist. Wir haben immer noch Plan B.«

Ihre Mutter fixierte Natalie lange und durchdringend. Natalie spürte den Aufruhr an Gefühlen, die in ihr wühlten. »Du stellst auch keine Dummheiten an?«, fragte ihre Mutter leise.

»Nein«, versprach Natalie. »Ist nur ein Erkundungstrip. Mir passiert nichts. Der Aither wird mich leiten.«

Sie hopste nach draußen. Giles folgte ihr.

»Du musst hierbleiben«, wandte sie sich an ihn.

»Interessante Idee«, meinte Giles, »aber ich muss passen.«

»Giles …«, sagte Natalie.

»Ich komme mit. Ich bin Anath sowieso egal.«

»Ganz genau!«, sagte Natalie. »Sie wird kein Problem damit haben, dich umzubringen.«

Giles zuckte mit den Schultern. »Wollen wir hier rumstehen und streiten oder losziehen und nachschauen, was die Typen so treiben?«

Natalie sah ein, dass sie ihn nicht umstimmen konnte. Und in einem Punkt hatte er recht: Sie vergeudeten wertvolle Zeit. »Okay«, gab sie nach.

Auch Romain stieg schweigend aus. »*Ihm* kann man sowieso nichts ausreden«, sagte Giles und rollte mit den Augen.

Zu dritt kletterten sie zwischen Olivenbäumen einen staubigen Hang hinauf. Ihren Vermutungen nach sollte sich die Stätte des antiken Tempels direkt dahinter befinden. Doch als sie den obersten Punkt der Anhöhe erreicht hatten, erwartete sie ein Ausblick, mit dem sie gar nicht gerechnet hatten. Wo in Natalies Gedächtnis ein einfacher Pfad zu den Ruinen geführt hatte, erhoben sich gewaltige Flutlichtanlagen um eine Baustelle von mehreren Tausend Quadratmetern. Der Boden war ausgiebig bearbeitet worden, um vier große Gebäude aus Stahl und Glas zu errichten. Einige befanden sich noch im Aufbau. Daneben standen Baufahrzeuge, um Erde abzutragen, außerdem Kräne und Gabelstapler.

Romain holte ein Nachtsichtgerät heraus und scannte das Gebiet. Auch ohne konnte Natalie die antike Tempelruine im Zentrum genau erkennen, die inmitten der modernen Baustelle absolut winzig und fehl am Platz wirkte.

»Wer baut denn hier draußen Bürogebäude?«, fragte sie. »Ist wohl kaum ein gefragter Ort.«

Romain reichte das Fernglas weiter. »Links unten«, sagte er nur.

Natalie blickte durch den Sucher und bemerkte auf einem der Trucks, die in der Nähe des Eingangs parkten, ein Logo: die Buchstaben N und C, ineinander verschlungen wie zwei Schlangen.

»NiniaCorp«, murmelte sie. »Anscheinend arbeitet Anath ab sofort lieber von zu Hause.«

»Du glaubst, Scorpio ist auch hier?«, fragte Giles.

»Gut möglich.«

Sie beobachteten, während die Minuten verstrichen. Zunächst entdeckten sie auf dem Gelände nirgends Menschen, doch nach etwa einer halben Stunde kam ein Konvoi aus schwarzen Geländewagen über die Zufahrtsstraße gebrettert und parkte in einer aufgewirbelten Staubwolke nahe dem Hauptgebäude. Natalie stellte den Feldstecher scharf und sah zu, wie aus dem ersten Fahrzeug die Gestalt von Ninia Kane stieg. »Da ist Anath«, sagte sie. Kane marschierte durch die Tür, gefolgt von zwei Reihen Menschen in Roben. »Sie hat mindestens ein Dutzend Leute dabei.«

Sie reichte das Nachtsichtgerät an Giles weiter, der die Anlage ebenfalls inspizierte. »Ob das irgendein Hinterhalt werden soll oder so?«, überlegte er.

»Schwer zu sagen«, antwortete sie. »Zumindest hat sie bestimmt Sicherheitsleute.«

Giles sah auf seine Uhr. »Wir sollten zurück zu den anderen.«

Natalie wäre lieber näher rangegangen, doch sie hatte versprochen, nicht länger als eine Stunde fort zu sein. Sie stand auf – und stutzte. Giles starrte auf ihre Brust, auf der direkt über ihrem Herzen ein kleiner roter Punkt tanzte. »Äh … was ist das?«

»Du hast auch einen«, sagte sie und zeigte auf seine

Stirn. Als sie die Hand danach ausstreckte, erschien der Punkt auf ihrem Handgelenk.

»In Deckung!«, rief Romain und schubste beide zu Boden. Im selben Moment hörte Natalie in der Ferne ein Knacken. Romain wirbelte herum und fiel mit dem Gesicht voran in den Sand.

»Nein!«, rief Giles und krabbelte zu ihm. Romain rührte sich nicht.

Plötzlich war der Boden rings um sie herum gleißend hell, sodass Natalie die Augen zukneifen musste. Die Umrisse zweier Gestalten kamen den Hang herauf, je ein Gewehr mit einer Lampe am Lauf im Anschlag. So groß und massig, wie sie waren, konnten es nur Ladon und Diomedes sein.

Vor Entsetzen über den gefallenen Schuss war Natalie wie erstarrt. Sie blinzelte fassungslos, bis die Anhänger von Eris fast bei ihnen waren und ihre Waffen eine Winzigkeit sinken ließen.

»Wir sind hier, um uns mit Anath zu treffen«, sagte sie und hob die Hände. Sie warf einen Blick zurück zu Giles, der vergeblich versuchte, Romain wiederzubeleben, und verzweifelt auf ihn einredete, während er sich abmühte, den Hünen auf den Rücken zu rollen. Mit feurigem Blick wandte er sich zu den Kultdienern um. »Ihr habt ihn umgebracht!«, brüllte er.

Natalie konnte es nicht glauben. Romain tot? Nach allem, was sie gemeinsam durchgemacht hatten? Der Leibwächter hatte ihnen öfter das Leben gerettet, als sie zählen konnte. Er war ihr immer so … nun, unbesiegbar erschienen.

Etwas an der Art, wie die beiden Handlanger sich bewegten, war merkwürdig, so abgehackt. Keiner sagte auch nur ein Wort. Sie drehten sich lediglich um und liefen den Hang hinab zu den NiniaCorp-Gebäuden. Giles stand auf. Er wirkte außer sich. Doch sobald die beiden Männer außer Sicht waren, ließ er ein Lächeln aufblitzen. Es ergab keinen Sinn, bis Romain die rechte Hand hob und kurz den Daumen hochreckte, bevor er wieder völlig still wurde.

»Kugelsichere Weste«, raunte Giles ihr zu. »Na los, hinterher. Romain passt auf – aber ohne dass die es wissen.«

Uns kann jedes Überraschungsmoment recht sein, dachte Natalie erleichtert.

Also ließen sie Romain zurück und folgten ihren Begleitern vorbei an Baumaschinen und den bröckelnden Steinsäulen und Ziegelmauern der orphischen Tempelruine. Hier und da war in antikem Griechisch »Eris« eingeritzt – Hinterlassenschaften der Chaos-Anhänger, die vor langer Zeit die Anhänger des Orpheus niedergemetzelt und den Tempel übernommen hatten. Seit Natalies letztem Besuch hatte man weitere Teile freigelegt und die umgestürzten Säulen näher an ihre ursprüngliche Position gebracht. Trotzdem war es kein Vergleich zu der Version, die Natalie im Aither gesehen hatte, als sie die Abmachung mit Anath getroffen hatte. Links und rechts des Eingangs zu einem der neuen Gebäude – dem einzigen, das bereits fertig war – blieben Ladon und Diomedes stehen. Sie flankierten die Tür und standen Wache. Als Natalie ihre Augen im Licht der Scheinwerfer sah, zuckte sie zusammen. Sie waren verblasst, als hätte der Aither die Iris darin verbrannt. An den Schläfen trugen sie MindTouch-Knöpfe.

»Hat Anath das mit ihren Augen angestellt?«, fragte Giles leise, als sie zwischen den Riesen mit dem leeren Blick vorbeigingen.

»Schätze, das finden wir bald heraus«, antwortete Natalie.

Automatische Türen öffneten sich und gaben den Weg frei in die große Eingangshalle eines Firmensitzes. Möbel gab es keine, daher hallten ihre Schritte laut durch den leeren Raum.

Doch ganz verlassen war er nicht. Am hinteren Ende stand Ninia Kane mit ihren Gefolgsleuten, die links und rechts von ihr Stellung bezogen hatten. Sie schienen unbewaffnet. Alle trugen identische Roben und Kapuzen über den Köpfen.

»Du bist gekommen«, sagte Anath. Auch auf ihrer Schläfe glänzte ein MindTouch-Knopf.

»Wir hatten eine Abmachung«, sagte Natalie.

Anath legte den Kopf schief. »Und ich dachte schon, du wolltest dich heimlich anschleichen.«

»Reine Vorsichtsmaßnahme«, entgegnete Natalie. »Das können Sie mir kaum übel nehmen.«

Kanes Lippen verzogen sich zu Anaths kaltem Lächeln.

»Ich nehme es dir nicht übel. Allerdings sind Vorsichtsmaßnahmen zwecklos. Es gibt nur eine mögliche Zukunft, und die wird von Eris bestimmt. Man kann ihr nicht entgehen.« Sie trat näher. »Du hast das Schwert?«

Natalie setzte ihren Rucksack ab und öffnete den Reißverschluss. Als sie die Kopie des Tachi-Schwerts herausholte, die Mr Saito ihnen gegeben hatte, drehten sich alle zwölf Diener Anaths vereint zu ihr um und bildeten schweigend drei Reihen zu je vier Mann, um ihre Herrin zu schützen.

»Du verzeihst meine eigenen *Vorsichtsmaßnahmen*«, sagte Anath. »Bei scharfen Gegenständen kann man nicht achtsam genug sein.«

Sie kauft es uns ab, dachte Natalie. *Sie hält es für das echte.* Hoffentlich waren Romain und Elodie mit dem echten Schwert schon unterwegs. Solange Anath nicht damit rechnete, könnten sie mit ihrem Plan vielleicht tatsächlich Erfolg haben.

Natalie legte das Schwert auf den Boden. »Und Sie halten sich an Ihren Teil der Abmachung?«

»Das werde ich«, antwortete Anath. »Schieb das Schwert zu mir.«

Natalie versetzte ihm einen Stoß, sodass es über den polierten Betonboden wirbelte. Auf seltsame, fast einstudierte Art traten die Diener beiseite, um dem Schwert den Weg freizugeben. Ein kleines Stück vor Anath blieb es liegen. Nachdem sie es kurz betrachtet hatte, bückte sie sich und hob es am Griff auf. Sie hielt es vor sich, sodass sich das Licht auf der Klinge brach. *Ob sie es merkt?* Natalie hielt den Atem an und wartete darauf, dass in Anaths Augen Wut aufflammen würde. Doch stattdessen nickte sie nur, woraufhin sich ihre Diener im Raum verteilten und einen Kreis um Natalie und Giles bildeten. Natalie drehte sich unruhig um die eigene Achse und traf dabei auf die Blicke der vielen leeren, emotionslosen Augen.

»Wir hatten eine Abmachung«, wiederholte Natalie nervös. »Ich habe Ihnen gebracht, was Sie wollten, oder nicht?«

Anath schien ihr kaum zuzuhören. »Das Schwert wurde in unseren antiken Schriften erwähnt«, sagte sie, »doch es war ungewiss, ob es tatsächlich existiert – eine Waffe, die selbst im Aither funktioniert.« Sie reichte sie dem nächstbesten Diener. »Töte den Jungen!«

KAPITEL 26

MACH'ACUAY

Inka-Sternbild der Schlange.
Jemand hat dich verraten.

»Was?«, sagte Giles und wich zurück.

»Nein!«, sagte Natalie. »Sie sagten, Sie würden meinen Freunden nichts tun.«

»*Wenn* du dich an die Abmachung hältst«, erwiderte Anath. »Aber du wolltest mich mit dieser billigen Kopie täuschen.«

Die Gestalt mit dem Schwert trat langsam auf Giles zu. Er wollte wegrennen, doch zwei weitere von Anaths Handlangern packten ihn. Auch Natalie wurde beim Versuch, zu fliehen, ergriffen. Als sie sich wehrte, rutschte die Kapuze ihres Häschers nach unten und brachte das lange, bronzefarbene Gesicht des Orphischen Ratsoberhaupts zum Vorschein – zumindest war es sein Körper, der jedoch mit Sicherheit von einer anderen Seele besessen war. Seine Augen waren ebenso leer wie die von Diomedes und Ladon, Fenster in eine ausgehöhlte Seele. Anath hatte sie alle genommen.

»Ich weiß nicht, wovon Sie reden«, sagte Natalie verzweifelt. »Das Schwert ist echt!«

Die Gestalt mit dem Schwert zog sich die Kapuze vom Kopf und gab sich als Mr Saito zu erkennen.

»Sie Verräter!«, brüllte Giles und wollte nach ihm treten. »Sie dienen doch angeblich Orpheus!«

Mr Saito schenkte ihm sein strahlendes Lächeln, nur wirkte es diesmal gruselig. »So leid es mir tut, NiniaCorp zahlt weit besser.«

Daher wusste Anath also, dass wir das Schwert haben! Aber warum hat er es ihr dann nicht einfach gegeben?

»Nun bring es endlich zu Ende«, drängte Anath. »Sicher kommen bald noch mehr.« Sie blickte an Natalie und Giles vorbei. »Falsch. Sie sind schon da.«

Natalie sah helle Scheinwerfer auf das Gebäude zurasen und hörte das Dröhnen eines Motors. Ein großer Bagger rumpelte auf den Haupteingang zu. Und er hielt nicht an. Die verhüllten Diener wichen synchron zu Anath zurück und ließen Giles und Natalie los. Nur Mr Saito blieb vor Entsetzen wie angewurzelt stehen und ließ die Waffe fallen. Natalie und Giles hechteten zur Seite, als die Türen nach innen platzten und es Glasscherben regnete, während Mr Saito mit einem grauenhaften Schrei, der abrupt verstummte, unter den Rädern verschwand.

Romain und Elodie sprangen aus der Fahrerkabine. Natalies Mutter hielt das echte Schwert von Masamune in den Händen.

»Interessant«, sagte Anath. Sie schritt zwischen ihren Anhängern auf und ab, offenbar nicht um ihre Sicherheit bekümmert. »Und was genau habt ihr damit vor?«

Elodie stach zu, doch Ninia fing die Klinge mit bloßer Hand ab. Dickes Blut rann ihr über das Handgelenk und bildete am Ärmel ihrer Robe einen dunklen Fleck. Gleichzeitig wurden die Augen von Ninia Kane leer und weiß. Eine der Dienerinnen zog sich die Kapuze vom Kopf und zeigte das Gesicht einer Frau mittleren Alters, das von schlimmen Brandnarben entstellt war.

»Nut!«, rief Elodie.

Natalie erkannte den Namen als den eines weiteren

Mitglieds des Orphischen Rats. War das nicht die Schattenleserin, die in New York ums Leben gekommen war?

»Nicht mehr«, ertönte Anaths Stimme von Nuts Lippen. »Habt ihr noch immer nicht eingesehen, wie aussichtslos euer Vorhaben ist? Euer Schwert kann meinen Geist in dieser Welt nicht zerstören, weil er überall ist.«

Sämtliche Kapuzen in dem zerstörten Atrium wurden abgenommen. Natalie erkannte weitere Gesichter des Orphischen Rats: die afrikanische Myste mit dem geschorenen Kopf, die ältere Frau, die zwei athletischen jungen Männer. Auch Hekuba. Sogar Johann Schar … einst treue Gefolgsleute von Eris, die nun Anaths Zombies waren. Anath hatte sie alle dem Aither ausgesetzt, um sie zu ihren Sklaven zu machen. Alle trugen die Knöpfe, nur prangte darauf nicht die Schlange von NiniaCorp, sondern das Symbol eines Skorpions – sie verstärkten die Macht ihrer Hirnwellen und ihre Verbindung mit dem Aither. Jeder Einzelne von ihnen war mit Scorpio verbunden, damit konnte Anath von jedem beliebigen Körper aus mit dem Supercomputer interagieren, jederzeit.

Als Anath erneut sprach, kam jedes Wort aus einem anderen Mund.

»Ich. Kann. Jeden. Körper. Wählen. Der. Mir. Gefällt.«

Natalies Blick zuckte durch den Raum, während sie der Stimme folgte. Schließlich traf sie auf den flehenden Ausdruck in den Augen ihrer Mutter. Elodie wirkte ebenso verloren wie Natalie. Sie waren machtlos.

»Sie benutzt die Schläfenknöpfe«, sagte Giles. »Die

Dinger verbinden jeden hier mit Scorpio. Wenn wir sie irgendwie abschalten können, wäre sie geschwächt.«

»Habt ihr es noch nicht aufgegeben, Pläne zu schmieden?«, spottete Anath nun wieder durch Ninia Kane. »Habt ihr tatsächlich immer noch Hoffnung? Ihr könnt Scorpio genauso wenig abschalten, wie ihr das Licht eines fernen Sterns ausknipsen könnt. Ihr alle werdet euren Zweck im herannahenden Zeitalter des Chaos erfüllen.«

Auf ihr Nicken hin wurden Natalie und ihre Freunde von den Handlangern Anaths eingekesselt. Romain sprang vor Giles, verpasste dem ersten Angreifer einen Kinnhaken und ließ ihn rückwärtstaumeln. Doch schon waren die beiden nächsten zur Stelle und rangen ihn zu Boden. Natalie zögerte kurz – rief sich ins Gedächtnis, dass die Frau vor ihr nicht *wirklich* Nut war –, dann verpasste sie ihr einen Tritt, der die Frau einknicken ließ. Jemand sprang Natalie auf den Rücken und brachte sie zum Straucheln, doch sie wirbelte herum und warf ihn ab. Giles lag bereits am Boden, unter einer Flut von Gestalten. Natalie rannte los, um ihm zu helfen, doch jemand packte sie am Haar und zerrte sie davon. Ein Schlag traf sie in der Mitte und nahm ihr die Luft zum Atmen. Noch mehr Hände griffen nach ihr, rissen sie hoch, während sie nach Luft rang. Dann trug man sie aus dem Gebäude. Sie hörte ihre Mutter rufen und Giles fluchen. Sie versuchte zu sehen, wohin man sie brachte, doch alles stand kopf.

Wenig später warf man sie ohne Umschweife auf staubigen Boden. Giles landete mit blutender Nase neben ihr.

Dann purzelte auch Elodie auf die Erde. Zuletzt gesellte Romain sich zu ihnen. Er schien kaum noch bei Bewusstsein, wurde von Ladon und Diomedes geschleppt, bevor man ihn zu seinen Freunden warf. Natalie erkannte, wo sie waren – mitten im Zentrum der Tempelruine. Elodie umklammerte Natalies Hand und zog sie an sich.

Anath schritt im Körper von Ninia Kane, deren Hand von der Tachi-Klinge blutüberströmt war, die brüchigen Tempelstufen hinauf. In einer Hand hielt sie Natalies Rucksack, in der anderen das Schwert von Masamune. Sie trat zu Natalie, hob die Waffe und stieß sie in die Erde. Dann holte sie den Spinnrocken heraus, begutachtete ihn und warf ihn Natalie vor die Füße. Als Nächstes folgte der Himmelsstein. »Und das ist alles, was ihr nach so viel Mühen vorzuweisen habt?«, spottete sie und ließ ihn fallen. Dann griff sie nach der Janusmaske, die um Natalies Hals hing, schnaubte abfällig und ließ sie wieder los. »Habt ihr allen Ernstes geglaubt, dieser nutzlose Kram könnte Eris etwas anhaben?«

»Warum sollte ich Ihnen das Schwert bringen?«, wollte Natalie wissen. »Mr Saito hätte es sich doch jederzeit nehmen können.«

»Du begreifst noch immer nicht, oder?«, entgegnete Anath. »Das wird sich bald ändern.«

Anath stimmte einen Singsang an, und Natalie riss entsetzt die Augen auf. Verzweifelt griff sie nach dem Sampo am Boden. Sie hatte die Verbindung zwischen sich und den anderen noch nicht wiederhergestellt. Sie wären gegen den Aither vollkommen ungeschützt. »Nicht hinsehen!«, rief sie.

Sie schlossen die Augen, als Anath bereits das Tor öffnete: ein schwebendes Portal aus Licht auf der Nordseite des Tempels. Dann hielt sie Natalie die Hand hin. »Komm, Natalie. Es gibt da etwas, das du sehen musst.«

Natalie wusste nicht, was ihr anderes übrig blieb. Also nahm sie die Hand ihrer Feindin und trat hindurch ...

... in den Tempel aus ihrer Vision, in der sie sich mit Anath getroffen hatte. Auch diesmal hatte sich Ninia Kanes Aussehen zu dem von Anath verändert. Es war kalt. Der Stein der Anlage war wie früher, wenn auch hier und da geschwärzt. Außerdem prangte überall in der Halle der eingeritzte Name »Eris«, noch ganz frisch – manchmal sogar mit Blut nachgezeichnet. Von Wandhalterungen warfen Fackeln Licht und Rauchschwaden auf die Säulen. Die Tätowierungen auf Anaths kahlem Schädel wanden sich wie Schlangen. Auf einem Dreibeingestell an der Front, wo ein Altar mit Blut und Tierknochen besudelt war, brannte Weihrauch.

»Die Zeiten früher waren primitiv«, sagte Anath und wedelte wegwerfend mit der Hand. Natalie fiel auf, dass sie hier, im Aither, kein MindTouch-Gerät trug. Bedeutete das, dass Anath mit ihren Dienern auf der anderen Seite nicht verbunden war? War sie hier nur Anath in ihrer ursprünglichsten Geistform?

Ist sie verletzlich?

Sie betrat mit Natalie eine Kammer am Ende des Tempels und führte sie anschließend ins Freie. Durch das jenseitige Tal floss ein Fluss. »Ich will dir die Macht von Eris zeigen«, sagte Anath.

Sie reckte die Hände in die Höhe und stimmte einen neuen Singsang an – ein hektischer Strudel aus Worten, eine Mischung aus kehligen, grellen Lauten, bei denen Natalie sich am liebsten die Ohren zugehalten hätte. Als Anath endete, hallte das Echo ihrer Worte durch die Schlucht.

Das Tal veränderte sich. Der Fluss schwoll an und trat über die Ufer, wobei er Vieh und Häuser verschlang. Natalie sah, wie Menschen um ihr Leben rannten, und hörte ihre panischen Schreie, konnte aber nichts unternehmen. Unaufhaltsam wurden sie von den Fluten mitgerissen. Und noch immer stieg das Wasser, übergoss Felder, bis sie nicht mehr zu sehen waren. Man konnte den Fluss nicht einmal mehr Fluss nennen – er war zu einem See angewachsen. Schließlich zu einem Meer aus endlos böigem Grau, das sich bis zum Tempel erstreckte und gegen seine niedrigsten Stufen klatschte. In weniger als einer Minute war alles Leben im Tal ausgelöscht, der Tempel zu einer Insel geworden.

»Sieh nur!«, sagte Anath verzaubert. »Der Strom des Schicksals kennt keine Zügel. Dies ist wahres Chaos!« Sie watete eine Stufe tiefer, sodass sie knöcheltief im Wasser stand. »Wirst du mich begleiten, Natalie?« Sie hob eine Handvoll Wasser an die Lippen und trank. »Wirst du die Uneinigkeit kosten?«

Natalie dachte daran, was im Tal existiert hatte, noch vor wenigen Augenblicken. Sie dachte an all die Toten, Tiere und Menschen, die in den Tiefen trieben, und wandte sich angewidert ab. »Bestimmt nicht!« Sie rannte zurück in den Tempel, stieß jedoch wieder auf Anath, die am Altar auf sie wartete. Natalie machte kehrt und verschwand zwischen zwei Säulen – nur um sich am selben Fleck wiederzufinden, von dem sie fortgelaufen war, wo Anath nach wie vor am Altar stand. Es war, als wäre der Tempel ein verschlungenes Labyrinth. Natalie sank zu Boden, den Rücken an eine Säule gelehnt.

»Endlich begreifst du, dass es kein Entkommen gibt«, sagte Anath. »Dies ist dein Zuhause, für immer. Du wirst Eris als Priesterin dienen, als meine Sklavin. Und in deiner alten Welt werden deine Freunde und Familie ebenfalls zu meinen Sklaven werden. Ich werde ihnen den Aither zeigen und ihre Seelen ausbrennen. Als vergessene, zerbrochene Geister werden sie im Aither umherwandern, einsam und verloren. Es sei denn …«

»Es sei denn?«, wiederholte Natalie.

»Es sei denn, du schließt dich uns freiwillig an«, antwortete Anath. »Trink von Eris' Wasser, und du kannst an meiner Seite regieren, den Aither und die Menschenwelt beherrschen.«

»Nein!«, sagte Natalie. »Das kann ich nicht.«

Anath beugte sich über sie und streichelte ihr Haar. »Du kannst nicht – oder willst du nicht?«, fragte sie sanft. »Du kämpfst schon zu lange auf der falschen Seite der

Geschichte, Natalie. Und was hat es dir gebracht, außer Leid? Das Mysterium von Orpheus gibt es nicht mehr. Dein Vater ist tot. Deine Mutter fort. Dein Großvater ist alt und schwach. Dein Leben ist ohnehin das reine Chaos. Trink das Wasser, schwöre der Göttin der Zwietracht die Treue, und du könntest im anbrechenden Zeitalter von Eris meine rechte Hand sein. Du wirst zur fünften Waffe werden, mächtiger als alle übrigen vereint. Ich verspreche dir, es wird herrlich. Trink das Wasser, und all deine Schmerzen sind Vergangenheit.«

Ihre Worte bohrten sich in Natalies Gehirn, und plötzlich überkam sie ein verzweifelter Durst. Vielleicht hatte Anath recht. So lange hatte Natalie gekämpft, sich für einen Zweck eingesetzt, dem sie völlig egal war – dem die, die sie liebte, nichts bedeuteten. All die Prophezeiungen, die auf ihr lasteten, all die Kassandren, die ihr Aufträge erteilt hatten … Immer hatte sie gehorcht. Doch was hatte es ihr gebracht?

»Trink, Natalie!«, drängte Anath. »Ertränke dein Leid.«

Mit Anaths Hilfe stand sie auf und verließ noch einmal den Tempel. Inzwischen lag das Wasser ruhig da wie ein Mühlteich. Absolut friedlich. Es sah tatsächlich sauber genug zum Trinken aus. Natalie watete hinein und beugte sich zur Oberfläche, um die kühle Flüssigkeit mit den Händen zu schöpfen.

»Natalie, Schatz, was tust du da?«

Sie blickte auf. Ein Stück neben ihr saß ihr Vater auf der Treppe.

»Lass uns allein!«, keifte Anath. »Scher dich fort!«

Matthew Hardaker blickte sich um und schob sich die Brille auf der Nase zurecht. Sein Körper flackerte etwas, wie bei einem Geist, und Natalie fiel auf, dass sie durch ihn hindurch die Landschaft sehen konnte. »Dürfte schwierig werden«, entgegnete er in aller Unschuld. »Aber ich würde das wirklich nicht trinken, Natalie. Es ist schlecht für dich.«

Sie ließ das Wasser aus den Fingern rinnen. Ihr Kopf wurde klar. *Was mache ich denn?!*

»Trink!«, befahl Anath. »Trink, sonst verwandele ich den Geist deiner Mutter in Staub.«

»Das ist aber gar nicht nett«, sagte Natalies Dad.

Natalie verstand nicht, wie er so gelassen sein konnte. Sah er nicht, dass sie in Gefahr schwebte? Es war, als wäre er entrückt. Hier und gleichzeitig fern.

»Ins Haus mit dir, du Hund!«, keifte Anath.

»Wenn Sie darauf bestehen«, entgegnete Matthew Hardaker. »Aber vergiss nicht, Natalie. Du musst nichts tun von dem, was diese Frau dir sagt.«

Anath trat zu ihr, packte sie im Genick und drückte ihren Kopf auf das Wasser zu. »Trink!«, kreischte sie.

Natalie wehrte sich, war aber nicht stark genug. Langsam, aber sicher schob Anath Natalies Kopf auf die Oberfläche zu.

Mom!, rief sie in Gedanken. *Ich brauche dich!*

Unter ihr wurde das Wasser unruhig, bis sich eine Art Strudel bildete, in dem Umrisse erschienen. Natalie sah eine Vision von ihrer Mutter, von Giles, von Romain. Zu dritt standen sie im zerstörten Tempel, umgeben von den Dienern Eris' mit den leeren Gesichtern. Romain hielt den Sampo in den Händen, Giles das Schwert von Masamune, und Elodie umklammerte den Himmelsstein.

»Natalie, ich rufe dich!«, sagte sie. »Natalie, wo bist du?«

Mom! Ich bin hier! Natalie schickte ihre Gedanken mit aller Kraft zu ihrer Mutter.

»Ich kann sie hören«, sagte Elodie in der Ferne mit verzerrter Stimme. »Gib mir das Schwert, Giles.«

Aus dem Sampo reckten sich Fäden aus hellem Licht. Sie verknüpften Romain mit Giles und Natalies Mutter.

»Sie ist ganz nah!«, sagte Elodie und hielt den Stein hoch. »Ich spüre sie.«

Wie mit eisernen Krallen presste Anath Natalies Lippen zum Wasser. Gleichzeitig ringelte sich eine silbrige Schnur aus dem Rocken, schlängelte sich durchs Wasser und berührte Natalies Brust.

»Du wirst trinken oder ertrinken«, sagte Anath. »So oder so wirst du mir gehören.«

Natalie wurde unter Wasser gedrückt. Sie reckte die Hände ihrer Mutter entgegen. Mit ihrem letzten Atem rief sie ihren Namen – und im Wasser breitete sich das Licht des Aithers aus. Endlich blickte ihre Mutter auf und schien sie zu sehen.

Ihre Mutter hob das Tachi-Schwert zum Himmel. Es glühte im selben reinweißen Licht wie der Aither. Als Natalies Finger sich um den Griff schlossen, fand sie endlich die Kraft, ihren Kopf aus den Fluten zu heben. Ihre Haare trieften. Anath wich verdattert zurück, das Gesicht vor Wut verzerrt. Doch schnell wich ihre Wut blanker Angst, als sie die Klinge in Natalies Hand entdeckte.

»Wie ist das möglich?«, hauchte sie.

»Sie dachten, die Waffen wären nutzlos«, sagte Natalie und stand auf, »aber Sie haben sich geirrt. Der Himmelsstein bringt meine Freunde zu mir, der Rocken verbindet uns.« Sie trat vor und setzte die Janusmaske auf. »Die Maske des Janus tarnt.« Ihr Schatten verschwand von den Tempelstufen, und das plötzliche Entsetzen in Anaths Gesicht verriet Natalie, dass sie nicht länger sichtbar war. Ihre Feindin drehte sich um und rannte in den Tempel. Natalie nahm die Verfolgung auf. Anath warf sich von einer Wand zur anderen, während sie sich immer wieder ruckartig nach Natalie umschaute. »Lächerliche Zaubertricks können Eris nichts anhaben«, keifte sie.

Natalie schlich mit leisen Schritten näher.

»Zeig dich, du Feigling!«, schrie Anath.

»Wie fühlt es sich an, plötzlich die Gejagte zu sein?«, fragte Natalie.

Anath war nun dicht am Altar und schien zu stolpern, also hob Natalie ihre Waffe. Gleichzeitig packte Anath die Metallbeine des Dreibeins und holte damit aus. Natalie duckte sich. Trotzdem erwischte das Gestell sie an der Schulter und riss sie herum. Keuchend vor Schmerz fiel sie zu Boden, und die Maske rutschte ihr vom Gesicht. Sofort richtete sich Anaths Blick auf sie.

»Hab ich dich!«, knurrte Anath. Sie hob das Gestell auf und kam auf Natalie zu. Natalie krabbelte rückwärts, wobei die Klinge über die Steine schabte. »Es gibt kein Entrinnen«, sagte Anath voller Zorn. »Dein Schicksal ist besiegelt. Chaos wird –«

Natalie warf das Tachi-Schwert in hohem Bogen in die Luft. Mit einem dumpfen Laut traf es Anaths Brust. Anath starrte ungläubig auf den Griff, dann auf das weiße Licht, das aus der Wunde sickerte und sich über ihre Brust ausbreitete, als würde eine Eisschicht brechen. Ihr Körper wurde durchscheinender. Ihre Lippen zuckten noch, als wollte sie etwas sagen, bevor sie das Gestell scheppernd fallen ließ.

Natalie stemmte sich auf Hände und Knie, kam auf die Beine. Anath berührte den Griff des Schwerts, als überlegte sie, es herauszuziehen, bevor sie losließ und stattdessen Natalie die Arme entgegenstreckte. Das weiße Licht der Wunde, die das Tachi-Schwert geschlagen hatte, breitete sich immer weiter aus, bildete Risse in Anaths durchsichtig werdendem Körper, der allmählich auseinanderfiel – wie ein Mosaik, dessen Stücke den Halt verloren. Anath taumelte Halt suchend vorwärts, doch Natalie wich zurück, hinaus ins Freie, wo sie zur Seite trat, sodass Anath die Treppe hinabstürzte. Ihr Körper zersplitterte, während sie die Stufen hinabrollte. Als er aufs Wasser traf, war er nur noch eine Kugel aus weißem Licht. Kurz sah Natalie Anaths Gesicht unter der Wasseroberfläche, bevor es sich vollständig auflöste.

Wind kam auf, wühlte den Fluss auf und peitschte die Wellen. Es dauerte, bis Natalie begriff, dass der Pegel erneut gestiegen war und bereits die oberen Stufen erreichte. Innerhalb weniger Sekunden war das Wasser am Fuß der Säulen, und Natalies Füße wurden nass. Entweder stieg der Fluss an, oder der Tempel versank.

Natalie eilte zurück ins Innere, wo ihr Vater sie erwartete. Sie rannte zu ihm und nahm seine Hände, als draußen der Wind zu heulen begann. Die Kerzen in den Wandhaltern flackerten heftig und erloschen, sodass alles in graues Zwielicht getaucht war. Wasser drängte herein.

»Wir müssen hier raus«, sagte Natalie.

Ihr Vater lächelte. »Mach dir um mich keine Sorgen, Natalie. Mir geht es bestens.«

Hinter ihm wurde das Licht eines Aither-Portals sichtbar und badete beide in seinem Leuchten. Natalie zog ihn darauf zu. »Komm mit!«, sagte sie.

Er rührte sich nicht. »Ich habe dort drüben keinen Platz«, sagte er. »Himmel, wie du gewachsen bist!«

Seine Ruhe ging Natalie auf die Nerven. Da begriff sie, dass er nicht ihr Dad war. Zumindest nicht ganz. Was Anath erschaffen hatte, war eine Sammlung von Bruchstücken, Erinnerungen, aber ein echter Mensch würde er nie wieder sein.

Höher und höher stieg das Wasser, schwappte um ihre Knöchel.

Obwohl die Gestalt vor ihr nicht ganz Matthew Hardaker war, konnte Natalie sich nicht von ihm losreißen.

»Du solltest jetzt wirklich los«, sagte er mit einem nachdenklichen Blick auf seine durchnässte Hose. Er zog ihre Hand aus seiner und trat einige Schritte von dem Portal zurück.

Das kalte Wasser kroch an Natalies Oberschenkeln hinauf. Sie spürte die kräftigen Strömungen, die sie beinahe von den Füßen rissen. »Ich hab dich lieb«, sagte sie.

Er hob die Hand und winkte. »Und ich habe dich lieb«, sagte er. »Los jetzt. Bevor es zu spät ist.«

Mit Tränen in den Augen blickte Natalie ein letztes Mal zu ihm zurück, ehe sie auf den Riss zuwatete und in das Licht trat.

KAPITEL 27

ACAMAR

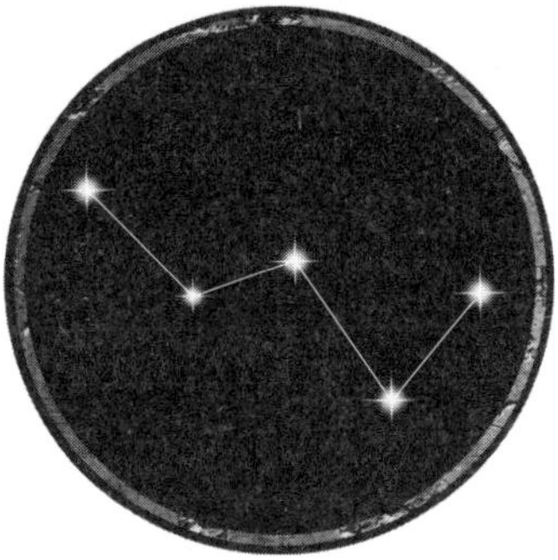

Stern am äußersten Rand des Sternbilds
Eridanus, des Flusses.
Das Schicksal hält keine Antworten mehr bereit.

In den Tempelruinen wäre Natalie fast gestürzt, doch Giles war da und fing sie auf. Sie standen sich gegenüber, nur eine Handbreit voneinander entfernt.

»Ihr habt mich gefunden!«, sagte sie und küsste ihn auf die Wange.

»Wir haben uns gegenseitig gefunden«, sagte er und hielt den Himmelsstein hoch.

Elodie wartete, bis Natalie und Giles sich voneinander lösten, dann ließ sie den Blick prüfend über Natalie wandern, auf der Suche nach Verletzungen. »Wo ist Anath?«

»Weg«, antwortete Natalie. Der Schock saß ihr noch in den Gliedern. »Das Schwert ... als es sie getroffen hat, ist sie einfach ... zerfallen.« Jetzt erst fiel ihr auf, dass auf dem Boden die Körper von Anaths Dienern lagen. Vollkommen reglos starrten sie mit glasigen Augen ins Leere. Von einigen der MindTouch-Knöpfe stieg Rauch auf. »Was ist mit ihnen passiert?«

»Sind einfach umgefallen!«, sagte Giles. »Als hätte sie jemand ausgeknipst. Wahrscheinlich hat nur Anath sie am Leben erhalten.«

Elodie kniete sich neben das Oberhaupt des Orphischen Rats. Seine Augen hatten ihre alte Farbe angenommen, ein natürliches Dunkelbraun. »Ruhe in Frieden«, sagte Elodie und wisperte etwas auf Altgriechisch, das Natalie nicht ganz verstand. Anschließend schloss Elodie die Augen der toten Mystai, zuletzt die von Nut. Eine Träne rollte über Elodies Wange. »Meine gute alte Freundin. Du hast viel geopfert. Möge Orpheus dich im Aither segnen.«

Absolut unerwartet krochen Sonnenstrahlen über die Ostseite der Schlucht und warfen lange Schatten auf die Tempelruine und die unfertigen NiniaCorp-Gebäude.

»Und jetzt?«, fragte Natalie.

»Wir sollten Kontakt mit Avery aufnehmen«, sagte Romain. »Jemand muss sich um die Toten kümmern.« Traurig blickte er sich um. »Ein anständiges Begräbnis organisieren.«

»Das erledige ich«, sagte Elodie und zückte ein Handy. »Kannst du uns einen fahrbaren Untersatz besorgen?«

Romain nickte und eilte zum nächstbesten Jeep.

»Und was ist mit uns?«, fragte Natalie.

»Ihr habt eine Pause verdient«, antwortete Elodie und blinzelte Richtung Osten. »Warum genießt ihr zwei nicht den Sonnenaufgang?«

»Find ich okay«, sagte Giles.

»Aber geknutscht wird nicht«, fügte Elodie hinzu. »Zumindest nicht, solange ich es sehen kann.«

»Geh an der Mauer lang«, flüsterte Giles. »Aber immer schön den Kopf einziehen. Wenn die Bogenschützen dich entdecken, ist alles aus.«

Natalie duckte sich, in den Händen ein triefendes Katana. Vier Tote gingen bereits auf ihr Konto, doch beim letzten Gefecht war sie verwundet worden. Wenn sie nicht bald Verbandszeug fand, würde der Blutverlust sie umbringen.

Giles kletterte flink über die Mauer und schlich sich über die Dachziegel an den Wächter im Turm an. Sobald er ihm den Rücken zukehrte, zog Giles seinen Dolch. Mit einer Hand hielt er dem Mann den Mund zu, während die Klinge ihren Zweck erfüllte.

»Klasse!«, jubelte Natalie.

»Was soll ich sagen?« Giles grinste. »Ich bin ein Naturtalent!«

Plötzlich öffnete sich die Tür, und Natalies Mutter steckte den Kopf ins Zimmer. Sie trug das schwarze Kleid, das sie am Vormittag für die Beerdigung angezogen hatte.

»Spielt ihr etwa *schon wieder* dieses Spiel?«

Giles drückte auf Pause und sah zu Natalie. »Wir lernen eine ganze Menge über japanische Geschichte.«

Elodie blickte auf den eingefrorenen Bildschirm, auf dem Giles' Figur vom Blut ihres letzten Opfers triefte.

»Sieht ja *sehr* lehrreich aus«, sagte sie stirnrunzelnd. »Habt ihr beide nicht langsam genug vom Kämpfen?«

»Man kann damit überraschend gut abschalten«, sagte Natalie. Zu ihrer Verblüffung machte *Die Rückkehr des Ninja-Assassinen* echt Spaß, auch wenn der geschichtliche Teil nicht wirklich überzeugte.

»Die Gäste sind inzwischen weg«, sagte Elodie. »Hast du vielleicht Lust auf einen Spaziergang, Natalie? Mit Avery und mir?«

»Kommst du alleine klar?«, fragte Natalie Giles.

»Ehrlich gesagt hast du mich nur langsamer gemacht«, sagte er grinsend.

Natalie ging mit ihrer Mutter nach unten, wo Avery bereits in seinen Mantel schlüpfte. Er hatte den Anzug, den er zur Beerdigung getragen hatte, ausgezogen. Romain räumte auf, und Lionel Thwaites, der im schwarzen Dreiteiler auf seinen Krücken lehnte, lächelte Natalie mitfühlend an. »Wie geht es dir, mein Mädchen?«

»Gut, danke«, antwortete sie. In Wahrheit war sie nicht sicher, wie sie sich fühlen sollte. Ihr Dad war tot, ein Mann, den sie nie wirklich gekannt hatte. Nicht einmal den Erinnerungen, die sie an den Mann hatte, den Anath zusammengestückelt hatte, konnte sie trauen. Andererseits waren vielleicht alle Erinnerungen so: ein Wirrwarr an Bruchstücken, die niemals ein klares Ganzes ergaben.

»Wir gehen ein bisschen frische Luft schnappen«, sagte Elodie. »Hatten Sie schon Glück mit den übrigen Mitgliedern von Orpheus, Lionel?«

Thwaites schlug eine Ausgabe der *Times* auf. Auf der Titelseite sah Natalie einen Beitrag über die sich erholende Börse und einen Bericht über einen Bus mit Schulkindern, die vor einem Erdrutsch gerettet worden waren. Es würde ein Weilchen dauern, bis die Welt sich von Eris' Einfluss erholt hätte, doch die ersten Anzeichen waren sichtbar.

»Ich habe eine Anzeige aufgegeben, um ein Treffen einzuberufen«, sagte Lionel und schlürfte eine Tasse Tee. »Hier in Boston. Ein paar Ratsmitglieder sind den Fängen von Eris entkommen, trotzdem müssen wir neue Anführer wählen. Es gibt einige mächtige Kassandren, die in die alten Fußstapfen treten könnten. Allerdings stellt sich die Frage, ob sie diese Verantwortung übernehmen wollen.«

Natalie, Avery und Elodie gingen hinaus in die Nacht.

»Deine Mutter und ich haben uns unterhalten«, sagte Natalies Großvater, während sie am Flussufer entlangschlenderten. Auf der anderen Seite ragten die Gebäude von Harvard auf. »So lange hast du nun ein wirklich seltsames Leben geführt. Wegen meiner Arbeit habe ich dich durch die ganze Weltgeschichte geschleppt. Wir finden, es ist an der Zeit für ein bisschen Normalität. Daher haben wir uns gefragt, was du davon halten würdest, wenn wir alle zusammenziehen – in einer neuen Wohnung? Vielleicht in London.«

Natalie grinste. »Das wäre … klasse!«

Elodie lächelte mit leuchtenden Augen. »Jetzt bin ich aber erleichtert! Ich war nicht sicher, wie du es finden würdest, wenn ich zu euch ziehe.«

»Spinnst du?«, meinte Natalie. »Du bist doch meine Mom!«

Elodie biss sich auf die Lippe. »Die beste Mutter war ich wohl kaum. Zwölf Jahre lang habe ich mich nicht einmal blicken lassen.«

»Trotzdem hast du auf mich aufgepasst. Es ging nun mal nicht anders. Jetzt können wir alles nachholen.«

»Und Giles wäre auch nicht weit weg«, fügte ihr Großvater hinzu. »Wir dachten, das wäre dir ganz recht, jetzt, da ihr zwei …«

Er ließ seinen Satz in der Luft hängen, und Natalie spürte, dass sie rot wurde. »Da wir *was*?«, fragte sie.

Natalies Großvater wurde verlegen. »Ich glaube, ich

lasse euch beide lieber allein. Das scheint mir eher ein Mutter-Tochter-Thema zu sein.«

Natalie wurde noch röter. Am liebsten wäre sie im Boden versunken.

»Ich denke, was Avery damit sagen will, ist: Nun, da ihr beide euch so viel besser versteht«, sagte Elodie.

Natalie starrte auf den Boden, um ihre Mutter nicht ansehen zu müssen. »Können wir *bitte* das Thema wechseln?«, nuschelte sie.

»Ja! Natürlich.«

Verlegen und schweigsam standen sie nebeneinander und betrachteten den Fluss, der langsam vorbeirauschte. Insgeheim freute sich Natalie riesig, dass sie in der Nähe von Giles wohnen würden. Auch wenn er manchmal ein bisschen nervig sein konnte, hatte sie doch den Eindruck, dass sie ihn besser kannte als jeden anderen. Und es war ja wohl nichts Peinliches daran, sich jemanden zum Freund zu wünschen, oder? Jemanden, mit dem sie eine Menge durchgestanden hatte. Und der sie zum Lachen brachte, wenn die Dinge mal zu ernst wurden.

»Weißt du, gestern Abend habe ich versucht, in den Aither zu blicken«, sagte ihre Mutter schließlich. »Da war nichts.«

Natalie nickte. Auch sie hatte es versucht, mehrmals und über mehrere Tage, nur um zu sehen, ob da draußen noch irgendetwas von ihrem Dad übrig war. Doch als sie einen Zugang hatte öffnen wollen, hatte es schlicht nicht geklappt. Zuerst hatte es ihr Angst gemacht, dieser unerwartete Verlust ihrer Kräfte. Doch je länger sie darüber nachdachte, desto ruhiger wurde sie. Wenn sie keine Seherfähigkeiten mehr hatte, dann bitte schön. In die Zukunft blicken zu können – das hatte sie gelernt –, konnte ein bitterer Kelch sein. Zu wissen, was vor einem lag, bedeutete nicht automatisch, es zum Besseren wenden zu können.

»Was, meinst du, hat es zu bedeuten?«, fragte Elodie.

Natalie dachte an das breite Meer, das den Tempel von Eris verschluckt hatte. Endlose Fluten, wo einmal der Strom des Schicksals geflossen war.

Khalils Worte fielen ihr ein. *Manchmal kann nur die Zerstörung den Frieden bringen.* »Vielleicht ist es genau das, was Idris Khalil von Anfang an vorhergesehen hat, als er sagte, ich würde das Chaos bringen. Wenn der Strom des Schicksals endgültig über seine Ufer getreten ist, folgt er keinem Kurs mehr …«

»Und die Zukunft ist völlig offen«, folgerte ihre Mutter.

»Absolut freier Wille«, sagte Natalie. »Nun kann keiner mehr die Zukunft kontrollieren. Es ist chaotisch, aber dafür friedlich.« Natalie betrachtete die Spiegelung der Sterne im Fluss. Sie tanzten auf der gewellten Oberfläche, hopsten in den Wogen. Doch als sie zum Nachthimmel aufblickte, waren sie reglos. Die Sternbilder bewegten sich nicht. Keine Omen. Keine Zusammenstöße. Stattdessen standen sie so fest wie die Zeichnungen im Sternenbuch ihrer Mutter.

Natürlich war es nur eine Illusion. Jeder einzelne von

ihnen bewegte sich von der Erde weg und folgte seinem Pfad durchs Universum, gebunden an die Gesetze von Astrophysik, Schwerkraft und Raumzeit. Sterne konnten ihren Weg nicht wählen, sondern waren gebunden vom Moment ihres Entstehens, bis sie in sich zusammenbrachen und verglühten. Sie hatten keinen freien Willen.

Natalie fühlte, wie ihre Mutter nach ihrer Hand griff und sie drückte.

Anders als wir, dachte sie. *Unsere Möglichkeiten sind endlos.*

Lust auf weitere spannende Abenteuer?

ANIMOX

Auf den folgenden Seiten findet ihr eine
Leseprobe aus Band 1 »Das Heulen der Wölfe«!

Pock, pock. Pock, pock, pock.

Simon Thorn schlug die Augen auf. Er lag in seinem Bett, atmete schwer und blinzelte ins erste Morgenlicht. Gerade noch war er mitten im Traum gewesen, und je mehr er sich bemühte, ihn zurückzuholen, desto schneller entglitt er ihm. Dabei schien der Traum wichtig gewesen zu sein. Obwohl er sich nicht daran erinnern konnte, ihr Gesicht gesehen zu haben, wusste er, dass seine Mutter darin vorgekommen war.

Pock. Pock, pock, pock.

Er rollte sich auf die andere Seite, noch ganz benommen, weil er so wenig geschlafen hatte. Durch die kleine New Yorker Wohnung, in der er mit seinem Onkel wohnte, zog Pfannkuchenduft, und Simon wurde schlecht. Nicht einmal Pfannkuchen mit Schokostückchen machten es erträglich, dass heute sein erster Tag in der siebten Klasse war.

Pock. Pock, pock. Pock, pock, pock.

Auf dem Fensterbrett saß eine Taube und klopfte mit dem Schnabel gegen die Scheibe. Simon stöhnte. »Du bist zu früh. Komm später wieder.«

Die Taube klopfte unbeirrt weiter. Typisch. Simon hatte festgestellt, dass Tauben im Allgemeinen ziemlich unhöfliche und eingebildete Geschöpfe waren. Was kümmerte es die Taube, dass Simon erst kurz vor Mitternacht eingeschlafen war, weil seine Gedanken nicht zur Ruhe gekommen waren und ihm flau im Magen gewesen war? Für sie zählte nur eins, und das war …

»Futter!«, gurrte sie, als Simon das Fenster öffnete. Ein Dutzend weitere Tauben landete auf der Feuertreppe. »Futter! Futter! Futter!«

»Ich habe noch nichts«, sagte Simon.

»Hast du wohl. Riech ich«, sagte die erste Taube. Sie flatterte ins Zimmer und landete auf dem Nachttisch. Die anderen drängten sich zusammen und stritten um den frei gewordenen Platz auf der Fensterbank. »Futter! Futter!«

»Lasst mich in Ruhe.«

Simon versuchte, sie zu verscheuchen, aber es wurden immer mehr. An einem anderen Tag hätte ihn das nicht gestört. Simon mochte Tiere. Ihnen war es egal, dass er kleiner und schmächtiger war als die anderen Zwölfjährigen in seiner Schule, und sie waren immer da, wenn er jemanden zum Reden brauchte. Aber an diesem Morgen wurde es ihm zu viel. Er hatte schon genug Sorgen, auch ohne hungrige Tauben.

»Wenn ihr nicht sofort verschwindet, kommt mein Onkel, und ihr wisst ja, was er mit Tauben macht«, drohte er.

Das verschlug ihnen die Sprache, und sie wechselten ängstliche Blicke. »Wir ... Futter?«, fragte die erste.

»Genau. Mein Onkel liebt Taubenpfannkuchen«, sagte Simon. »Könnt ihr den Teig riechen?«

Die erste Taube plusterte sich auf und spähte Richtung Fenster. Soweit Simon wusste, hatte Darryl es noch nie gewagt, einem Lebewesen etwas zuleide zu tun (abgesehen von den Spinnen im Treppenhaus, die Simon gewarnt hatte, bevor Darryl sie überhaupt entdeckt hatte). Aber was Simon betraf, hatte sein Onkel nur einen Grundsatz, und der lautete:

Halte dich von Tieren fern.

Jahrelang war Simon das nicht schwergefallen. Er mochte Tiere, aber er hatte sich nie ein Haustier gewünscht, und sein Onkel achtete genau darauf, dass sich keine Wanzen oder Ratten bei ihnen einnisteten.

Doch vor einem Jahr hatte sich alles geändert. Simon war von einer lautstarken Unterhaltung geweckt worden. Er hatte geglaubt, sein Nachbar habe den Fernseher auf volle Lautstärkte gedreht. Zu seinem Entsetzen musste er feststellen, dass es nicht der Fernseher war – es waren die Tauben auf der Feuertreppe vor seinem Fenster. Er konnte nicht nur alles verstehen, was sie sagten, sie verstanden auch alles, was er sagte.

Und nicht nur die Tauben. Simon konnte mit den Katern reden, die durch die engen Seitenstraßen strolchten, mit den Ratten, die in den Mülltonnen nach Futter suchten, und sogar mit den Mücken, die er im Sommer wegwedelte. Er hatte geglaubt, er sei verrückt geworden – er war immer noch nicht ganz sicher, ob das nicht der Fall war –, jedenfalls wurde Simon seitdem von Tieren umschwärmt, und es wurde immer schwieriger, sein Geheimnis vor Onkel Darryl geheim zu halten.

Glücklicherweise war sein großer, breitschultriger Onkel sehr viel stärker und imposanter, als er selbst wohl je sein würde, und die meisten Tiere fürchteten sich vor ihm, ohne dass Simon leere Drohungen aussprechen musste. Er verstand nicht ganz, warum Darryl Tiere so sehr hasste, aber er war ziemlich sicher, dass es etwas mit den Narben zu tun haben musste, die sein Onkel am ganzen Körper hatte, darunter auch eine zornige rote Narbe auf der linken Wange. Simon hatte seinen Onkel schon unzählige Male gefragt, was passiert war, doch er hatte nie eine Antwort bekommen.

»Ihr kriegt euer Futter später«, sagte Simon zu den Tauben. »Aber nur ...«

Plötzlich drang ein starker Windstoß durchs Fenster, und einige der Tauben flatterten erschrocken auf. Bevor Simon sich darüber freuen konnte, landete ein großer Adler genau dort, wo gerade noch die Tauben gesessen hatten.

Simon erstarrte. Er hatte noch nie einen Adler getroffen. Einige der Federn standen seltsam ab, als hätte er gerade einen Kampf hinter sich, und Simon sah, dass er nur ein Auge hatte.

Die übrigen Tauben rutschten nervös hin und her, und Simon runzelte die Stirn. »Hör mal, ich habe noch kein Futter. Wenn du in einer halben Stunde wiederkommst ...«

»Futter interessiert mich nicht«, erklärte der Adler hochnäsig.

»Was willst du dann?«

Der Adler drehte den Kopf, um Simon mit seinem gesunden Auge anzusehen. »Du schwebst in großer Gefahr, Simon Thorn. Wenn du nicht sofort mit mir kommst ...«

»Simon?«, ertönte eine raue Stimme vor der Tür. »Mit wem sprichst du?«

Darryl.

Simon schlug hastig das Fenster zu, ohne den Adler ausreden zu lassen. Unglücklicherweise sperrte er so die erste Taube im Zimmer ein. Simon schoss zur Tür und stemmte einen Fuß davor, damit Darryl sie nicht ganz öffnen konnte. Für eine Taube in seinem Zimmer konnte er sich eine Ausrede einfallen lassen, bei einem Adler auf seiner Feuertreppe sah es schon anders aus.

»Was ist hier los?«, fragte sein Onkel, strich sich die langen dunklen Haare aus den Augen und versuchte, ins Zimmer zu spähen. Die Taube trippelte eilig Richtung Fenster.

»Nichts«, sagte Simon mit klopfendem Herzen. »Ich mach mich nur für die Schule fertig.«

Vor seinem Fenster begannen gleich mehrere Tauben zu gurren, und Simon zuckte zusammen. Darryl schob den Unterkiefer vor und ließ die Muskeln seiner gewaltigen Arme spielen. »Hast du sie wieder gefüttert?«

»Ich habe am Samstag aus Versehen das Fenster offen gelassen«, flunkerte Simon. »Sie haben mir mein halbes Käsebrot geklaut.« Er konnte Darryl nicht die Wahrheit sagen – dass er sein Käsebrot einer kranken Taube geschenkt hatte, die selbst nicht die Kraft gehabt hatte, nach Futter zu suchen.

Sein Onkel grummelte. »Wie oft muss ich es dir noch sagen? Wenn du sie einmal fütterst …«

»Kommen sie immer wieder, bis ihre dummen Taubenhirne verrotten«, leierte Simon herunter. »Ich weiß. Es tut mir leid.«

Darryl warf einen weiteren Blick auf den Teil des

Zimmers, den er von der Tür aus sehen konnte, und Simon hätte schwören können, dass er knurrte. »Lass das Fenster zu. In zehn Minuten gibt es Frühstück. Heute wirst du eine anständige Portion Proteine gebrauchen können.«

Simon würde mehr als Proteine brauchen, um den Tag zu überstehen. Eher ein mittleres Wunder. »Ich komme gleich.«

Sobald die Schritte seines Onkels leiser wurden, lief Simon wieder zum Fenster, doch der Adler war verschwunden. Er biss sich auf die Lippe. Warum hatte der Adler gesagt, Simon sei in großer Gefahr? Und woher kannte er seinen Namen?